正義よ燃えよ

高杉晋作一人起つ

小佐々進介

花乱社

装丁=長谷川義幸[office Lvr]

目次

正義よ　燃えよ

高杉晋作一人起つ

蹉跌

一

ここはどこなのであろう。雲か霧か、ひややかに流れ去る。そしてときおり、雲の切れ間から光が射し込んでくる。そのとき私は一群の精霊たちが目の前を行き過ぎるのを見た。彼らは穏やかに、そして満ち足りた眼ざしをしていた。私は彼らの温容にうたれ、その後を追った。しばらくすると彼らは多くの精霊たちが集まる建物の間に出た。どうやらここは天上の宮居らしい。その宮殿は壮麗な中にも、清らかなたたずまいを見せていた。

そのとき誰かがその精霊たちに話しかけている声が聞こえてきた。彼らはその声に歓びをもって、しかも熱心に聞き入っていた。

「世の中は乱れて久しい。天変地夭《てんぺんちよう》はうち続き、飢饉疫癘《ききんえきれい》に庶民は苦しめられている。そしてそれに追い打ちをかけるように、内乱と他国からの侵略が起きようとしている。世の中はまさに弱肉強食の世界と化そう。人々は何が善であり、何が悪であるのか、その判断さえできなくなっており、その善悪を判断する規準さえ見失ってしまっている。しかしこの乱れた世の中を変革しよう、新しい社会を作ろうと本気になって考えている人は、ほとんどいなくなってしまった」

その精霊は淋しげにしばらく沈黙した。そしてひときわ清らかに輝く精霊に向かって言った。

「晋作、ひとつ御身《おんみ》らが先駆けとなって、地上の世界へと下り、紊乱《びんらん》せる世の中を変革してきてはくれぬだろうか」

その精霊は間髪を入れず、しかし落ち着いて答えた。

「かしこまってございます、天帝様。不肖この晋作と、ここにおります志を同じくする者とで、人間がふみゆくべきものは何であるべきかということを、一つの譬喩《ひゆ》として人々に示してきたいと思います」

天帝はかすかに微笑《えまい》つつ、うなずき給うた。

二

そのとき京都御所の堺町門では大変な事件が起きていた。朝廷より禁門の守衛を任されていた長州兵が、交代のため堺町門内に入ろうとすると、どうしたわけか、そこには会津・薩摩の兵がいて、長州兵の入門を禁じた。

「なぜだ」と長州兵が訊いた。

「勅命である」と薩摩兵が大声で叱りつけた。

「われわれも勅命によりこの御門を守っている」

さらに長州兵が言うと、互いに論争となった。どういう事情かは知らないが、長州兵はともかく藩邸に知らせよと使いを急がせた。

これを聞いた藩邸では驚いて探らせると、どうも政変が起きたものらしかった。昨夜来、中川宮を始めとして、近衛・二条らの公卿《くぎよう》、会津の松平容保《かたもり》らが宮中に参内し、続いて武装した会津・薩摩・淀藩の兵も九門内に入り、門は直ちに厳重に鎖《とざ》されたという。

これは大変なことが起こったと藩邸にいる兵を糾合し、叡慮を伺うため関白鷹司邸に押しかけようとしているところへ、東久世通禧《ひがしくぜみちとみ》が馬で駆けつけ、ついで錦小路・三条西・四条・壬生《みぶ》・澤《さわ》といった諸公卿も長州藩邸に来り、実はわれわれも参内を停められ、三条実美《さねとみ》公の如きは免職の上謹慎を命ぜられたという。ともかく関白邸へ行ってみようということで共に行ってみると、関白も召命《しようめい》のない限り参内は厳禁であるという。

しばらくして召命があり、鷹司公は参内した。そこへ変事を聞きつけた三条公が朝廷の親兵千余人を引きつれて鷹司邸へ駆けつけてきた。三条公は親兵の総督であったので、変を聞いて親兵が三条邸へ駆けつけたのである。三条公はすでに謹慎閉居していたが、親兵の土方楠左衛門がとにかく関白邸まで行って様子を見ようと、たって勧めるので、やって来たのであった。

鷹司公を始めとして、主上の御前に伺候した諸公卿は中川宮より告げられた。

「議奏《ぎそう》、国事係らは長州藩の暴論を容れて親征行幸などのことを図った。これは陛下の意ではない。よって三条中納言らに禁足を命ずる」
また、関白邸に集った長州兵に対しては、柳原中納言を勅使として、藩邸に帰り、命を待つよう告げた。長州の吉川監物《きつかわけんもつ》・益田右衛門介《ますだうえもんのすけ》らはこれに応じなかったため、さらに柳原中納言を使いとして勅書を遣わされた。

攘夷御親征の儀はかねがね叡慮ありなされ候えども、行幸などの儀は粗暴の処置これあり候段、御取り調べありなされ候。攘夷の儀は何処までも叡慮御確乎ありなされ候ことゆえ、長州において、ますます尽力これあるべく候。これまで長州は朝家に力を効《いた》され候につき、人心も振興の事、向後いよいよ御依頼思し召され候あいだ、忠節相尽くすべく候。藩中多人数の内ゆえ、最も鎮撫を加え、決して心得違いこれなきよう、ますます勤王に忠力を竭《つく》すべき旨仰せ下され候こと。

長州の藩士らはこれに頗《すこぶ》る憤激して、直ちに答書を草してこれを奉った。

勅書の趣《おもむき》畏み奉り候。しかるところ御取り調べの儀はいかがにて御座候や、承知し奉らず候えども、行幸などの儀すでに御決定に相成り、人々も正義忠勤に励まんと望みおり候。
三条殿を始め、有志の公卿方残らず御譴責の御様子、それのみならず、堺町御門御固め差し除かれ、脇方へ御預け、通路をも差し留められ候由、その外の御門とも通路留めの御沙汰に相成り、殊に人数も多分に御引き入れ、彼れ是れの御模様尋常ならず。朝廷の御一大事と存じ奉り候につき、関白殿下まで参殿仕りおり。

九重内の御様子伺い奉らず候えども、万一も心得難き儀もこれあり候えば、御座所近く御警衛仕りたき寸誠のみにて、家来一統粗暴の所行仕り候儀は御座なく候。この段深く御諒察成し下され、三条殿を始め、速やかに御復職ありなされ、その外諸事尋常の如く御沙汰仰せ付けられ候様願い上げ奉り候以上。

朝廷はこれを退去せしめようと、諭してさらに勅書を賜うた。

攘夷の一件は長州の処置叡感の御事に候。精々御依頼ありなされ候。ただ藩中数人の心得違いの輩これあり候てはいかがゆえ、厚く鎮撫これあるべくよう、ただ今勅使をもって仰せ下されば候あいだ、心得違いこれなきようのこと。

長州の藩士らは憤懣やるかたなく扼腕慷慨《やくわんこうがい》した。三条公はその衷情を陳述しようとしたが、それも容れられるところとはならなかった。そこで長州の藩士らは詳しい事情を聞こうとして関白のお帰りを待ち、宮門に入ろうとした。しかし会津と薩摩の兵が大砲を差し向けて、入らば撃つぞと身構える。長州兵も小癪なと用意の大砲を引かせる。一触即発の睨み合いとなった。

申《さる》の頃（午後四時）、さらに退去の勅命があった。そこで三条・三条西・東久世・四条・錦小路・澤・壬生の七卿、久留米の真木和泉《まきいずみ》、肥後の宮部鼎蔵《みやべていぞう》、長州の来島《きじま》又兵衛・桂小五郎・久坂義助らが商議した。その結果、憤激した兵を久しくここに留めておけば、恐れ多くも宮闕《きゆうけつ》においていかなる事件が起きぬとも限らない、大仏まで退きそこで進退を決しようということになった。

ここに長州は薩摩兵に使いを送り言わしめた、「わが藩は鎮撫のために大仏まで退こうと思う。しかし貴藩が今の如く砲口をわれわれに向けたままでは武門の習いとして引くわけにはいかない。望むらくは両者互いに退くこととしよう」と。薩摩側はこれを承諾した。

この夜、大仏まで退いた長州兵は、深更まで会議を催した。衆議紛々としたが、ついにひとまず七卿をお連れして長州に帰ることに決した。

三

本来皇居の堺町門は勅命によって長州藩がその守衛を任されていた。ところがどうして一夜のうちに主客転倒の事件となったのであろうか。それには次のような事情があったのである。

文久三（一八六三）年五月十日は攘夷実行の期日となっていた。長州藩では勅命を重んじ、諸藩に先駆けて攘夷を実行し、下関海峡において米仏蘭英の艦船を次々と砲撃したが、かえって米艦のために「庚申《こうしん》」・「壬戌《じんじゆつ》」の二艦船が撃破せられた。しかし他の諸藩はただ傍観するのみで、敢えてこれを援助しようとはしなかった。ただわずかに薩摩藩が、七月朔日に英艦の進撃を受けて、応戦したのみであった。ここに長州は全国一致して攘夷を実行するのでなければ、到底その功を奏することはできないことを覚り、使節を派遣して諸藩に応援を求めた。諸藩は攘夷に反対しているわけではなかったけれども、幕府の気息を窺って、敢えてこれを実行しようとはしなかった。

ここにおいて長州では孝明天皇の御親征の議を朝廷に建白した。これによって天下の耳目を聳動《しょうどう》し、人心の一致を図ろうとしたのである。これは今楠公《いまなんこう》と呼ばれた久留米の真木和泉の首唱によるもので、長州の政府員や諸有志が賛同して建議したものであった。しかしその実は攘夷のための御親征を名目として大和に進発し、勅使を派遣して幕府に攘夷の実行を督促し、幕府がもしその勅命を奉じることができないときには、勅命違背の罪を鳴らして直ちに鳳輦《ほうれん》を箱根に進め、もって幕府を討滅しようという頗《すこぶ》る過激にして軽率な考えによるものだったのである。しかしこの真意を知る者は真木和泉と同志の者数人だけであった。あくまで名目は攘夷のための御親征ということにあったのである。

しかし公卿や諸侯の中には天皇の御親征に反対する者もあった。中川宮や因幡・備前・阿波・米沢の四侯などがそれであった。四侯の考えるところは、未だ藩屏《はんぺい》の任を尽くさずしてにわかに玉体を煩わすのは臣下としての道に反するものである、ゆえに諸侯一致協力して攘夷に力を尽くし、それでもなお功を奏することができなければ、そこで御親征を請うても晩《おそ》くはない、と。ゆえに四侯は親征の詔勅が下りようとしていたとき、臣下であるわれわれがまず横浜を襲撃し、もし戦利あらずして臣ら死すとお聞きになられたならば、陛下自ら車駕《しゃが》をお進めあるべきですと奏聞したという。

また京都守護職の松平容保は最もこれに反対し、種々に偵察に力を尽くした。その結果分かったことは、大和行幸は、表向きは攘夷の御祈願のためということであるが、その内実は幕府の因循《いんじゅん》にして勅命に違背するの罪を問い、大いに討幕の師をあげ、天皇の御親征を請う密謀であるという。もちろん主上におかれては全く御存じなく、三条公を始めとする公卿たちの密謀によるものであるという。このことを聞いた松平容保は大いに驚き、密かに薩摩藩と商議した末、中川宮朝彦親王を通してその密謀を上奏した。

その当時、孝明天皇は熱烈なる攘夷家であられた。しかし、だからといって徳川幕府を倒してまで、攘夷を実行しようという思し召しは持っておられなかった。徳川家に政権を御委任しておられることに、主上は何ら不満を持っておられたわけではない。ただ幕府の因循にして、攘夷を実行することができないでいることを忿《いか》らせ給うたのである。大和行幸を攘夷祈願のためとのみ思し召しておられた主上は、この密謀を聞いてもってのほかに驚かせ給いて、行幸は急に取り止めとなり、三条公を始めとする尊王攘夷派の公家十九人を斥け、長州藩の堺町門の守衛を免除し、これに代えるに薩摩と会津の兵をもってしたのである。

政変の計画は綿密につくられた。八月十五日にはすでに計画ができあがっていたという。そして八月十八日午前一時頃、中川宮が急に宮中に参内し、次いで近衛公父子、二条右大臣、徳大寺内大臣らの公卿も参内した。また会津・薩摩・淀藩には、警衛の兵士を派遣するよう前もって命令がなされていたが、兵士たちが九門内に入るや直ちに門は堅く鎖され、召命のない者は公卿といえども入ることを許さずとの厳命が下った。さらに土佐・因幡・備前・阿波・米沢藩などにも、兵を率いて至急参内すべしとの命が伝えられた。こうして長州藩士の参入が禁ぜられたのである。

四

このときにあたり長州の毛利慶親《よしちか》公は、根来上総《ねごろかずさ》と宍戸左馬介を京都に派し、朝廷に慶親と家臣一同よりの歎願書を奉らしめた。次に示すのは家臣一同よりの歎願書の主意である。

家臣一同より奉る歎願書

わが毛利宰相父子は積年叡旨が御貫徹されないことを憂い、一日も早く叡旨が貫徹し国是の一定せんことをのみ願って、東奔西走してきました。この春には宰相は長州へ帰り、弊政改革・武備充実に精励し、世子長門守《ながとのかみ》は将軍の御上洛を待って皇威回復・夷狄拒絶の策を建言し、その後、下関にあって夷艦の掃攘に当たり、たびたび戦争にも及びました。ところが隣藩の小倉においては掃攘しないのみならず、夷艦と鎖を結び、かえって長州に向かって数度発砲に及びました。また幕府にあってはどのような御評議があったのかは知りませんが、近国の諸侯に小倉への援兵のことにつき御内意があったとのことです。このように因循の徒には敵視せられ、奸悪の徒にはどのような譏構《ざんこう》を受けるかも測り難き次第です。かねて主上の御親征のことは中山中納言殿よりお聞きしており、神州の御武威御更張のため、是非とも神州一致して叡旨を遵奉仕らずしてはかなわぬことです。

しかるに今日天下の形勢は、小倉のことをもっても分かるように、神州一致の目途は立っておりません。もし今のままであれば、夷狄の術中に陥り、神州の大恥辱となることは必然です。ゆえにかねてからの御宸断《しんだん》であられる御親征の御時節はこの時と存じ、石清水《いわしみず》へ行幸され、攘夷の指揮ありなされば、神州の者一人として叡旨を遵奉せざる者なく、神州一致仕るべくと存じ、御親征のことを建言歎願した次第であります。

ところがわれわれの建言歎願が神州一致どころか、分裂の端初となってしまいました。痛哭泣血に堪えません。馬関においても父を失い子を失い、数度にわたって決戦に及びました。また宰相父子におかれましても、千辛万苦して尊王攘夷の大義が立つよう微衷を尽くしてこられました。昨年天勅を蒙りし以来は、雨に浴し風に梳《くしけず》り未だ十日もひとところに安居したことはございません。それもただただ叡旨の有り難きに報謝し奉らん心底のみであります。

ところが一朝讒言をもって不忠不義同様の疑いを受けますことは、臣子の至情において、忍びざるところであります。神州のためこの段深く御憐察を願い奉ります。

九月十三日、根来上総は大坂に着き、このことを朝廷に伝えて、京都に入らんことを請うた。朝廷では久しく議論したが、結局入京は許されるところとはならず、ただ勧修寺家がその趣旨を聴取したに止まった。

このとき長州の藩内には大きく二つの議論が起こった。過激論と慎重論である。七卿は毛利氏を頼って義兵を挙げようとした。阿波・伊予・安芸などへもそのための檄文を送り、一方では三田尻の旅館に会議所を設け、真木和泉・宮部鼎蔵・轟武兵衛・山田十郎・土方楠左衛門らに会議所詰めを命じ、今後の対応を協議せしめた。

中でも真木和泉は「出師三策」を七卿に献じ、勤王の師を京畿に出し幕府兵と戦って大勢を一変すべしと主張した。しかしこれはあまりに過激で現実性に乏しい議論であったため、長州政府も努めてこれを鎮撫しようとした。遊撃軍を三田尻に送り、七卿を護衛して山口に移したのもそのためであった。

一方、長州のため常に慎重に事に処したのが支藩岩国藩主の吉川監物であった。彼は社稷《しゃしょく》が滅びることになりはしまいかと常に宗家のために憂慮し、事に触れて反対を主張するので、藩内の過激分子からは俗論家と見られていたが、彼は常に慎重だったのである。他人がおだてようと、焦りにかられて行動しようと、それらの人々とは常に距離をおいて、慎重に行動したのである。

九月七日、慶親公及び世子は監物と会見され、三つのことについて相談された。一つは義兵を挙げることの可否、二つは七卿の処置をいかにすべきか、三つには朝廷及び幕府に対する周旋を芸州浅野家に託することの可否についてである。この会見の内容は明らかではないが、本藩の性急な処置を監物は喜ばず、慎重に事に対処するよう主張したようである。十月、世子長門守が朝廷に冤罪を訴えるために上京することがほぼ決まったときにもこれを喜ばず、ついては世子の上京のことについて相談したいことがあるので山口まで出てきてもらいたいとの慶親公の書翰に対しても、持病の痔疾を理由に婉曲に断った。十一月に入り慶親公から使者をして山口への出浮を催促されたときにも、冤罪を釈明するために上京されることは余儀ないことだとは思うが、今の京都の状況からして平穏無事に入京することはおぼつかない、もし無理にも入京するようなことになれば、違勅の罪によって社稷にいかなる禍いがふりかかるか計り知れないとして本藩に再考を促した。

十月二十六日、六卿（七卿のうち澤宣嘉《さわのぶよし》卿は挙兵するため但馬に脱走）はことごとく三田尻より山口へと移られた。これは藩内の不穏な動きに対して、藩政府がその源を塞ごうとしたためである。そしてそれによって佐幕派が優位に立っている京畿の地方に向かって形勢挽回の策を講じようとした。それが世子の上京・冤罪の釈明だったのである。しかしこれに先だち慶親公は井原主計《いはらかずえ》をして「奉勅始末」と査点書二通を朝廷に奉らしめ、さらに歎願を繰り返した。

十一月中旬、主計は大坂に到着した。主計は勧修寺家を通して入京の許可を申し出た。しかし回答がない。主計はさらに一書を差し出して許可を請うた。これに対する回答は、長州藩京都留守居役が大坂まで行き、持参の書翰を京都まで持ってくるようにとのことである。二十六日、主計はさらに歎願書を書いて入京を請うた。十二月一日、主計はさらに一書を朝廷に奉り入京を歎願した。

この間、京都にあっては公卿及び諸侯の間で容易に議論がまとまらないでいた。主に入京拒絶を主張したのは会津藩で、主計が入京のことを請願しているのは謝罪のためではなく、朝廷の議論を以前に戻そうとしているためであると、一橋慶喜や越前の松平慶永《よしなが》（春嶽）らにしきりに説いたため、公卿らが疑いをもち、ついに入京拒絶に決まったのである。

勧修寺家より長州藩へは、雑掌を伏見まで差し出すので、毛利宰相の歎願書はこの者へ渡すようにと伝えられた。主計はこれにも屈することなく、六日、さらに歎願書を書いて入京を請うた。その内容は主計本人が京都まで行って毛利宰相の歎願書を朝廷に渡し、宰相の真意を伝えるように申し含められております、またそうでなければ宰相の微衷も伝わりません、というものであった。

しかし、ついに主計の請願もかなわなかった。もしその書翰を朝廷の使者に渡さなければ、今後毛利氏よりの執奏は一切取りつがないという。事ここに至って、主計はついに書を奉らざるを得なくなった。しかし殿様の命令は入京して朝廷に奉ることである。ここに主計は謹慎して罪の処分を待った。「奉勅始末」は甚だ長い文章であるので、ここにこれを要約して掲げることにする。

奉勅始末記
癸丑《きちゅう》の年（一八五三年）、外夷の事が起こり外国との和親を斥け戦争ということに決定しましてより、私どもより幕府に建言に及び、戊午《ぼご》の年（一八五八年）アメリカの請願に対して勅許されず、その議論がそのまま列藩へ諮られたときにも、叡慮遵奉の主意をもって外国の要求に対処なされるよう建白致しました。ところが幕府にあっては因循事を決断することができず、ついに上巳上元《じょうしじょうげん》の変乱（桜田門外の変・坂下門外の変）を惹起してしまうことになってしまいました。

私どもはこれを傍観することができずして、朝廷と幕府の間の周旋を家臣に申し付けました。ところが家臣の者が私の愚意を誤り、密疏《みっそ》に及びましたため、厳罰に処して主上の疑いをはらし奉り、その後いよいよ周旋尽力して朝廷より信頼を得るようになりました。そこで御定義の二事六カ条のうち下田条約は御不本意ながら御許容遊ばされたことかとお伺い申し上げましたところ、主上におかれては下田条約もっとも好みなされず、すでに関東において調印が済み歎き思し召されていたところへ、重ねて仮条約数カ条を言上なされ驚き思し召されて、勅許ではないことを仰せ出だされ、後、幕府よりもたらされた条約について、堅く拒絶するよう約束されました。その後、外夷の勢いがますます驕傲猖獗《きょうごうしょうけつ》となってからも、下田条約は宥《ゆる》され難く、仮条約は破却遊ばされたいとの思し召しを承りました。

それでは叡慮の貫徹のためにいよいよ尽力しようと決心し、その旨関白殿に書面をもって申し上げ、御了承を得ました。その後、言上の趣はすべて主上の叡念と符合しているとのことでしたので、その旨列藩に布告し、策略の次第・拒絶の期限などを衆議し奏聞に及び、その旨勅使をもって幕府へ仰せ遣《つか》わされました。また拙者どもへもその旨いよいよ周旋尽忠されるよう、正親町《おおぎまち》三条殿より御書面をもって仰せ下されました。そこで世子長門守は関東において微力を尽くし、春嶽公・容堂公の助力により、将軍家より叡慮遵奉致すべくとの御直答を給わり、その旨奏聞に及び叡感を給わりました。

以前関東において将軍の御上洛のことを建言し、御採用していただいておりましたので、勅命遵奉の上は、策略の見込などを書面に認《したた》めて上洛の前に差し出すようにとのことでした。しかし拙者父子においては、叡慮の御深旨は戊午の年からのことであって、戦いの勝敗は必ずしも御算定しておられるわけではなく、ただ国体の立つと立たざると義理の欠けると欠けざるとによって、決戦と御決断遊ばされたことと推察致しました。戊午の年においてすら決戦はやむを得ないことと宸断遊ばされていたことでありますので、今日に至って軍備が不十分であっても、攘夷の期限を延期すべきではないというのが天下の公論であり、これこそ天祖より受けつがれた真の皇国の正気と感載し奉り、これを家臣へも重畳申し含め、幕府へも宸念のままをお伝えしました。

そこでこれよりは長門守は京都に残し、拙者は帰国して国政改革・武備充実に力を尽くしました。攘夷の期限については、四月二十一日、伝奏《でんそう》坊城家より五月十日に決定との御沙汰があり、幕府よりも攘夷の件につき五月十日をもって拒絶するようお達しがありました。元来、明石・加田・嵯峨・赤間関（馬関）の四口は摂海《せっかい》の要衝でありまして、殊に赤間関は中西国の咽喉であります。年来、叡慮貫徹のために公武の間に立って周旋しておきながら、万一摂海へ夷船を乱入させては朝廷・幕府に対し実に面目なき次第と心得、厳重に警戒を申しつけ、ついに五度にわたって馬関の戦争に及びました。もとよりはかばかしい軍功を上げることはできませんでしたが、叡慮遵奉・幕議承順の寸志をとげることができたのではないかと察します。

ところが対岸の小倉の如きは、われわれの苦戦する様を傍観するだけでした。長州一藩の微力では全国の防衛の目途はたて難く、そのことを朝廷へ言上しましたところ、恐れ多くも主上におかれては叡感斜《なの》めならず、わざと監察使をもって軍労を御慰撫していただき、筑前その他五藩へも応援の御沙汰も降していただきました。

ところが幕府におかれましては、オランダもロシアやフランスと同様には対処し難いとのお達しがありました。しかし拙者どもはオランダも他の外国同様に対処するよう、すでにお伺いしており、将軍家において勅意遵奉の意は世子長門守が直接回答を頂いております。この上は幕府の意見が勅旨と齟齬するようなことがいささかでもあってはならないはずであり、しかも一旦兵端を開いたからには、もはや穏便に取り計らうことはでき難いことです。ところが大坂において、六月十二日、水野和泉守様より「夷国拒絶の件について、了解し難いところがあれば確認すべきであり、横浜談判の最中、未だお手切れにならないうちに兵端を開き、かえって国辱を取るようなことにならないよう、お手切れの伝達があるまで、彼らより襲来してくることがない限り、軽挙なきように」と家臣どもへ伝達がありました。しかし家来の者どもがすべて叡旨貫徹のため刻苦勉励しているところへ、朝廷の考えと食い違いが生じるようなことがあっては甚だ不都合であります。かつまた、国の栄辱は戦いの勝敗によって決まるものではなく、正義が立つと立たざるとによるものであります。なおまた、了解し難いところのないことはすでに幕府にお答えしております。

しかるに、またも幕府より「外夷拒絶のことは勅命によるものではあるが、その策略については朝廷より御委任していただいているので、いよいよ打ち払いのときが来るまでは幕府の命令を待ち、それまで夷船への発砲は差し控えるように」との密封が届きました。しかし叡慮遵奉し、拒絶期限の決定がなされましたがゆえに、幕府の命令に従って夷船の掃攘を実行したまでであり、これを妄動と考えることはできません。元来国力を顧みず義心を鼓舞作興することをもって要務と考え建言に及んだ次第であり、幕府におかれても拙者父子の愚見を御採用していただいたものと考えておりました。もし今戦闘を中止なさるようなことになれば、長州藩の混乱は容易ならざるものとなりましょう。遠く道路をへだてて、書翰の意味の難解から生じた誤解でもありましょうが。

天朝に対し奉り申し上げるのは恐れ多きことではありますが、確固不抜の決意をもって叡慮を実行に移され、天下の人心を感動せしめるほどの宸断を下されるほか良策もないものと愚考致しました。そこでかねてよりの思し召しであられた御親征を決断遊ばされるのはこのときと考え、石清水へ行幸し、彼の地において攘夷の駆引きを御軍議遊ばされるよう、家臣をもって関白殿下に内密に建白した次第であります。

これにより大和行幸、神武陵ならびに春日社などの御参拝、そしてしばし御軍議あって、伊勢社廟へも参詣遊ばされたき旨宸断を給わりました。実に拙者どもも驚喜感奮し、藩内の攘夷も気がかりではありましたが、主上の行幸に供奉申し上げんものと父子で申し合わせておりました。

　ところが八月十八日、いかなる事情によるものか、われわれ長州藩が警衛を任されておりました堺町御門に、干戈を持ち野戦砲を列ねた兵が多人数警戒に出ておりました。そこへ警衛のために出てきたわが家臣どもとにらみ合いとなりましたが、宮中近き場所柄をはばかり、一旦そこを離れました。しかし間もなくわが長州は宮門の警衛を免除せられ、やむなく国元へ帰りました。その後、わが長州は上京差し止め、家臣の九門内への立入禁止、かつ家臣ども不届の取り計らいあるによって取り調べるようにとの御沙汰がありました。

　しかしこれは朝廷の威厳をはばかり、尊王攘夷の大義を守った上での取り計らいでありまして、これに咎《とが》を科するには忍びないところであり、ここに御歎願申し上げる次第であります。なお、お疑いの晴れ難いところがございますならば、恐れながら、拙者父子を玉座近く召し出され、前述の始末を委細に聞こし召されたきところでございます。その上でなおも叡慮にかなわず、幕意に違うところがございますならば、いかなる御譴責を被ろうと、いささかの遺恨もございません。


十二月十四日、主計はさらに上書して入京を請うた。しかし朝廷からの返事は、ひとまず帰国して沙汰を待つように、とのことであった。

十九日、さらに上書して入京を請うた。これは死を決しての請願であった。そのためか、さすがに朝廷も決議を変じて、勧修寺右少弁より伏見の主計のところに連絡があった。藤森明神の社において会見致しましょう、と。これは藤森《ふじのもり》明神への参詣を名目として主計と会見し、その言うところを尽くさしめようとしたものである。しかし主計はこれに応じなかった。そこで右少弁は使いをたてて言わしめた。「藤森もまた京都の地である。貴殿が仮に宮門へ向かわれたとしても、応接に当たるのはこの私である。今もし私と会見されるのであれば、上奏して便宜を図りましょう」と。ここへきて主計ももはや争うことができず、藤森の祠官の家にて会見することとなった。

主計はここに最後の歎願書を奉った。その言うところは簡潔で、八月十八日の変乱において毛利讃岐《さぬき》守・吉川監物の糾すべき罪状はありません、寛大の処置をお願いします、というにあった。そしてここでも主計は、主君の命は入京して陳述することであることを主張し、もしこの歎願が許されなければ割腹死をも辞せざる覚悟であった。

五

一方、幕府にあっては長州征伐の意を決した。将軍家茂《いえもち》が未だ上洛せざる以前、会津侯松平肥後守容保は将軍自ら長州征伐に当たられることをしきりに主張した。しかし一橋慶喜《ひとつばしよしのぶ》はすぐにはこれに与《くみ》せず、まずは廟議を征討に決定し、将軍幼弱のゆえに紀州侯徳川茂承《もちつぐ》を総督とし、会津侯を副総督となし、これを援助せしめる長州近辺の諸侯の了解を得、準備が整った上で毛利宰相父子を召喚し、あるいは問罪の使いを送らんことに決した。

将軍が上洛して間もなく、文久四年（元治元年）正月二十八日、慶喜は二条城に会議を開き、このことを参与の諸侯に諮った。山内容堂が言った。

「将軍が江戸へ帰り、毛利氏父子を江戸に召喚すべし」

島津三郎が言った。

「将軍はこのまま京都に留まられて征長の師を起こすか、あるいは、毛利氏父子を大坂に召喚すべし」

議論容易に決定をみず、二月八日また二条城に会議を開き、ついに決定をみた。それは長州の支藩主及びその家老を大坂まで召喚し、幕府の閣老自ら大坂に赴いてその罪を糾し、かつまた長州へ逃れた六卿を送還するように命じ、もしこれに応じなければ征討の師を起こすこと、と。これにより二月十二日、紀伊中納言（徳川茂承《もちつぐ》）を将軍代となし、松平肥後守を副総督とし、阿波・因幡・出雲・薩摩・熊本・小倉・播磨・福山などの諸侯に出師準備の内命が伝えられた。

このとき幕府にあっては別の問題で揺れ動いていた。正月に攘夷決行の宸翰《しんかん》が下り、開国派の参与はこれを機に公卿及び幕府に働きかけて、開国の方針に決定せしめんとし、攘夷派の諸侯は朝廷の議論があるいは動揺するのではないかと恐れ、盛んに非開港の説を主張した。ところが将軍の奉命書を見ると、攘夷鎖港の意が明確さを欠いていた。そこで開国派と攘夷派が共に幕府の態度に疑いを抱くようになったのである。

そこで朝廷では会議を開き、参与の諸侯を招いてその意見を問うた。ここで島津三郎は再び前説を主張して開国説を唱え、中川宮もまた参与の諸侯に同じて開国説に左袒せられた。これに反して一橋慶喜は、叡慮は断然鎖港に外ならずと主張した。このため三郎・中川宮と慶喜らとの間に幾多の波瀾を生じることになった。

二月二十六日、筑前藩主松平下野守《しもつけのかみ》は中川宮に、長州藩の使いを入京せしめ、その言を尽くさしめるよう説いた。そこで参与の諸侯を招いて再びこれを検討することとなったが、やはり入京拒絶と決定。このとき薩摩・越前などの参与の諸侯と因幡・備前・尾張・水戸などの攘夷派の諸侯との仲はますます険悪となった。

三月七日には水戸藩の志士勝野大助と大野謙介の二人が越前藩士中根靱負《ゆきえ》に面会し、薩摩の挙動を誹謗して、その誹謗が越前侯春嶽にまで及び、暗黙裏に長州をかばおうとした。また三月二十八日には備前侯松平備前守が上書して堺町御門の変のことを論じ、因州侯松平相模守《さがみのかみ》も書を寄せて毛利氏への寛大の処置を請うた。

かくの如く京都の情勢は攘夷派がその勢力を盛り返し、島津三郎と松平春嶽が志士に嫉視されるようになった。これに加うるに三郎は幕府からも疎まれるようになり、怏々として楽しまざる日々が続いた。かくて三郎はついに国に帰らんとするの意を漏らすようになる。中川宮と春嶽はこれを深く憂えて、種々になぐさめ諭したけれども、政情が一変しなければ如何《いかん》ともし難いことであった。

そもそも薩摩が長州を嫉視するのには深い因縁があった。それは島津斉彬《なりあきら》以来のことである。斉彬はいつかは徳川の天下を覆して、これに取って変わろうとの野心を密かに抱いていた。彼が尊王を標榜するのも、朝廷の公卿たちと姻戚関係を結ぼうとするのも、いつかは朝廷の力を借りて、天下に覇を唱えんとする下心があったからである。しかし薩摩は九州の辺僻の地にあって、天下に号令を下すには不利である。そこで太閤秀吉と徳川家康が和合して天下を治めた故事にならい、西国は自身が支配し、関東は仙台伊達家か水戸徳川家にこれを統制せしめようと考えたのである。

ところが天下を掌握する東上の途中において、薩摩の咽喉を扼するのが馬関海峡である。馬関を扼する毛利家は目の上のたんこぶ以外の何物でもない。馬関を毛利より切り取って、小倉小笠原の領地にしようと数回にわたって斉彬が幕府に交渉した事実からしても、その野心は明らかである。斉彬はその志を遂げることができずして死んでしまったが、その志は弟の三郎や老臣たちによって受け継がれていた。

薩摩とは、かかる国であった。ゆえに長州の朝廷や幕府における成功は薩摩の嫉視の的とならないわけがなかったのである。薩摩としては、長州の成功を抑え勢力を落とすために、引きずり下ろすか、できることなら逆臣の名を着せて減地改易せしめるか、ともかく黙視することはできなかったのである。

そして薩摩の嫉心が初めて表れたのが、大原三位重徳《しげとみ》が勅使として江戸幕府へ下向したときのことである。島津三郎は勅使大原三位の警護役として扈従《こじゅう》した。三郎が京都を出発するとき、江戸に着いたなら、毛利慶親と心を合せ朝廷と幕府の間の周旋に当たってもらいたいと朝廷より特に依頼があった。三郎もそのつもりでいたが、江戸に着いてみると意外にも、慶親は前日京都へ向けて出立した後であった。

「わずか一日か二日、出立を延ばしても差し支えはなかろうに、倉皇として出発を急ぎ、しかもわざわざ山深い中仙道を通って、われらが来る東海道を避けたのは、毛利が島津を嫌い、長州一人で周旋の事に当たり、もって功を島津に分かつまいとする卑しい了見である」

三郎を始めとする薩摩の人々は猜疑の念をもって長州を怒り、かつ嫉んだ。

しかし慶親は三郎を避けるなどという卑しい心があったわけではない。予定の日限を変更すると、予定の手順が総崩れになり、不経済でもあったから延期できなかったのである。また中仙道を取ったのは慶親の脳病を惧れて、盛夏の暑気を避け、涼しい道を選んだからであった。薩摩の深い野心が、毛利にも野心があるように邪推せしめたものであろうか。

また桂小五郎が長州に下された勅書を奉じて江戸へ向かったとき、小五郎は薩摩の人々にも面会し、勅書の趣意を告げて協力を求めた。その勅文の中に「近くは伏見一挙に於て、死失致し候者ども」という字句について、薩摩が物言いをつけた。

「戊午の年以降、勤王のために死んだ志士の冤罪を赦免し、処刑者の霊を祀れという勅諚も、他藩のことは敢えてとやかく申す権利はないが、伏見一挙に於て死失致し候者どもとあるのは、すなわち寺田屋暴動の件である。そのとき斬り死にしたる者の罪を赦し、その霊魂を祀れということは、一旦薩摩が法によって処罰したものであるから、故なくしてこれを赦免することは、薩摩としては不同意で、お請けすることはできない」

「勅諚とはいえ、それは真の叡慮から出たのではなく、毛利が勤王派の歓心を買うために、勤王志士の赦免祀霊の勅諚を請うたので、薩摩に先んじて天下の人心を収斂《しゅうれん》せんとする野心の結果だ。悪く言えば、勅命を笠に着て薩摩を抑えんとするのだ」

ここにきて長州と薩摩の溝はいよいよ深くなったのである。

六

八月十八日の政変以来、長州藩内では俗論がまたも沸騰し始めていた。二十九日、中川宇右衛門・椋梨藤太・村岡伊右衛門らは山口にいた慶親公に直訴して、京都の政変に対する当局者の罪を鳴らし、政務員の罷免を請うた。

晦日にはこれに付和雷同した壮士の一群が政治堂に迫り、当局者と激論した。壮子たちは前田孫右衛門・毛利登人・麻田公輔三人の罷免を要求、「もし願い通り仰せ付けられず候ときは覚悟あり」と言って、三人を刺さんとの意を示した。これによって当局の老臣たちは病と称して退去した。この間、世子公自ら出でて鎮静に当たられたが、結局、直ちに三人を罷免することを約束して鎮静した。この日、夜を徹してすでに暁になっていた。

この俗論沸騰の隠然たる主謀者は坪井九右衛門という者であった。九右衛門はその当時の才物で、世態人情に通じ、役人としての仕事に練達していた。藩内の人才を論ずる者には村田清風と並び称されるほどであった。しかし剛愎で人の言うことを聞かず、内面は妬みが強く、人を容れることができなかった。清風の名高いのを見て、その政《まつりごと》を譏《そし》った。清風の改革を喜ばない者はこれに付和雷同し、ついにこれに取って代わることになった。清風は一定の計画に従って勇往邁進し、必ずしも世情に頓着することはなかった。これに対して九右衛門は流俗と競わず、人心を失わないことを主としていた。これが俗論の名を得た所以である。

また椋梨藤太は坪井九右衛門の一派に属する者であり、才幹あってまた事務に練達していた。ただ、その人格は高潔文雅の風に乏しかったという。

この俗論沸騰の影響によって、次には奇兵隊に解散の命令が下った。俗論派のような保守勢力にとっては、奇兵隊は自身の身を脅かす脅威以外の何物でもなかったのである。二十九日、手元役波多野金吾は書を麻田公輔に寄せて、解散の不可を論じた。麻田は思った。奇兵隊を解散し不慮の変を招くようなことになるよりは小郡に移すには若《し》かずと。そこで奇兵隊を小郡の秋穂の邑に移す命令を下して言った。山口という所は防長二国の根基であって、藩公のおられる所でもある。防備上重要な地であることは馬関に譲るものではない、と。九月六日、隊兵はことごとく小郡に移り、泉蔵坊・信喜坊・萬徳院・遍照寺の四寺をもって営所とした。

このとき正義派の諸士は三人の老臣たちが黜《しりぞ》けられたのを見て激怒し、これが回復を図ろうとした。高杉晋作は最もこれに力を尽くし、その結果、局面は一変した。飯田余之助・小笠原太郎兵衛・財満新三郎・岡本吉之進・赤川勘兵衛・粟屋吉十郎等々が逼塞《ひっそく》を命ぜられた。結党誓訴《ごうそ》の罪によるものであった。

七

また一方で、毛利の臣下の中には朝廷における歎願が功を奏しないことにあせり、鬱屈に耐え得ずして、兵を帥《ひき》いて亡命入京し、冤罪を訴えようとする者が出てきた。遊撃隊の総督来島又兵衛がその最たる者であった。

このとき遊撃隊の中に浮田八郎と高橋熊太郎という二人の隊員がいた。浮田八郎はもともとは京都の浪士であり、高橋熊太郎は水戸出身の浪士であったが、新たに毛利氏に仕え始めた者たちであった。

二人は思った。わが藩主父子は攘夷の手始めとして主上の親征を建議なされ、尊王攘夷の誠忠を尽くしておられる。しかるに奸佞《かんねい》の者があって中川宮にとりつき、恣意をほしいままにして御主君の誠忠を邪魔立てしている。われら臣下たる者の黙って見ておられるところではない。今、冤罪を晴らさんとする御父子様の上京は空しく遷延し、藩内の方針もその帰着するところを知らない。「君辱《はずかし》めらるれば臣死す」とか。われら二人、一人は関白に赴き、一人は幕府の大老のもとに赴いて、藩主父子の冤罪を訴え、もし斬首囚禁されるようなことになれば、そのなすところに任せよう。新たに仕官した者さえ死忠を尽くしたとなれば、世禄恩故の臣がいかなる思いをなすかは推して知るべしだ。御父子の京都進発となり、雪冤《せつえん》の道も開けよう、と。

ところがこれを聞いた来島又兵衛は、二人だけを死地に赴かせるわけにはゆかないと言い出し、隊士たちもただ傍観していては義理が立たないと言って、ついに全軍死を決して亡命上京せんとするに決した。

このとき藩主父子はこのことを深く憂え、晋作を側近く召し寄せられて内命された。

「このたびの遊撃軍の沸騰は実に国家の一大事である。その方、千慮万死、もって鎮静致すべし」

晋作は藩主父子の親書を宮市の又兵衛のもとへ届けた。

世子の親翰を読み終えた又兵衛は言った。

「御書の趣旨は謹んで承知した。しかしながら今日天下の形勢を見るに、御父子のうちどちらかお一人が是非とも進発上京されなくては、天下のためにも長州のためにもよろしくない。御進発がまたまた延期となるようなことになれば、そのときは遊撃軍だけはお見捨ていただこう」

かくて又兵衛との間に激論が続いた。夜はすでに五更（三時）になろうとしていた。

晋作は一旦、三田尻に退き、熟慮を重ねた。そして得た結論は、「古より人の臣たる者、命を受けて使いするに、その命を遂ぐる能《あた》わざれば生きて還らずの義あり。またわが藩の役人の悪弊に、臣下の動揺を制御することができないときには、何かと君公に労を煩わし奉ることが多い。ゆえにこのたびの件については、是非とも必死をもって鎮静の手段を尽くさなければならない」ということであった。

かくて晋作は再び宮市の遊撃軍へ到り、又兵衛を説得に当たった。しかし、もとより承知しようとしない。ついに又兵衛が言った。

「そんな畏縮論を述べて、昔の英気を失ったのか。新知百六十石が惜しくて死ねんのじゃろう」

新知百六十石というのは、晋作は藩より新たに百六十石の禄を受けるようになっていたのでそう言ったのだった。晋作もかっとなった。進退きわまって晋作が言った。

「何！　ならば私の首を斬るか、縛りあげて邪魔しないようにすることだ」

又兵衛が言った。

「それなら共に山口に行き、君公の御評決を仰ごうではないか」

ここで晋作は考えた。「もし又兵衛と山口に行き君公の御評決を仰ぐことになれば、俗物どもの目には私の役儀を果たしたことにはなろう。しかしそれでは俗吏のなすことと同じになってしまい、かつは君公を煩わし奉ることとなってしまう」と。

そこで晋作は又兵衛に向かって言った。

「僕一身のことならばいつでも暴発しましょう。しかしながら防長二国のことは是非とも割拠でなければ、万全の策とは言えません。割拠が万全であってこそ、上京歎願も意味をもつのです。しかも宍戸・桂・久坂たちも京にあって、苦心して周旋に当たっているところです。御国の廟算と京都の形勢事情に詳しい者たちの胸算とが相違するようなことがあっては、事の敗亡に至るは必然です。まずは僕ひとり暴発して京へ飛び、三人とこのことを諮りましょう。もし三人の者が割拠をもって上策とするときは、遊撃軍も鎮まられよ。三人が上京進発をもって上策とするときは、速やかにそのことをお知らせしましょう」

晋作は遊撃軍の暴発を押し止めようとして、自らが暴発してしまうことになった。

二月二日、晋作は大坂に着いた。そこには宍戸左馬介・桂小五郎・久坂玄瑞（義助）・入江九一らがいた。彼らの意見は共に上京進発に反対であった。

桂小五郎は正義の諸藩の連合にその望みを託していた。そのようなときに長州が大兵を率いて京で武力を振えば、その望みもぶちこわしになる。八月十八日の薩摩・会津などによる政変に批判的で、敢えてその風下に立とうとしない諸大名はかなりいる。それらの諸大名を味方につけて、その力で朝廷を動かそうと小五郎は考えていた。今長州一藩が、幕府と佐幕の諸藩を相手に戦えるだけの武力も経済力もない。仮にその力があったとしても、幕府を討つには有力な世論の協力が必要である、と。

また久坂玄瑞の考えは、宮門の賊を追い払い、長州に亡命している六公卿を復職せしめ、朝政の回復を図ることは、もちろん急務ではあるが、それは大兵を率いて上京進発しなくては成就できることではない。しかし藩主父子の御出馬となれば、それは神州の命脈にもかかわることであり、軽率にできることではない。そこで大和や石州・豊後・日田・但馬などで起こっている義兵を応援し、その間に天下の機会を見定め、急遽御上京あるべきだとの考えであった。要するに、幕府を倒して天皇の国家をつくるためには、正義に志す諸国有志の結合が必要だと考えたのである。

宍戸左馬介は遊撃軍の暴発を恐れ、急遽帰藩した。左馬介が帰藩する以前、彼は幕府に吉川監物並びに支藩主及び家老の大坂への召喚の意があることを知り、長州がそれに応じない場合には長州討伐の内意があることを偵察によって知った。左馬介が急遽帰藩したのは、この件に関して藩主に重大な進言をなすためでもあったのである。

一方、晋作は大坂の長州藩邸に残り、京都の形勢を探ることにした。ところが長州の国内では晋作のことを謗《そし》る者が多かったと見え、意外の汚名嫌疑を受けていた。これを聞いた晋作は日々酒を呑んで憂さを晴らし、よき死に場所があれば忠死を遂げようと思うようになっていた。

このときたまたま土佐の中岡慎太郎と宇都宮の浪人太田民吉という二人の者が大坂の長州藩邸に潜伏していた。この二人と晋作が京都の形勢を考察して得た結論は、「ともかく島津三郎の首を切らねば、奸賊の巣穴を払い尽くし、雲霧開発の望みはない」ということであった。

中岡慎太郎が言った。

「大体、今度長州の支藩や家老を大坂まで召喚することになったのは、薩摩に深い魂胆があってのことだ。毛利を追討するのに名分が十分ではない。毛利は格式をやかましく言う国であるから、支藩主を大坂にやることは許さないであろう。そうなると毛利は勅命を奉じないということになる。そこで違勅の罪を負わせて追討すれば、立派に名分が立つということさ。薩摩と親戚の近衛や二条から朝廷へ奏聞し、会津や一橋にも知恵をつけて、かくは大坂への召喚と決したものだ」

晋作は思った。「自分は御国においては色々様々に讒謗非議せられ、帰国して忠を尽くす望みもなくなってしまった。となれば断然あの二人の者と志を同じくし、心を合わせて奸賊を斬って討死することとしよう。そうすれば一身を潔くするのみならず、雲霧も開け、君公の御上京もでき、遊撃軍の暴発も鎮静し、開運の機会ともなろう。そうなればわが使命もより徹底することができる」と。

晋作は喜び勇み、明日か、明日かと機会を窺っていた。

これより以前、晋作が大坂に向かったとき、あとを追うように山県甲之進と岡部繁之助が世子の書翰を持ってやって来た。世子が暴発した晋作のことを心配しての使いであった。

その方、このたびの一挙、根底の持論に変わりが生じたわけでないことは、もちろん、よく分かっている。その心事委曲を推察し、頼もしく思っておる。苦労をかけるが、静思熟慮その心事をとげたなら、早々帰国せられん日を待ち入るなり。
仲春初二　精斎
東一へ

この親書を読んで、晋作の胸間は熱湯を呑むよりも苦しく、あるいは夜半に目を覚まし、あるいは人のいない所に行き、世子の仁愛ある言葉を俯仰し、悲嘆血涙した。

というのは、晋作の志を言えば、どうにかして国家を累《わず》らわさぬよう、君公の御心を労し奉らぬよう、日夜国のために身命を軽くして深謀遠慮・苦思するがゆえに、かえってわが身の嫌疑を被り、意外の悪名讒謗を受ける結果となっていたからである。

このとき久坂は急に国に帰ることが決まった。中岡や大田も晋作に帰藩して尽力するように勧めた。寺島・入江も京都のことはわれらに任せ、君は帰藩するようにと言ってくれた。

八

萩へと帰った晋作は、三月二十九日、野山獄へと投ぜられた。脱走暴発の罪による。

下獄した晋作は、ある夜夢を見た。白髪の老翁に出会い、老翁が晋作をあざ笑って言った。

「汝、歳は未だ而立《じりつ》に及ばないようであるけれども、様々な苦しみにさまよい続けている者のようである。汝の所行をじっくりと尋ね聴きたいものではあるが、余はさておき、まずこの苦穴に陥りし所以を聴きたいものである」

晋作は答えた。

「いわゆる楊震《ようしん》の四知であって、天知る、地知る、翁も知る、わが心も知る。どうして私がわざわざそれを言う必要がありましょう」

老翁は笑って言った。

「もとより四者は知る。ただ、おそらくは汝の子孫朋友に至っては、あるいは知らない者、あるいは知り違えている者もあろう」

言い終わるやいなや老翁の姿は消えた。夢覚めて、相も変わらぬ苦穴の中に、ただ寂寥として一痕の残月が囚室の窓より射し込み、自分のやつれた姿を照らしていた。晋作はしばし端座沈思した。

「朋友が私の心を知り得ないのは致し方もないことであるけれども、私の子孫までが私の心を知り得ず、あるいは知り違える者があっては、恨みなきこととは言えない。ならば老翁の言に従い、ひとまずこの苦穴に陥った所以《ゆえん》を書き遺しておこう」と。

そもそもわが志を言えば、国家を累わさぬよう、君公の御心を労し奉らぬようにと日夜苦しみ考えるがゆえに、わが身は疑いを被り、謗って議論されることを顧みるいとまもないのである。年少の頃、晋作は熊沢蕃山《くまざわばんざん》の『集義和書《しゅうぎわしょ》』を読んだ。曰《いわ》く、「学文を作す程となれば、世間の利発の人となる勿《なか》れ、世間の愚者と為《な》るべし」と。自分も世間の愚者とならんことを願い、ようやく苦穴に陥るまでに勉強したがゆえ、世間の利口者には自分の志を理解することができなくなったのである。また、世間で言う才子や教養人という者がいるけれども、わが身のためにある事をなそうとして、結局は国家を累わせ、君公の御心を労し奉るに至ることが少なくない。このような輩は与《とも》に志を語るに足る人物ではない。

晋作は獄に下った当初、今までのことを悔い、将来のことを思い、茫然として黙座するのみであった。しかし考えてみるとすでに牢獄に下り、いつ殺されるかも分からない。どうして身を省み、わが心を責める必要があろうか。ただ槁木死灰《こうぼくしかい》の如くにして死を待つのみではなかろうか。

しかし、あるとき晋作はふと思った。「しかし孔夫子は朝《あした》に道を聞かば夕《ゆうべ》に死すとも可なりと言われた。これこそ聖賢の道である。どうしてけちな禅僧ふぜいの所為にならう必要があろうか」と。これより晋作は何かに憑《つ》かれたかのように読書に熱中した。あるときは涙が衣をつたい、あるときは慷慨扼腕《こうがいやくわん》、感じ去り感じ来《きた》り、きわまるところがなかった。晋作はようやく知った。先の槁木死灰は人としての道ではない、朝に聞いて夕に死すことこそ真に無量の楽しみである、と。そして晋作はこれを歌にした。

今さらになにをかいわむ遅桜　故郷の風に散るぞうれしき
先生を慕うて漸《ようや》く野山獄

投獄されて一カ月程過ぎた五月五日、聞き覚えのある声が聞こえてきた。

「高杉はどこにおるかっ」

大声でどなりたてている。麻田公輔が乗馬したまま野山獄に乗りつけてきたものであった。「この声はたしか麻田の声、夢か」と晋作が思っていると、そこに大酔して赤く上気した麻田が、抜き身の刀を持って立っていた。麻田は晋作の顔に白刃を突きつけると言った。

「晋作、合点が行ったか。貴様が自分の才にほこり、君公を軽んじ、長老を軽蔑するゆえにこのような有様になったのだ。よくわが心に合点し、心を練らねばならぬぞ」

晋作は答えた。

「実に恐れ入りました。私のような不幸者不忠者を、君公が未だお棄てにならないで、生かしておいて下さるのは有難いことです。君公及び政府の長老たちには毛頭不平はありませぬ」

麻田が言った。

「よいか、この牢獄で三年くらい学問して心を養え。これしきのことに堪えられぬようでは、この防長二国の政治はできんぞ。よくよく読書せよ」

このとき麻田がどういうつもりでこのような行動に出たのかは明らかではない。ただ麻田が晋作の志を励まそうとしたことだけは明らかである。麻田は萩に出向く前に、吉富簡一に次のように話したという。高杉の気性でこの夏を獄中で過ごせば、焦げ死んでしまうかも知れない。この者は生来殺気強き男ゆえ、何とか心を鎮め、すでに投獄されてしまったからには、牢獄に安んじる心を養成させるしかないと。

晋作は麻田の情義の厚さに感泣した。

国のために産《さん》を破《は》す家亦《また》軽し
辞せず世上狂生《せじょうきょうせい》と喚《よ》ぶを
友人猶《なお》義を忘れざる有り
昨日門頭《もんとう》我が名を呼ぶ

だが、このことはすぐに萩の俗論党より、山口の政府に知らされた。政府は泣く泣く麻田に五十日間の逼塞《ひっそく》を命じた。逼塞は切腹の次に重い処罰である。罪状は「酒気に乗じてお咎め中の高杉晋作に大声をもって話しかけ、その際抜き身の刀を手にしていたとのこと。いかに酔態とはいえ、政道をあずかる者が大禁を犯して面会するとは不心得の至り」というものであった。

九

去年の堺町門の変があって長州が斥けられてからも、朝廷の政権の大半は幕府に御一任ということになっていた。しかしながら攘夷という主上の叡慮には副い難く、幕府の味方である二条関白でさえ横浜鎖港が実行されなかったことを難詰され、世の中の評判も長州の攘夷が非常に歓迎され、幕府には批判的であった。しかも皇室に権威の高い有栖川宮父子をはじめとして、一条・嵯峨・中山・大炊御門・飛鳥井らの公卿たちが長州の同情者であり、幕府に味方する者はわずかに近衛・九条・二条の公卿のみであった。

このような状況であったから、幕府の側から見るならば、いつ朝廷と長州の縒《よ》りが戻らないとも限らない。また、幕府を怨む藩は幾多もある。どうにかして今のうちに長州を潰しておきたい。ここで会津の松平肥後守が一世一代の智慧をしぼった。「そのためには朝廷が長州の歎願を受け入れぬようにしなければならない。長州をして朝廷への歎願の途を断たしむるに若かず」と。肥後守は中川宮に内奏を乞うた。

「八月十八日以後、お政治向き一切は挙げて幕府に御一任ある旨勅諚を下されたにもかかわらず、長州の情願を受理なさるようでは、幕府の不平は申すに及ばず、勅諚の御信用に関することでもあります。今後長州の情願は朝廷において一切お取り上げにならぬよう、そして長州の処置は幕府にお任せ願いたし」

これにより五月二十五日、勧修寺経理より長州藩に次のような沙汰書が下った。

列藩より建議もこれあり、幕府へ総て御委任相成り候あいだ、政令一途に心得べく、なお幕府より相達し候次第もこれあるべく、これによりもはや勅使大坂表へ差し遣わされざる旨過日御沙汰候。就ては末家吉川監物・家老ら大坂表へ罷《まか》り出るに及ばず候。委細は幕府より申し達すべく候あいだ、以来幕府へ諸事申し立て候よう、なおまた御沙汰候事。

この沙汰書の文面は、一見朝廷と長州の絶縁状のようには見えないけれども、「政治向きのことは一切幕府に一任してあるから、長州藩の歎願は受け付けられない。以降訴えたいことがあれば、幕府に相談されよ」ということであって、立派な絶縁状であるのだ。

これではもはや長州は哀訴歎願の途は絶え、訴え出るところがなくなってしまう。長州としてはとても黙って見ていることができることではない。そこでどこまでも抗議の申し立てをした。

朝廷におかれては、皇国の重大事といえども絶えて直接聞こし召されずとのこと。これでは人臣たる者はその職分を尽くすを得ず、言路ふさがり、安政の昔の如く、叡慮に背き奉り、皇国は混乱し、君臣の道はへだてられて動揺することになりかねません。

これは政治の常道から言って当然すぎる主張であった。しかし請願は黙殺され、幕府の手で握り潰されただけであった。その後、幾度か請願を繰り返したが、徒労に終わってしまった。

堺町門の変以来、長州は哀訴歎願を繰り返してきた。しかしこうなると、もはや武力に物を言わせるしか方法がないので、ここに進発論が再び燃え上がってきた。主君の冤罪が晴れないことに業を煮やした来島又兵衛は、政府の当局者である麻田に、上京進発のことを迫った。来島は、「平素父兄とも思う麻田といえども、長州のためには代え難い。もしわが説が容れられなければ麻田と刺し違えん」とまで思い詰め、陣羽織を着て、山口の政治堂へ押し掛けた。

元来二階の政治堂に登るには下から鈴を引き、許可を得た上で登るという規則があった。しかし来島はこれを無視して登ろうとした。しかしその日、麻田と共に政治堂にいた波多野金吾は、これを聞くと筆を投げ棄てて段梯子の上から言った。

「これはけしからぬことである。政治堂に登るには規則がある。強いて暴動すれば蹴落とすぞ」

来島は下から突き殺しても登らんという勢いで騒動となった。このとき麻田は何かの草案を書いていたが、この騒動を見て言った。

「二人とも何をするか」

そして常に変わらず穏やかに続けた。

「来島殿、用事があれば差し支えない。こちらに来られよ」

来島は何か感窮まったか、思わず涙を流して言った。

「足下《そっか》には従来何事も私は信じて反対したことはない。君命の次には足下の言うことを信じてきた。ところが先般、われわれは京都での堺町御門での御守衛をやめさせられてしまった。この幕府の暴挙の次第については、わが君公の御痛心を、臣子の職分として一日も傍観しているわけにはいかない。それゆえ、わが公の御冤罪を朝廷に訴え、今までのようにするために諸隊に諮り、政府に向かって上京進発の命を殿様父子に上申せられるよう申し込んでいたのである。しかるに今日まで許可が下りないのはどうしたことであろうか」

来島は続けた。

「伝え聞くところによると、諸隊の血気にはやる者が勢い切って上京したときには、名目はわが公父子の御冤罪を雪《すす》ぐといっても、ついには、幕命によって守衛している会津や井伊家その他の兵と衝突して、容易ならざる御難儀を引き起こすことにもなりかねない。よって少しく時機を見んという足下の持論により、今日まで延期されているという。そこで今日は足下と刺し違えてもわれわれの素志を貫こうと思って、ここへ来た次第である」

麻田は笑いながら言った。

「足下も、とくと物の道理というものを考えてみられよ。もとより足下を始め有志の者が主君を思い、勤王に熱心な余りかく思い詰めておられるのを、拙者も不可とするわけではない。さりながら足下の性格は武人一辺倒であって、勤王の心には厚い人ではあるが、他藩の人に応接し、幕府の官吏に今までの入りくんだことを応答し、朝廷に哀訴して、わが公父子の御冤罪を雪ぐという才識のある人とは言えない。必ずや談判中に破裂して、刺すの突くのと言い出すようなことになろう。もし万々が一、かくの如き事態に立ち至ったならば、足下らはどのようにしてわが公へ申し訳をなさるおつもりか。武道の奥義といって又兵衛の腹を二つ三つ掻き切ったからといって、毛利家の御難儀を救う足しにはならない。いやしくも足下も毛利家中の武士ならば、お家のことを真っ先に考えるべきではないか。匹夫の勇にはやる如きことがあっては、忠義も忠義ならず、勤王も勤王ならず、公輔も勤王の心は足下らと毫《ごう》も変わるものではない。しかし、いやしくも毛利家の政府にある身ゆえ、わが公を助けて幕府へは信義を尽くし、ついに尊王攘夷の大典を挙げられるよう努力しているのである。わが公の公明正大の御事業を誤り導いて、青史に汚点を残すが如きことには何としても左袒することはできない。一度はわが公の御高恩によって罪を免れたこの公輔が、年来御志を奉じて苦慮してきた事跡は、足下らもまた知るところであろう。であるならば、友情の上からもよろしく推察してもらってもよいにもかかわらず、よい年をした足下が少しく軽率であるとは言えなかろうか。公輔は諸隊有志者の勤王心を妨げようとするものではない。深く前後を察してもらいたい」

こう麻田は曇り声で諭し、そして笑顔を転じて又兵衛を見詰めた。

又兵衛は正直な武人であったから、一層涙を流して言った。

「家に帰れば妻がお前のような軍《いくさ》好きでは困ると言い、今また友誼をもって足下の忠告を受けた。一体どうしたらよいのであろう」

こう言うと又兵衛は政治堂を出て宮市の陣営へ帰っていった。

しかしちょうどこの頃、久坂義助や寺島忠三郎・佐々木男也《おとや》らが、京都から長州に帰って来て言った。

「目下将軍は帰東し、越前の春嶽も薩摩の三郎も、土佐も宇和島も、久留米、肥後、尾張も、長州に反対する大名は国に帰り、京都は長州にとって有利なときであるから、この際兵を進めて君側《くんそく》の奸《かん》を払うべきだ」

ただでさえ進発論が再燃してきた時期であったから、久坂らの意見は火に油をそそぐ結果となった。

十

晋作は依然として野山獄北房第二舎にいた。獄内は夏になると蒸し風呂のような熱さになる。そのような中で晋作はひたすら亡き師と対話を重ねていた。師松陰と出会ってからの晋作は、師の教えを実現することのみを考えて生きてきたのであった。すなわち、師の理想をわが理想として生きようとしてきたのである。

下獄から二カ月を過ぎた六月、晋作はふと心に悟るところがあった。

若き日、あるときは東山の月を見、あるときは隅田川の桜を眺め、ときに書を読み、ときに剣を磨き、飄々として四方を周遊し、東は常陸、奥州の士と交わりを結び、西は土佐、肥前の士と死を誓い、もって国に報いる基をたてるに足ると思い込んでいた。かつてそれらの志士に相会するや、あるいは山荘・水閣《たかどの》、あるいは酒楼茶店、心の中をぶちまけ、天下のことを憂い談じた。興に乗じては酒杯をあげ、悲しみ歌っては大酒に憂さを晴らした。千金も糞土の如く、花の都も広しとせず、歌でわめけば三味線が和し、桜も宵闇に隠れ、東の山に月が上るのも分からない。これらすべてのことは必ずしも酒の力を借りて、みだりに暴言を吐いたわけではなかった。それなりの理由があったからである。朝廷の失政を怒り、天下に真の義士なきことを患い、激昂して誓いをなした。一死もって皇国の正気を維持せん、と。思えらく、死ぬる覚悟で国に報いよう、明日生きているとは限らない。どうして正義のために死ぬ覚悟のない者たちに見習う必要があるだろうか。そうだ、将来の国の大計を立てるにあたって、どうしてちっぽけな物差しにたより、聖賢の真似事をして満足していることができようか。たとえ今日、詩酒放蕩の謗りを受けたとしても、将来死して天下を動かすことができれば、その大志誠忠は天地神明の知るところである。敢えて一点の疑惑もあるものではない、と。

　しかしあるとき、「朝に道を聞かば夕に死すとも可なり」の言葉を思い出し、さらに愛玩熟味して、日夜思索を重ねた。そして今までの考えは夢まぼろしのように消え去った。私は初めて知った。昔日の愉快となす所以《ゆえん》のものは、ただの浮ついた虚勢であって、真心より愉快となす所以のものではなかったのだということを。史書に伝えられている英雄豪傑は皆、生死のことは考えに入れていない。まずは行動することを急務としているがゆえに、自分の死を忘れ、明日の生をも忘れているのである。今日詩酒放蕩の旅客となるとも、これは必ずしも死生を度外に置いているとは言えないのであって、浮ついた虚勢の害を免れることはできないのである。一時の虚勢は、すなわち、一日の過ち。一日の過ちは一日の過ちではなく、終身の累《わずらい》である。況んやその一日ならざるにおいてをやである。大酒の勢いを借りて、官吏を罵っては俗物となし、あるいは儒者を指して擬君子と呼ぶ。しかしこれらは、未だその甚だしい者とは言えない。それよりも甚だしい者に至っては、一朝の怒りが千歳の累となり、一つの失言が死後にまで汚名を残すことになる。昔日のことを回想するたびごとに、このことに思いを至せば、体中に冷汗をかく思いである。

先師二十一回猛士はかつて言われた。私は東日本を遊学中、例えば赤穂義士の赤垣源蔵の如き詩酒放蕩の人に出会うことも少なくなかった。しかしこれは源蔵だからよいのであって、後世の源蔵を学ぶ者は思慮浅薄で、共に大義を語るに足る人物ではない、と。今にしてこれを思えば、先師の教えに背いていることは、恥ずべきの甚だしきものである。しかしてどのようにしたら昔の過ちを悔い改めることができるのであろうか。古語に言えるあり、「よく過を改むるを以て過なしとなす」と。私は地下の先師に誓い、翻然として心を改めた。以来、朝は早く起きて部屋を掃き清め、虚心にして語らず、従容として命の終わるのを待った。口に一杯の酒も飲まず、耳に管絃の音を聞かず、しかして心は誠に愉快であった。囚室から見た草花も、机の上の石ころも、あたかも東山あるいは隅田川の景色を見るが如くに思われた。

晋作は、またこうも考えた。人間というものは悩みぬかねばならない。おそらく人間というものは悩みや苦しみにもだえることがなければ、真実の正義も、仁愛も、人間としての振舞いも、深く考えることはできないものなのだ。悩んで悩み抜いたその果てに、何らかの答えなり、結論が得られるものではなかろうか。そこにこそ、生命の飛躍があるのではなかろうか。汗と涙によってしか、世の中の未知なるものを解き明かしていくことはできないものなのだ。私は牢獄に入るのが十年遅かったのではなかろうか、と。

またあるとき、同囚の者が晋作の振舞いを怪しんで尋ねた。

「足下の罪は生きるか死ぬか未だ決まっていない。なのにどうしてそれほどまでに読書勉強されるのか。私は足下の考えが理解できない。なぜなのか」

晋作は言った。

「私は若い頃、無頼で撃剣を好み、武人《ぶにん》とならんことを願っておりました。やっと十九歳のとき、先師二十一回猛士にお目にかかり、初めて書を読み道を行うということをお聞きしました。先師の教えを受けることわずか一年、国を去って東国に遊学しました。このときわが藩においては、俗論の輩が大いに勢力を得、そのためついに先師は幕府の牢獄に送られることになりました。

私も江戸にあって師のために牢獄を往来しました。そのとき師は私に言われました。あなたは妻を迎え仕官することなどは、父母のお心にお任せなさるがよい。そしてもし君側《くんそく》にでもお出でなさるようなことがあれば、御主君に深く誠忠を尽くされよ。しかしそのときには必ず禍を受けて君側を黜《しりぞ》けられることとなりましょう。そののち静かでへり下った人となられ、書を読み心を練りあげられよ。十年の後、大いになすべきものがあることは間違いありません、と。

この言葉を思い、なお今も耳に聞こえてくるが如くです。しかし師はすでに遠くに去られ、もう十年になろうとしています。しかし先生の言葉は今の私の境遇と、符節を合わせたかのように一致しています。これによって思えば、私が今幽囚にあるのは、師が教えて下さった静かでへり下った人となるべきときです。どうして勉学読書に精励しなくてよいでしょうか」

しかし晋作の言葉がまだ終わらぬうちに、その同囚の者は笑って言った。

「あなたが師の言葉を堅く守っておられるのはよいとして、しかしもし斬首死罪ともなったなら、今の勉強読書は昨夜の夢と消えはててしまうのではありませんか。どうして心をもっと高妙のところに置いて、老荘のいわゆる虚無無為の域に逍遙しないのですか」

「私はまだ生きています。生きている者は必ずしも死のことにばかり目を向けるべきではありません」

同囚はこのことを極論しようとした。しかし晋作はもう笑って答えなかった。命をかけて正義を回復しようとする者でなければ、自身の思いを理解することはできないと考えたからであろう。そして晋作は先師の言葉を囚室の壁に書きつけて自らの戒めとなした。

風雲

十一

この頃、京都では長州藩士及び諸藩の浪士らが、あるいは商賈《しょうこ》に扮し、あるいは奴僕《ぬぼく》となって入京し、近々放火発砲し、その混乱の隙に乗じて主上を本国へ奪って帰る計画があるとの風聞がしきりにささやかれていた。

新選組の近藤勇《いさみ》はその捜索に怠りなかった。六月五日早暁、新選組は桝屋喜右衛門が営む古道具屋に押し入り、甲冑十組、鉄砲、刀剣、槍、弾薬類、それに長州志士からの文通の手紙二、三通を押収した。そこで武器類はそのまま倉庫に入れて封鎖し、喜右衛門夫婦を壬生村の屯所に連行して拷問にかけた。

実を言えば桝屋喜右衛門とは世を忍ぶ仮の名で、本名は古高正順《まさやす》、通称俊太郎といい、もと日光家の家臣であった。近江国の出身で、京都で勤王倒幕運動を始めていた者であった。

俊太郎は名前だけは明らかにしたが、それ以上のことは何も言わなかった。土方歳三が手を替え品を替えて拷問したが、さらに口を割ろうとしない。俊太郎は峻酷を極めた拷問の苦痛に、もはや絶命するものと思い、同じく死するならばその企てだけは言い聞かせ、天下の士気を振わせてやるのも本懐と、計画の一部だけを明かした。

「肥後守に残飯を食わせてもらって有り難がっている犬どもめ、よく聞いておけ。去年八月十八日の事変は中川宮と肥後守がなしたものである。そこで列風の夜を選んで御所の附近に火を放ち、驚いて参内する肥後守に天誅を加え、中川宮や一橋慶喜らはこれを捕えて幽閉して政体を十八日以前に戻し、主上を長州へ御動座し奉るつもりであったのだ」

これを聞いた近藤はあまりのことに唖然としたが、一方では飛び上がらんばかりに喜んだ。小人《しょうじん》の習いで、主人肥後守を暗殺しようとしている賊の陰謀を明らかにしたことを、「大手柄」と喜んだのである。

そもそも近藤率いる新選組というのは、たかり・強盗・芸者に乱暴を働くといった放肆《ほうし》強暴な人間の集まりである。それが京都守護職の麾下となった。いわばやくざが警察になったようなもので、大義名分だの、天下国家だのといったおおよそ高等な理解のある人間ではない。食わせてもらっている会津・徳川に尽くすことが彼らの「誠忠」で、それ以上のことは理解しようとさえしない。国家天下のために働いている俊太郎らの心の奥など知る由もない。

しかし俊太郎はそれ以上のことは話さなかった。近藤らは暴徒を一網打尽にせんものと、さらに拷問を酷くしたが、俊太郎は拷問に耐えた。

ところが、そこへ組子の者が来て注進した。

「先刻多数の浪人が桝屋の土蔵の鍵を破って、押収した武器を残らず持ち出し、それを三条小橋の旅館池田屋に運び込みました」

「しめた、これで手掛りをつかむことができるかも知れない」

近藤は踊り上がらんばかりに喜んだ。彼は速やかに守護職松平肥後守と所司代松平越中守定敬《さだあき》に連絡して、夜五ツ時（八時）を期して共に打ち入ることに手はずを整えた。

しかし五ツ時を過ぎても、準備に手間どっているのか、兵士たちは来ない。もしこの機会を逃せば、大事を逸してしまう。近藤は決意した、隊員だけで打ち入ろうと。近藤は池田屋と木屋町三条の四国屋を特に怪しいとにらみ、二手に分かれることにした。沖田総司・永倉新八・藤堂平助・奥沢栄助、それに近藤の倅周平《せがれ》ら、組子でも屈強の者を選んで、これを近藤が率いて池田屋に向かった。土方は残りの二十余名を率いて四国屋へ向かった。

一方、池田屋にはすでに二十余名ほどの志士が集っていた。肥後では宮部鼎蔵・松田重助、長州では吉田稔麿《としまろ》・福原乙之進・有吉熊次郎・所山弥作・松尾甲之進・安藤鉄馬・広岡浪秀、土佐では野老山五吉郎・石川潤次郎・北添佶磨《きつま》等々で、いずれも一廉の人物ばかりであった。

古高俊太郎が捕えられたことを聞いた彼らは大いに怒って協議した。まず新選組の屯所に火をかけ、その混乱に乗じて古高を奪い返し、新選組を鏖《みなごろし》にする。次に御所の附近に放火し、守護職である肥後守が驚いて参内するところを要撃して首を刎ね、中川宮はこれを捕えて幽閉し、一橋慶喜も同じく捕えて大坂に護送する。しかし少人数をもって事をなすには夜襲に限るというので、今夜子の刻（十二時）を期して新選組の襲撃から始める。これらのことを取り決めて、志士たちは配膳を頼み、各々酣飲《かんいん》していた。

時刻はすでに四ツ時（十時）頃になっていた。池田屋に着くと近藤らはずかずかと玄関に入っていった。

「御用改めである。ここに長州人はおらぬか」

こう言うと近藤は二階へ上がろうとした。池田屋の女将《おかみ》がこれをさえぎって言った。

「長州の方々はお得意様で、決して怪しむべき人ではありません。まず一言、言ってまいりましょう」

こう言うと女将は階段を上がろうとした。隊員の一人がすかさずこれを斬って階下に落とした。側にいた姉妹が悲鳴を上げた。階段近くにいた北添佶磨がこれに気づいて、とっさに「賊だっ！」と叫んで立ち上がった。それとほとんど同時に近藤が駆け上がってきた。不意をつかれたとはいえ、志士たちはみな武道の心得のある者たちばかり、とっさにこれを迎え討った。行灯《あんどん》はこのとき吹き消され、漆黒の中での乱闘が始まった。

しばらくして土方ら二十余人が池田屋に駆けつけてきた。四国屋には浪士は誰もいなかったからである。この乱闘は一時（二時間）ばかりに及んだ。

新選組二十余人のうち、奥沢栄助は即死、新田革左衛門・安藤甲太は重傷を被り、この傷のために後で死んだ。藤堂平助は額から顔面にかけて斬り下げられ、長倉新八の腕は刀とともに斬り落とされた。

一方、志士の側では北添佶磨・所山弥作・松尾甲之進がこれに斃れ、宮部鼎蔵は深手を負ったためか自ら割腹して果てていた。吉田稔磨は創《きず》を被り、二階から飛び下り、隣家の庭近くで監視していた桑名藩士本間某を斬り、黒川某に重傷を被らせ、河原町の長州藩邸に至ったが、門が鎖されていたため門外に自殺して果てていた。

一階では大高忠兵衛が土方らの一隊に殺され、山田虎之助・西川幸助・松田重助が捕えられた。松田はすきを見て逃げたが、ようやく駆けつけてきた会津藩の兵士の一人に殺された。石川潤次郎・広岡浪秀は路上に斃れていたという。

守護職松平肥後守は新選組の功を賞し、傷を負った者には各々金五十両、近藤勇には関兼氏の名刀、部下たちには酒肴料五百両が与えられた。こうして新選組は正義派を斃し、勢威を振い始めた。

しかし、のちに近藤は板橋で捕えられ、斬首せられた後、京都加茂川原に梟首《きようしゆ》せられることになる。

十二

池田屋の変は長州の進発論をいやがうえにもさらに燃え上がらせた。長州では庶民から藩主に至るまで進発に一決したのである。このまま進発せずなりゆきに任せておけば、防長二国は滅び、毛利家は断絶してしまう。しかし仮に朝廷から長州追討の勅命が出れば、長州の上京進発は勅命に逆らい、武力をもって嗷訴《ごうそ》に及んだということになり、これでは名分が立たない。長州は大義名分というものを重んじる国であるから、藩公及び藩政府はこのことにかなり苦心した。

そこで作戦を考えた。まず、他藩の浪人からなる浪人組三百人が歎願のため京都に上る。そこへ江戸へ下向していた福原越後の一隊が、歎願のため上京してきた浪人組に伏見で出会い、これが無謀なことをしようとしているから、これを監視するということにする。また藩のほうでも、浪人たちが上京進発したので、大いに驚いてその鎮静のために国司信濃《くにししなの》の一隊を向かわせる。また池田屋事変の如き乱暴なことが宮闕《きゆうけつ》の下で起こっては皇室の威信にも関係し、人心も動揺するから、乱暴狼藉の者を捕え、御所の近辺を粛清する。そのために益田右衛門介《ますだうえもんのすけ》の一隊を送る。

そうして公にしたのが次の手組書であった。

手組書

第一発　浪士一達……三百人

第一発は攘夷の国是請願、五卿及び慶親父子冤罪免訴歎願のこと。

第二発　福原越後……三百人

第二発は関東下向のところ、途中浪人多数上京せるを見てその監視のため余儀なく伏見に相滞ること。

第三発　国司信濃（遊撃軍）……四百人
第三発は浪士鎮撫のため。
第四発　益田右衛門介……三百人
第四発は京都五日の変（池田屋事変）を聞き狼藉者詮索のため罷《まか》り登る。
第五発　毛利長門守定広《さだひろ》、吉川監物
右の通り名義を以て主と致し候得ども、縮《つづま》る所、第四発の狼藉者の詮索を以て肝要とするは勿論なり。元来堺町の変干戈《かんか》を以て警衛所前へ俄《にわか》に人数出張の儀、今以て不審に相考え居り候ところ、又々同様の次第については、決して輩下数多《あまた》の狼藉者群集、暴行相働き、朝廷の御威徳に相拘《あいかかわ》り、御一大事、且つ武門の面目相立たざる儀に付き、右等狼藉者見当たり次第、一戦を遂げ、闕下掃清、攘夷の御国是相立て候様仕たくとの儀を以て要務と致し、天下へも公然と相唱え候こと。

この手組書を見た支藩岩国の吉川監物は名分の貧弱さを言って、各支藩に注意の書を送った。

このたび御進発のお手組書を拝見仕り候ところ、五日の池田屋の事変のゆえとは申しながら、かえって御名義の御不足があるよう存ぜられ候。各支藩におかれてはいずれも御尤と存ぜられ御決定なされ候えば、もはや愚存を申し上げることは差し控え置き候えども、心底においては、ますます御案じ申し上げ候。

確かに監物の言うように、右の手組書は名分が貧弱であるばかりではなく、見る人が見れば兵を動かすためのただの言い訳か屁理屈であることがはっきりしていたであろう。その証拠には慶親父子が黒印の軍令状を三人の軍の総督に渡したのを見ても明らかである。軍令状というものは、ひとたび変事が起きたときには兵を動かしてもよいという藩主の総督に対する委任状と解してよいからである。その黒印書というのが次に掲げるものである。

黒印書
御方こと出府申し付け、人数預け置き候。諸事緩みなく管轄すべきこと。
一、伍中の者は令を伍長に受け、伍長は令を隊長に受け、隊長は総督の指揮を受け、隊中一和肝要たるべきこと。
一、私闘は申すに及ばず、軽挙妄発大事を誤り候儀は尤も厳禁のこと。
一、総て非礼非儀の振舞いあるまじきこと。
一、国家の動静を猥《みだ》りに他へ洩らすまじきこと。
一、奸淫大酒堅く禁止のこと。
一、僣上虚飾の衣類は勿論無用たるべし。総て諸士匹夫貴賤の分限乱すべからざること。

右の条々違背の者これあるにおいては軍律をもって相糾し、品に寄り切腹申し付くべきものなり。

元治元年六月二十日

元治元年六月十六日、手組書の通り久坂義助などの浪人組が第一発として進発し三田尻を発った。第二発の福原越後の一隊も時を同じくして出発。第三発の国司信濃は十日遅れて六月二十六日に山口を発つことになった。

ところが六月二十四日、長州にとんでもない凶報がもたらされた。英仏米蘭の四カ国連合艦隊が大挙長州に来襲するというのである。これは井上聞多《ぶんた》・伊藤俊輔《しゅんすけ》の二人がもたらした情報で、イギリス公使からの書翰も持参していた。二人の話によると、攘夷は言うべくして実行のできるものではなく、今日速やかに攘夷の藩論をひるがえして開国の方針をとらねば、長州はおろか日本は滅び去ろうというのである。長州にとってはまさに内憂外患が一度に襲い来ることとなった。

井上と伊藤の二人は山尾庸三《ようぞう》ら他の三人と共に一年前の文久三年、密かにイギリスに留学していた。ところが五月十日以来、薩摩に続き長州でも馬関海峡で数度にわたって外国船を砲撃したとの記事が新聞紙上に掲載されたので、二人は互いに話し合った。

「かように無謀な戦争を続ければ連敗し、その結果は恐るべきことになる。速やかに幕府を廃して政権を朝廷に返し、国家の統一を計るとともに、攘夷の謬見《びゅうけん》を打破して開国の方針を執らねば、国家将来の維持は決して望まれない」

祖国の一大危機に直面して、二人はすぐに帰国を決意したのである。途中、喜望峰のあたりで嵐に遭い難渋したが、六月十日頃無事に横浜にたどり着いた。二人は英国公使ラザフォード・オールコックに会見を求め、「われら二人イギリスで見たところを藩公及び政府の長老たちに伝え、煉瓦塀に自分の頭をぶっつけるような無謀なことはやめるよう警告し、藩の謬見を一変せしめようと思う。しばらく出兵の期日をゆるめ、二人が長州に帰国してその志を達する余地を与えられたい」と懇願した。

公使は言った。

「私一人で解答することのできることではないから、三カ国の公使と協議のうえ確答しよう」

待つこと二、三日にして夜中密かに公使館でまた面会した。

公使が言った。

「他の三カ国の公使も君たちの意見を容認してくれたから、速やかに長州に帰って十分に尽力して欲しい」

そして二人に四カ国公使から藩主へ贈る書翰を託した。

公使はさらに言った。

「今の日本では攘夷論が沸騰しているときである。君らが長州人として帰国するのは頗る困難であろう。私は君たちの身の危険を深く憂慮せざるを得ない。たとえ幸いにして無事に帰国することができたとしても、藩主を始め要路の諸臣たちが君らの意見を採用するかどうかも分からない。もしも不幸にして君らの志を貫くことができないときは、君らはやむを得ずまた英国に渡航するつもりであるか」

二人は答えた。

「われわれは全身の熱血を灑《そそ》いでその意見を述べ、藩論を一変せしめようとする決心です。しかし万一わが藩公や政治に当たっている人たちがこれを採用してくれないときには、もはや他に施すべき方策はありません。そのときには断然攘夷軍の先鋒に進み出て、貴国の砲弾に当たって死ぬのみです」

公使はこれを聞くと手を拍《う》ってその志を讃嘆した。さらに公使は英国軍艦をもって、二人を周防灘に浮かぶ姫島まで送り届けた。そこから二人は山口に向かった。そして山口に着いたのが六月二十四日だったのである。

二人の話を聞いた藩では直ちに君前会議を開くことにした。その日、慶親及び定広父子が臨席し、要路諸臣も列席した。それは家老宍戸備前・毛利筑前・毛利能登・浦靭負・清水清太郎、藩政府員では前田孫右衛門・山田宇右衛門・山県九右衛門・波多野金吾・毛利登人等々の人々であった。

まず慶親公が外国渡航の期間や帰国の次第及びその趣旨を尋問するよう毛利登人《のぼる》に命ぜられた。そこで井上聞多が英国留学の事情から説きおこし、四カ国公使より書翰を託されて姫島に到着するまでの次第を述べた。

これが終わると次に家老宍戸備前が口を開いた。

「すでに会議で決定した攘夷の藩論に、敢えて反対する理由は何であるか」

聞多が答えた。

「『孫子』の謀攻篇には、『彼を知り己を知れば百戦殆《あやう》からず。彼を知らずして己を知れば、一たびは勝ち一たびは負く。彼を知らず己を知らざれば、戦ふごとに必ず敗《やぶ》る』とあります。藩の政府員の方々が外国富強の実状を知らず、無謀極まりない攘夷を断行し、わが方の不完全なる兵と武器とをもって、かの堅艦利器に当たろうとするのは『彼を知らず己を知らざる』ことに当たります。私が急遽帰国した所以はわが国の無謀な攘夷をお諫め申し上げ、切迫したわが国の危急を救い、もって開国の方針を執って将来の維持を図るためであります」

井上は留学中に見聞したことを実例を挙げて詳述し、なおまた続けた。

「富強盛大なる国々と開戦し、これを継続するならば、敗戦の結果巨額の償金を強要せられるか、土地を割譲せらるるか、どちらかであることは間違いありません。ゆえに速やかに攘夷の藩論をひるがえし、京都に派遣した兵を召還し、開国に方針を一変されますよう進言致すものでございます」

ついで政府員の中にも反問する者があった。聞多はこれら一つ一つを弁駁し、満腔の熱誠を灑《そそ》いで開国論を主張することほとんど五、六時間に及んだ。気がつくと聞多は議席の中央に進み出て応答していた。しかし議事はなお決定する様子はなかった。ここで配膳役が藩主の晩食の用意ができたことを告げたので、その日は散会となった。

藩公父子は君前会議で開陳した聞多の論旨を至当とし、かつ身命を抛《なげう》って諫言に及んだことを深く嘉賞された。しかし攘夷のことは防長人心の狂奔するところであり、騎虎《きこ》の勢いこれを如何《いかん》ともすることができず、聞多の意見を容れることはできなかった。よって慶親公はその旨を毛利登人をして聞多に伝えさせた。

「今や全藩の人心は攘夷に熱狂し、二人が外国の軍艦に搭乗して帰国したと聞くと、ある者は外夷の間諜《かんちょう》であると言い、ある者は外国の説客《ぜいかく》であると言い、上下みな非常に憤激し、重臣から諸有志に至るまで二人を国賊と見なしている。殊に君側の重臣たちは、もし藩主父子が二人の意見を採用されるようなことがあれば、一同君臣の縁を切る外はないと言って、すでにその旨を言上に及んだ者さえある。人心の沸騰かくの如くであってみれば、藩公父子から説得しても、おそらくはこれに服従せざるのみならず、かえって激怒し、いかなる事変が引き起こされぬとも限らない。たとえ防長二州が焦土と化したとしても、勅命を奉じ人心の向かうところに従って、攘夷を遂行する決意である」

聞多は思わず深い溜め息をつき、そして言った。

「藩の政府員の方々が防長二州を焦土と化しても、天勅を奉じて攘夷を遂行なされようとするのは、一見その言、甚だ善美に聞こえます。しかし敗戦の結果、政府の諸員が一同討死してしまいましたならば、藩公お一人が生きながらえるという道理はありません。当然その最後の御決心がなくてはなりません。藩公父子を始め政府の諸員は果たしてその決断がおありでしょうか」

聞多は特にこの最後の一大事を、必ず藩公に伝えるように請うた。登人は最初頗る難色を示したが、やむを得ず聞多の要請を承諾した。

毛利登人の報告を聞いた藩公は痛嘆して言った。

「聞多の直言は誠に道理である。けれども現在の形勢に鑑《かんが》みれば、攘夷の中止は言うべくして行うことはできない。やむを得ずまず下関において外国艦隊と奮戦して、勅命を奉ずる誠意を天下に明らかにし、しかる後、朝廷に対して冤罪を雪ぐほか手段はない」

しかし藩政府は京都と馬関の両方面に兵を割《さ》くことを不利と悟り、外艦襲来の期日を引き延ばして、兵力を京都に集中せしめようとした。そこで藩では毛利登人をして二人に次の命令を伝えしめた。

「馬関において外艦に砲撃に及んだのは、叡慮を遵奉し、かつ、人心の沸騰から起こったことである。しかしながら両人が帰国して申し出られたことは、今一度主上の叡慮を確かめた上で、和平か戦争かのどちらかに決定する。ついては回答の期日も迫っていることであるから、九月まで延期を請い、それが認められないようであれば、一戦に及ぶべく外国に応接するように仰せ付ける」

しかしこのような自国に都合の良いことを、すぐにでも攻め込もうとしている外国に伝えたところで、到底受け入れてもらえるものではない。このことは二人も予測していたところではあったが、君命であるから、やむを得ず姫島に碇泊している英艦へ戻った。

十三

かくて世子定広は京都への進発を急いだ。しかし憂慮すべきことがもう一つあった。それは岩国藩主の吉川監物のことであった。この人は前にも述べた如く、賢明で非常に慎重な人であった。であるから、定広が山口に出発した日にも、慶親公は重臣に親翰《しんかん》を持たせて岩国に急行させ、監物が出発を遅疑せぬように要請した。

残暑甚だしく候ところ、いよいよ御無異《ぶい》珍重の御事に候。然れば長門守（定広）儀、過刻出足致し候あいだ、御自分（監物）事も引き続き御出立と存じ候。長門事《こと》未だ若輩者の儀につき、諸事御気を付けられ下され候よう御依頼致し候。そのため此の者差し越し候（以下略）

また宍戸備前らの家老からも書翰を送らせ、このたびの進発はあくまで歎願のためであって、それが認められなければ、そのまま帰国する予定で、毛頭干戈を動かすつもりはない、と言わしめた。しかしこれは苦しい言い訳であって、これを見ても慶親がいかに監物に気をつかっていたかが分かる。しかし監物も宗藩の苦しい事情が分からぬ人ではない。知っていて敢えて進発することにしたのである。二、三千人にものぼる大兵を率いて京都に上るのである。いかに宗藩が干戈を用いるつもりはないと言っても、それがただの言い訳であることを悟らぬ監物ではない。「毛利が今朝廷や幕府に弓を引いたなら必ず失敗する。今後のことは毛利家の存亡にかかわる大事である。いかなることがあろうとも、どこまでも忍んで恭順するのが毛利家を救う道である」と考え、毛利家を内側から抑制するつもりで進発の一行に加わったのであろう。監物がいよいよ出発しようとしたとき、家臣の中には不同意を言上する者も多くいた。中には死を覚悟して直諫した者もいたのである。しかし監物は、「余には余の考えもある。また一旦宗家と存亡を共にすると誓った以上、もはや何の躊《ちゅう》躇《ちょ》するところがあろうか。もし邪魔立てする者あらば、斬って棄てるのみである」と言って、多くの諫言を退け、決然と進発したという。このことからしても、監物は宗家を内側から抑制し、用いられなければ共に死ぬ覚悟であったのかも知れない。

一方京都にあっては、長州の兵が上京したことを聞いた幕府は、近国の諸侯に檄を発し入京を促した。その数七、八万との噂が流れた。幕府はこれらの兵を嵯峨・山崎・伏見の三方面に派遣し長州兵に備えさせた。嵯峨方面には加賀の兵をあて、新選組は竹田街道、大垣兵は伏見街道、桑名兵は東九条に、それぞれ宿営して長州兵に備えしめた。

七月六日、一橋慶喜は諸藩の留守居役を召し寄せ、「幕府は長州兵に対して八日を期限として退去を命ずることにする」と言った。これを受けて長州に同情的な安芸・因幡・筑前・対馬・津和野などの各藩は、福原越後のもとに赴き、これを伝えた。これに対して福原は、現在の長州の人心は沸騰して歎願を繰り返し、朝廷ではこれを拒絶している状況で、如何ともし難いことを告げてこれに応じなかった。

慶喜は、さらに、十一日を期限として退去するよう長州に命じた。やむを得ず福原は山崎にいる来島・久坂らに諮り、「一旦山崎の兵を大坂に退去せしめ、世子定広と五公卿（六卿のうち錦小路卿は逝去）の大坂到着を待って、さらに方策を協議してはどうか」と言った。これに久坂は同意したが、来島は反対であった。よってさらに退去し難い所以を述べ、陳情書二通を呈した。ここには防長士民の歎願書を要約して掲げることにする。

恐れながら、わが毛利宰相父子は先年来神州日本のために東奔西走し、防長二国の存亡をかけて尽力してきました。しかし数十度にわたる勅命は実行されず、攘夷の叡慮が一日延ばされれば、夷人たちは一日の猖獗《しょうけつ》を加えております。わが国力は日を追って衰耗し、ついには併呑の憂き目を見るのは火を見るよりも明らかであります。幕府におかれては、十分軍備が整のった上で戦うべしと言っておられますが、太平の世が久しく続き、人心は遊惰に流れておる現在、これは甚だ難しいことです。

そもそも戦いの勝敗は兵の多寡にかかわるものではなく、ただ人心の振うと振わざるとによるものです。そこでまずは横浜の夷人を御誅殺なされば、もう後へは引けず、全国の人々が必死の覚悟となり、朝に命令を下して夕に天下の人心は一団となり、武備は令せずして整うこととなりましょう。しかも堂々たる幕府がこのような道理を分からないわけがありません。

しかしそれが実行に移されないのは、奸佞の臣があって夷狄と共謀し、神州の正気を衰滅せしめているからであります。未だ正義に荷担する藩も少なくはありませんので、速やかに適切の処置を講ぜられたく、宰相父子の至願であります。

委細は「奉勅始末」及び「取調書」にある通りであります。恐惶地に伏して懇願し奉ります。泣血百拝。

元治元年七月八日

防長両国の士民

これらの歎願書は勧修寺家を通して朝廷にもたらされた。その日、朝廷では長州のことで評議が行われていたが、これらの歎願書によって、その日の評議はとうとう夜に入った。一橋慶喜は何かの用事で遅れたが、途中からこの評議の列座に加わった。そこで議論の鋒《ほこさき》は慶喜へと向けられた。正親町《おおぎまち》三条実愛《さねなる》が政局の変転を難詰した。

「しかし昨年八月十八日（堺町門の変）の朝旨と、それ以降の朝旨と、全然反対になってしまったのはどういうわけであろう。主上の聖旨がお変わりになったわけではなく、その局に当たっている幕府が聖旨を矯《た》めたのではなかろうか。このように聖旨が変わったように見えては、世間の人々は聖旨を疑うようになり、主上の御威信にもかかわることとなろう。そうなっては天下の政道の紊《みだ》れとなり、国家を維持することもできなくなろう。

現に毛利慶親が攘夷の聖旨を奉じてなした誠忠が、今では聖旨に戻《もと》った形となって、ついには不忠の勅勘を蒙っておる。そもそも慶親父子は防長二州を抛って誠忠を尽くしてくれている。それがどうして追討されねばならなくなったのか。誠にもって奇怪千万。仮に聖旨に違うところがあったとしても、反逆の意があるわけではない。どうしてそれに入京を禁じたり、追討の師を差し向けなければならないのか。

この際、慶親父子の入京を許し、勅勘に対しては慶親に謝罪せしめて主上のお忿《いか》りを解き、幕府とも和合せしめて挙国一致して外患に当たるのが国家として当然の仕方でござろう。兄弟鬩《けいていかき》に鬩《せめ》ぐのときではございますまい」

真実を突かれた慶喜は苦しい言い訳をした。

「嵯峨卿のお言葉ではございますが、幕府では聖旨を矯めた覚えは毛頭ありません。去年八月十八日以降の聖旨が本当の聖旨であって、それ以前の聖旨こそ、長州と三条実美卿らが共謀して聖旨を矯め、ついには堺町御門の変乱を招いたものでございます」

「言われな刑部《ぎょうぶ》、八月以前のことは、幕府に対して幾度も勅命があったにもかかわらず、攘夷の実行をなさないがゆえに、叡慮によって慶親に勅命を下されたものである。慶親はその勅命を奉じて一意専心その実行に努めたものである。

今のような長州の暴逆も決して許されるものではないが、しかしその源を正せば、幕府の外交が軟弱だからである。長州は自国を抛って攘夷の実行に先駆けしておる。幕府が叡慮の重きを尊んでその職責を果たしておれば、このような騒動は起きなかったのではないか。幕府が自身の職責を果たさずして長州の罪を問うことなどできようはずがない。このような名分に外れたやり方では、たとえ長州を討ち払ったとしても、第二、第三の長州が出てくることでござろう。外国が国内を窺っている今、内に乱を求むべきではない」

言々剴切《がいせつ》、実愛の叱責に満場水を打ったよう。

「攘夷の聖旨を矯めたと仰るが、横浜鎖港のこともすでに各国の公使に申し入れております。日時のかかるのはやむを得ませぬ」

しかし中山忠能《なかやまただやす》はこれには納得せずに言った。

「申し入れても、その実効は現れていない。それはただの申し訳のためにしたのでござろう。生麦事件の償金のことでも、拒絶せよとの勅命を奉じていながら、償金を出して謝罪したではないか」

いよいよ窮した慶喜は正直に答えた。

「拒絶は致しましたが、イギリスは江戸を砲撃すると申し、すでに陸戦隊を上陸せしめる始末。これでは天下の乱と相成り、国家を保ち難きことと心得……」

実愛はもはや我慢がならず、たたみかけた。

「戦争を恐れ、償金を払って謝罪するなど、誠にもって腑甲斐なき次第じゃ。わずか三十六万石の長州でさえ、諸外国の軍艦と戦っておる。堂々たる幕府が恥ずかしくは思われないのか。藩をあげて外夷を撃ち、国威を宣揚しようとした長州を何の罪があって罰せねばならんのか。全くあべこべではないか。一日も早く慶親父子を入京せしめて冤罪を許し、共に諸外国に当たるのが至当の処置というものでござろう」

しかしこの場合、長州を許したのでは幕府の面目は丸潰れとなるので、いっかな承知せず慶喜は言い放った。

「すでに長州は大兵を擁して京に迫っております。臣下としての本分を失い、不敬至極です。しかるに大膳父子を召し寄せるなどとは朝廷の威信にかかわるところ大であります。よろしくその兵を引き払わせるべきであります。もしも朝廷において、父子を入京せしめるとの議が決しましたならば、某は肥後守や越中守と共に職を辞し、江戸に帰るのみでござる」

幕府では何かあると朝廷の弱みにつけ込んで、守護の職を辞すると言う。これには皆愕然として、一言も発する者もいなかった。

七月十三日、第四発の益田右衛門介が兵六百（内三百は手兵）を率いて大坂に着いた。さらに世子定広が大兵を率いて上京するとの確報が京都にもたらされた。会津の肥後守容保は思った。「評議がこのように長引けば、いたずらに長州兵の数が増し加わるのみである。定広が上洛する前に、これらを討伐するに若《し》くはない」と。そこで容保は征長の詔《みことのり》を請うことにした。また薩摩の西郷吉之助らは、「この際長州を追討せざれば、後顧の憂い百年に残る」とし、征長に踏み切った。

このことを漏れ聞いた来島・久坂ら二十名は、七月十七日、石清水《いわしみず》八幡近くの益田右衛門介の陣所で協議することにした。来島又兵衛がまず口を開いた。

「諸君は進撃の用意はできておらるるか」

誰も答える者はなかった。来島は怒気を含んでまた言った。

「諸君はすでに宮闕の下に迫り、君側の奸《かん》を除かんとするにあたって、進撃を躊躇されるのはどうしたことであるか」

久坂が言った。

「われらはもとより干戈をもって、君側を清めんとするのは覚悟しているところではあるが、未だその時機が到来してはいないようである。元来、主君の冤罪を雪ぐには歎願に歎願を重ねるべきであって、わが方より先に手を出し、戦闘を開始するのは、われらの素志ではない。況んや世子定広公の来着も近い今、その御来着を待って、然る後にその進退を決定すべきものではないでしょうか。今直ちに進撃して、宮闕の下に迫るのは得策とは言えません」

又兵衛が言った。

「世子君の御来着を待ち、その上で進退を決するというのは、われら臣子の義において忍ぶべからざるところである。それはその場限りの安楽を貪るというものである。世子君が御来着される前に断然進撃して、陛下を惑わしている奸佞の臣を攘《はら》い退けるべきではないか」

久坂は涙を流してこれを留めた。

「まずは要地を占めて本拠となし、五卿及び世子君の着陣を待って、その進退を諮るべきである。殿様からも、決してこちらから先に手を出してはならぬという御内命を受けている。十九日朝に追討軍が来るというのなら、まずは大坂までででも退いたほうがよくはござらぬか」

これを聞いた又兵衛は悲憤の涙まず下り、久坂を叱咤して言った。

「卑怯者！　この医者坊主め！　今おれがここに来たのは、臣下としての本分を尽くすべきであると思ったからだ。若殿様の御来着までに、藩公父子の入京の勅許を得ておくことが、われわれ先発した者の役目ではないか。貴様らに戦のことが分かってたまるか。貴様らは東寺の塔の上にのぼって、又兵衛が鉄扇を持って賊軍を粉砕するところを眺めておれ。おれは進撃して己の本分を尽くすのみである」

又兵衛の考えはこうであった。われわれが大兵を率いて上京してきたのは、ただ哀訴歎願を繰り返すためだけではない。場合によっては肥後守容保や一橋慶喜ら君側の奸を、武力をもってしても退け、藩公父子の冤罪を雪がなければならない。ましてや相手が長州を追討せんとしている今においては、戦って勝つのみである。もし久坂の言う如く若殿様が来着なされてから進撃したのでは、罪を君公に被せることになり、君公にまでその責任を負わしめることになってしまう。なぜなら、もし戦いに負けたときには、福原ら三人の大夫が勝手にやったことであるという弁解も認められることはないであろう。これでは臣下としての義を尽くしたことにはならない。要するに又兵衛の志は、「事成らば王に帰し、成らざれば独り身之に坐せんのみ」との故事にならったものであり、君公父子をその危難に遭わせぬよう密思熟慮を重ねたものだったのである。

しばらくして、久坂は容を改め、真木和泉に向かって言った。

「先生の御意見はいかがでしょう」

真木はこの重大な質問に対して、端坐したまま言を正しくして、しかし簡潔に答えた。

「この場合、致し方がない。来島殿の意見に同意するより外になかろうと存ずる」

真木はこのとき協議に集った人たちの中では最も年長で、多くの人々から推奨されていたため、この一言によって評議は進撃に決した。

十四

開戦にあたって、伏見にあった福原越後は嵯峨天龍寺にあった国司信濃と謀議し、その手筈を定めた。まず帥宮《そちのみや》（有栖川宮熾仁《たるひと》親王）は正義派の公卿数人を召し連れて参内し、時勢切迫のことをもって陛下を御諫争申し上げる。これと同時に四門の守衛を加賀藩・因幡藩・備前藩に命じる。これらの兵員が集ったならば、かねて帥宮に附けておいた因州兵に四門内の守衛を命じる。次には尹《いんの》宮《みや》（中川宮）の参内を差し止め、会津放逐の勅命を請う。

かくて七月十八日夜、有栖川宮幟仁《たかひと》親王・熾仁《たるひと》親王の両宮及び中山前大納言・正親町《おおぎまち》の両大納言・橋本中納言らは参内し、またお召しによって正親町三条大納言・柳原中納言・坊城中納言・飛鳥井中納言・野宮宰相中将等々も参内した。

中川宮は有栖川宮の急参内を聞き、異変の生ぜんことを察して肥後守にこれを急報し、肥後守は一橋慶喜と二条関白に急報した。

このとき目付も駆けつけてきて言った。

「山崎辺より長州兵がすでに押し寄せております。篝火も数多《あまた》見えております。いかが致されますか」

「かねて予測していた通りである。討手の面々には今朝すでに申し渡しておいたが、速やかに出兵せよと馬を馳せて急報せよ。堂上方の中には肥後守を憎む者も多く、長州の兵威を恐れてもいるので、肥後守の守護職を免ぜよなどと言い出されては、ゆゆしき大事である」

慶喜はこう言い捨てるや衣冠を着して参内した。このとき慶喜に従う者はわずか四、五騎に過ぎなかった。

慶喜は御所の中立売門で馬を下り、口取りも間に合わなかったため、馬を門の柱につないですぐに参内した。天機をお伺いし、二条関白にお目にかかったところ、関白は長州藩が差し出した建白書を慶喜に示した。長文であったため一々読んでいる隙《ひま》はなかったが、ただ末尾のところに「会津藩に天誅を加う」とあるのを見て、その大体を察し、関白に言った。

「かく反逆の体が明らかになったからには、御誅伐の外ありません。速やかに御誅伐なされませ。このように言ったからには、今すぐにでも押し寄せてくることは必定です」

こう言い終わるか終わらぬうちに、伏見よりの早馬が来て言った。

「ただ今大垣藩の先手は、長州勢と戦いを始めました」

このとき大小砲の音は遠雷の如く盛んに鳴り響いていた。慶喜はお召しにより玉座近くに伺候すると、「速やかに誅伐すべし」と親しく勅語を賜った。

長州の伏見勢は十九日の九ツ時（午前零時）頃、伏見邸に勢揃いし、伏見街道を進んで十九日七ツ時（午前四時）頃、藤森にさしかかった。ここには幕府軍の先陣を務める大垣藩兵が陣営を構え関門を設けていた。「長州兵罷り通る」と届け捨てにして通った。大垣藩の番兵は黙ってこれを通した。伏見勢およそ六百、長蛇の列をなして進む。

ところが、伏見勢が筋違橋《すじかいばし》を渡り終えた頃、大垣藩の鉄砲隊が藤森の小高い森から突如として攻撃を始めた。

実を言えば大垣藩の陣将は小原仁兵衛という人で、新式の砲術家としてその名は天下に鳴り響いていた。黙って橋を渡らせておいて、伏兵をもってこれを撃ち、背後を扼して長州軍を鏖《みなごろし》にしようという戦略であった。さすがに大垣藩は砲戦に巧みであった。

しかし伏見勢もこれにすぐに応戦した。伏見勢の先陣の大将は大田市之進という驍将《ぎょうしょう》、ついに入り乱れての激戦となった。しかし伏見勢の先陣はばかに強く、大垣兵の一部を蹴散らして奮戦する。

このとき会津藩から偵察に来ていた鈴木多門に、小原は急速の援兵を請うた。これを聞いた伏見方面の会津の陣将神保内蔵助は大いに驚き、援兵の準備をした。ところがこのとき御所の方向にも激しい砲声が鳴り出した。国司信濃の率いる嵯峨勢が御所に進撃したのであった。そこで神保は兵を二手に分け、長阪半太夫をして藤森に急行せしめ、自身は御所へと馬を飛ばした。

小原は予定の戦略にしたがって、伏兵をもって福原越後率いる伏見勢の中軍を横撃せしめた。実を言うと伏見勢というのは選鋒隊という萩の士族からなる兵士で弱兵が多い。そこであらかじめ国司信濃率いる嵯峨勢から大田市之進ら二十人ほどの勇将を派遣してもらっていた。しかし弱卒が多いため、大垣兵からの不意の攻撃を受けると、すぐに怖じ気づいて陣容は乱れ崩れ始めた。

このとき福原越後は民家の二階から狙い撃ちされ、頬を横から撃たれた。このため福原は進むことも、指揮することもできなくなった。そのため軍気沮喪して退却するのやむなきに至った。

中軍は退いたが、先鋒は大垣兵を撃ち退けて進む。しかし弱卒が多いため、大垣兵の逆襲を受けるとややもすれば退こうとする。大田は刀を抜いて、「逃げると斬るぞ!」と咆哮叱咤、敵陣の群中に斬って入る。しかしこれに続くべき中軍が来ない。それどころか敵の戦略にはまって挟み討ちの状態となった。やむなく大田ら先鋒もまた退却するしかなかった。

伏見勢の参謀佐久間佐兵衛《さべえ》はひとまず伏見まで引き取ろうということで、伏見の長州屋敷に集っていた。そこから福原越後は、伏見口からの進軍はできぬものとあきらめ、山崎勢に合流して後図《こうと》を計らんがため、その手勢を率いて天王山に向かった。

大将がいなくなった伏見勢は統率がつかなくなり、佐久間佐兵衛は勝算がないから越後の後を追って山崎勢と合流すると言い、大田市之進は「戦いはこれからだ、御所で戦っているわが軍を助けに行かなければ武士の一分が立たん」と言って大喧嘩になった。

結局、大田は残兵をまとめて竹田街道から再び進んだ。しかし夜はすでに明けて、行く手の右側には彦根藩兵が陣取り、正面には会津兵が伏せ、街の小路には新選組が散兵を布いている。これでは到底、宮門にたどり着くことは困難である。そこで今度は鳥羽街道から進もうとしたが、彦根兵に背後から砲撃された。大田らはこれを追い払ったけれども、昨夜からの戦争に、もはや疲労困憊して戦う力なく、御所の付近に来るには来たが、すでに嵯峨勢も山崎勢も退却した後で、そのまま天王山へと落ちていった。

一方、伏見勢がすでに出発したとの伝令を受けた国司信濃の率いる嵯峨勢八百は、十九日二時頃、天龍寺を発った。その国司の扮装《いでたち》は、風折烏帽子《かざおりえぼし》に大和錦《やまとにしき》の胴着、萌黄縅《もえぎおどし》の鎧《よろい》、脛当《すねあて》、小手当、白絽の陣羽織、背中には雲を摑《つか》んだ墨絵の雲竜、歳はまだ二十五歳の若者であった。

途中、北野天神のあたりを通って一条戻橋に至るや、軍を二手に分かち、一手は来島又兵衛がこれを率いて蛤門《はまぐりもん》に向かわせ、もう一手は中村九郎と共に国司自らこれを率いて中立売門に向かった。ときに会津兵は蛤門を守り、筑前兵は中立売門を守り、桑名兵は公卿門を守り、薩摩兵は乾門にあった。

国司の兵は中立売門を入り、勧修寺家の裏門から進み筑前兵を攻撃した。しかし二、三合《ごう》戦すると筑前兵は直ちに四散した。筑前は長州に同情的な藩であり、おそらく戦うつもりがなかったので速やかに退散したものであろう。そこで国司勢は来島勢と一つになって力を集中すべく蛤門に向かった。

一方、来島勢はさらに軍を二手に分かち、一手は児玉民部をして下立売門に向かわしめ、自身は蛤門へと向かった。たまたまであったか、それとも斥候の通牒によって知ったか、そこは会津兵が守っていた。長州兵は会津を親の敵《かたき》よりも憎んでいる。

「抜け！　抜け！」

来島は兵卒に向かって咆哮叱咤するや、馬上左手《ゆんで》に幟《のぼり》を掲げ、右手《めて》には長剣を揮い門に突き入る。衆兵もこれに続く。

「われは長州の森鬼太郎（来島又兵衛の変名）である。尊王攘夷の正挙を妨害する者は、天下の奸賊である。今こそ首を刎ねん！」

来島はまたも咆哮するや、あたかも阿修羅王か鬼神の如くに蛤門を撃ち破って御所内に進入した。このとき会津兵はほとんど将棋倒しのように倒れた。

児玉民部もすでに下立売門に突入し、あたりは千万の雷が落ちるが如く、殿舎の震動は地震の如く、小銃は雨霰の如くであった。

このとき一橋兵が公卿門より蛤門に至った。慶喜は白羅紗《しろらしゃ》に黒で三葉葵の紋を縫い出した陣羽織に、熊毛の尻鞘《しりざや》かけた金装《きんづくり》の太刀を佩《は》き、「飛龍」という駿馬《しゅんめ》に跨がり、金の采配をもって下知していた。

会津兵は長州兵に押されて、後詰の兵が代わってこれを防いでいたが、慶喜が来たのを見て銃隊の借用を請うた。慶喜が歩兵隊を授けてこれを助けしめた。

慶喜は主上の御事が気にかかり、四門を一周したところで、参内するために台所門の潜戸《くぐりど》から宮中に入った。しかし主上はどこにおられるか明らかでない。

ときに稲葉美濃守・松平越中守・井伊掃部頭・松平兵部大輔・松平讃岐守・真田信濃守等々は馳せ参じて仮建《かりだて》にあったが、武器・旗・差し物が庭に充満し、抜身の刀槍を持った者が数十人、何のわきまえもなく騒ぎ立てるだけであった。そこで慶喜は一度戸外に出させ、新たに部署を定めて兵を配置せしめた。

次に常御殿に来ると、多くの堂上方が衣冠の上に襷《たすき》をかけ、御前に詰めておられた。主上は慶喜が来たのを御覧になられて勅語を賜った。

「狙撃せられたとのこと、いかがなされた、御軫念《しんねん》なさっておられる」

肥後守と越中守もやっとのことで参内はしていたが、二人とも病気で、指揮をとることも思うようにはいかなかった。慶喜が言った。

「私が出て兵を指揮しよう。卿らは主上を守護していただきたい」

こう言うと慶喜は二人を主上の御前に留め置き、自身は再び指揮をとるため御前を罷り出た。

この間にも蛤門の嵯峨勢は勢いに乗って攻め立てる。下立売門を守っていた仙台兵は戦わずして潰走した。これは長州に同情して戦いを避けたものであったという。また一橋兵も攻め立てられ死体は山の如く、逃げまどう三藩の兵で門内は大混乱に陥る。会津陣営では逃げ帰る先鋒を長州兵と間違えて、ドンドンと撃つ。狼狽《うろた》えて同志打ちをしたため、こちらでも死体の山である。

もはや勝敗は定まったと思われた頃、公卿門を守っていた桑名兵が会津兵を援けに来た。ここで桑名兵と嵯峨勢の激戦となった。ところが乾門にあった薩摩兵が駆けつけて来て、大砲四門をもって嵯峨勢を横から撃ち始めた。会津兵はこれに勢いを得て逆襲してくる。嵯峨勢は背腹に敵を受けて挟み撃ちにされることとなった。

来島は依然として馬に跨がり、金の采配を持って指揮していた。これを見た薩摩軍の川路利良が言った。

「あの大将を狙い撃ちしたら勝てる」

弾丸は来島に集中した。そしてその一発が来島の胸に命中した。ほぼ即死であった。その死体は力士隊の力士が引っ担いで山崎まで運んだが、来島が死んだ後、嵯峨勢は総崩れとなった。ただ来島の配下の兵は皆頭を敵の方へ向けて倒れていた。

また山崎天王山にあった長州軍は十九日の午前零時頃に山崎を発った。京都の町に入るとドンドンと大砲の音がする。久坂は急げと言って、堺町門に向かわせた。

辰の上刻（午前八時）頃、柳之馬場通りより丸田町において、弾薬とおぼしき荷物を運び来て、鷹司邸に入らんとする者たちがあった。ちょうどそこを巡視中であった越前軍の軍監村田巳三郎が尋問した。

「それはどこの荷物であるか」

「長州のものです」

村田は直ちにその人夫たちを追い散らして荷物を差し押えた。しかし続いて多くの長州兵が押し寄せ、ある者は小銃を放って戦いを挑み、ある者は鷹司邸の築墻《つきがき》を乗り越えて邸内に入ろうとした。

越前兵がすかさず大小砲をもって打ち出したため、激しい撃ち合いとなった。山崎勢の一部は左右の商家に潜み、階上から階下から、また路次口から小銃を浴びせる。鷹司邸の門前に押しかけた山崎勢は築地《ついじ》を乗り越えて中に入ろうとする。それを越前兵が狙い撃ちにするので、久坂は号令して裏門に向けて退却せしめ、門を押し開けて雪崩れ込んだ。久坂らは邸内に大砲を据え、銃手を配置した。これを見た越前軍は、軍事方青山小三郎が門際に近づいてきて尋問に及んだ。

「いずれの藩士でござるか」

青山はかく尋問すること数回に及んだが、邸内からは何の答えもない。もはや猶予し難しと思った青山は大音にて呼ばわった。

「速やかに開門せられよ」

稍《やや》あって答えが返ってきた。

「長州藩である」

と同時に、山崎勢は鬨《とき》の声を揚げ、表門の扉を開き、越前兵に向かって大砲小銃を撃ち出した。越前兵は左右に開いてこれを避け、補充兵を繰り出してこれに応戦せしめた。

また同時に鷹司邸の西北隅の練《ね》り塀《べい》及び東殿町に面する路次門からも、大小砲をもって高所から越前兵を撃ち下ろす。すなわち表門と裏門から撃たれるので、越前兵は背腹から弾丸を受ける。そこで越前軍は表門の敵には大番隊が主にこれに当たり、練り塀の上と路次門の敵には、補充兵がこれに当たることにした。こうして両者とも激しい撃ち合いとなり、百雷が同時に落ちた如くである。

この頃にはすでに嵯峨勢は敗れて烏丸通りには砲声はようやくまばらとなっていた。そこで常御殿《つねのごてん》を出た慶喜は人数をまとめ堺町門に向かった。これを見た越前兵は慶喜に援兵を請うた。そこで慶喜はこれを一、二の藩に命じたけれども、どっちつかずで態度がはっきりしない。そこで一橋家の大砲隊を向かわせて応援せしめた。しかしここに使いが来て、「至急参内せよ」との命令を受けた。慶喜は一、二の側近を連れて直ちに参内した。

これより少し前、慶喜は日の門外で会津藩の手代木《てしろぎ》直右衛門を麾《さしまね》き、あらかじめ注意を与えておいた。

「因州・備州の二藩は私の兄弟であるが、その心の内は推し測ることはできない。殊に天皇御動座ということにもなれば一大事である。肥後守と共によく守護し奉れ」

果たして戦い酣《たけなわ》なるに及び、「時宜により御遷幸されたがよい」などと言い出す者もあり、内侍所《ないしどころ》へ御動座の支度さえあり、御羽車を階段から舁《か》き下ろして常御殿に移しまいらせ、准后《じゅんこう》・親王も常御殿にお移りなされている。板輿《いたごし》を庭に下ろし、諸司は東簀子《ひがしすのこ》の軒下に敷物を敷き詰め、百官・諸寮の役々は冠の纓《えい》を巻き、襷《たすき》をかけ、草鞋《わらじ》に紐をくくり、今にもお立退きになろうとする有様である。

肥後守はこれを見て、病気のことも忘れて謁を請うた。

「臣不肖なりといえども、誓って玉体を守護し奉ります」

こう言うや肥後守は御前を退き、二条関白・中川宮らを見てお立退きの不可なることを陳述した。ちょうどここへ慶喜が再び参内した。公卿らはこれを見て口々に言った。

「勝敗はいかに？」

「必勝は疑いありません」

「負けて和睦するのは恥辱であるが、勝って和睦するのは子細ない。先刻より銃丸しばしば殿上に飛んで来て、砲声はますます盛んである。実に恐れ多きことである。よろしく和睦して長州父子に上京を仰せ付けらるべきである」

慶喜は大いに憤って言った。

「宮闕《きゅうけつ》に発砲した賊徒に和睦などとは思いもよらぬことです」

しかし公卿たちもさらに言葉を継いで言い争ったが、終わりに言った。

「それならばその方、出張して一刻も早く事件が片付くように致されよ。さもなくば職掌も果たされまい」

「委細承知しました。そのように取り計らいましょう」

この間にも中山前大納言・橋本中納言らは、肥後守を宮門の外に出そうと請うてやまなかったが、慶喜はたってこれを拒んだ。また、和睦と戦争・叡山お立退きのことなど、思い思いに主張する者もあったが、慶喜は「臣が守護し奉るからには、断じて御遷幸なされるようなことがあってはなりません」と主張した。

というのも御避難・御遷幸ということになれば、長州の思うつぼである。天下はすでに麻の如く乱れ、幕府は諸侯統一の力が衰えてしまった。もし長州が天皇を奉じて討幕の旗を上げるようなことにもなれば、徳川の天下は忽ちにして覆る。この時点で長州に討幕の意志があったかどうかは明らかではないが、しかし肥後守や慶喜はそう考えていた。だからこそ彼らは御遷幸を必死になってお止めし奉ったのである。

この頃すでに中立売門も蛤門も嵯峨勢が敗れた後であり、近くにいた会津・桑名・越前・彦根・薩摩などの兵は堺町門の方へ皆集まり、鷹司公の邸を包囲し、四面の攻撃はますます激烈となった。

久坂は門外に押し出したときにすでに股《もも》を撃たれ、傷口を手拭いで捲いていた。それでも跛《びっこ》を引きながら指揮をとっていた。しかし勝利がないと見切って引き揚げることにした。久坂は邸の奥から外へ出ると、河北義次郎・志道貫一・南貞助・天野権九郎の四人に向かって言った。

「もはや、かような有様に立ち至り、若殿様も途中まで御出発になり、何とも君公に対し申し訳のない次第である。しかしわれわれが今君公のためになすべきことは、何とぞ途中において、このことを速やかに御注進申し上げることである。しかし私は負傷もしているので、是非ともここに死すべき決心である。願わくは君ら四人の中で申し合わせ、いかなる手段によってなりとこの包囲を脱出して、今日の有様を委《くわ》しく申し上げ、御進発をお留め申したい考えである」

これを聞いた四人は邸内の一隅に集まり、色々と協議をした。しかし到底この囲みを破って脱出することは不可能であるとして、むしろ邸内に留まって一同戦死することにしようということに一致した。四人はこのことを久坂に伝えると、彼は「ではどうにも致し方ない」と言って、再び奥に這入った。

久坂は次に入江九一を呼びにやった。入江が来ると久坂は河北らと同様のことを話して言った。

「われわれはいかにも相済まぬことをした。今若殿様がお上りの途中であるから、京都の次第を御注進申し上げて、お留めしてもらいたい。私はこの寺島と割腹して、殿様に心ばかりの申し訳をするつもりである」

「いや断る。君ら二人が死んで殿様に申し訳しようとしているのに、どうしておれ一人が生きながらえることができようか」

「おれたちはこの通り敵に撃たれて歩くこともままならない。しかし君は無傷だ。何としても落ちのびて、若殿様をお止め申してくれ。これは僕ら二人の最後の頼みだ」

入江もついにはこの頼みを聞き入れざるを得なかった。

「ではそうしよう」

「頼む」

別れにのぞみ、久坂は悲憤に堪え得ずして、思わず数行の涙を流した。入江はこれを見ると笑みを含んで、甲冑の間から一つの櫛を取り出して言った。

「君の髪はえらく乱れている。僕が整えてあげよう」

こう言うと、入江は久坂の背後にまわり、鬢毛《びんもう》を梳《くしけず》って整えた。死別に際し入江は従容としていた。久坂が言った。

「君はあくまで生きて再挙を図ってくれ」

しかし、このときにはすでに鷹司邸には火の手が上がり、猛然としてすべてを焼き尽くそうとしていた。

これは、すでに述べたように多くの公卿たちが長州との和睦に傾いていたため、「これではいつ和睦の勅諚が仰せ出されないとも限らない。そうなっては由々しき大事となる」と恐れ、「早急に事を終息せしめるに若かず」と考えた慶喜が、兵をやって鷹司邸に火をかけさせたものであった。折柄の強い風にあおられて、火はみるみる炎上した。

入江は久坂・寺島と別れ、一旦は脱出を断った河北ら十名ほどの兵士と共に、包囲を衝いて天王山の方へ逃れようとしていた。しかし敵兵は鷹司邸の四面に充満していたため、みな出るのを躊躇していた。入江はこれを見るや、裏門を開かせ、手ずから鎗《やり》を把って、吶喊《とつかん》して進み、敵兵を四、五人ほども仆《たお》した。しかし塀と塀に囲まれた狭い路地である上に、そこにはいっぱいの敵兵がいる。遮二無二戦っているうちに入江も敵兵の鎗で右の眼孔から後頭部を突き貫かれ、「あっ」と言って倒れた。側にいた南貞助が入江を介抱し、一旦邸内に連れて入った。このとき入江の眼球は飛び出し、後頭部から脳漿《のうしょう》が流れ出ていた。これを見た河北も走り寄ってきた。南は使命があったため、入江を河北に託して再び裏門から脱出を試みた。入江は邸内の土塀に寄りかかって座り、兜《かぶと》の紐を解こうとしているもののようであった。河北は介錯してくれとの意と思ったから問うてみた。

「介錯しましょうか」

しかし入江はもはや声を出すことができなかった。ただ手を伸ばして、速やかに逃れるようにとの意を示しただけであった。河北は泣く泣くそこから逃れ去った。

すでに述べたように、長州が会津肥後守を誅殺すべく禁門に事を起こした場合、因幡藩も一致協力して事に当たるとの合議がなされたいた。それは、いよいよ火蓋が切られると同時に、因幡藩は有栖川宮邸の守護の任にあるを幸い、有栖川宮を奉じて鳳輦《ほうれん》を叡山に移し、しかる後、会津・桑名など諸藩の兵を撃ち攘《はら》い、さらに進んで大いに後図を計らんというものであった。

この約束に従って、あらかじめ長州では桂を総指揮役として宣徳隊七、八十人を、因幡藩や対馬藩の人間として入京せしめ、因幡藩邸の隣にある長府の毛利邸に潜伏せしめていた。

しかし、いざ開戦となり、大砲の音が聞こえるようになっても、何の連絡もない。いたたまれなくなった参謀役の小倉衛門介（馬屋原二郎）は飛び出すと途中で桂に追いつき、共に有栖川宮邸に向かった。桂と小倉は名刺を通じて因幡藩の河田左久馬に面会を求めた。しばらくして出てきた河田は、桂を見るや大いに眼を怒らして言った。

「今日の有様は何事であるか」

また、河田は宮門を指して言った。

「このように御所に向かって弾丸を撃ちかけるとは何たることか。到底約束通りにすることはできない」

河田はさらに気色ばんで語り続けた。

「順序を違えて九門内に進入して発砲するとは、われわれはこんな約束をした覚えはない。貴藩とは関係を断って、宮闕守護の任を全うするだけだ」

桂は終始黙って聞いていた。しかし側にいた小倉は憤慨の余り、河田に斬ってかからんばかりであった。桂はこれを目で制止して思い止まらせた。小倉は思った、「あれだけ固く約束し、何度となく打ち合わせをしておきながら、いざとなって断りを言って、それで事が済むものではない。事と品によっては因幡藩の人間といえども用捨はしない」と。確かに長州にとってはその通りであったろう。そもそも長州が藩をあげて上京し事を起こしたのは因幡藩との盟約があり、それをたのみとしていたからであった。その事情をよく知っていた小倉が怒り心頭に発したのも無理からぬことであった。そしてそれよりも大きな衝撃を受けたのは、直接交渉に当たった桂自身であったに違いない。しかし桂は従容として答えて言った。

「左様でありますか。それではこれまでであります」

こう言い捨てると桂は小倉と共に河田と別れた。

桂ら三、四人は有栖川宮邸を出ると朔平門《さくへいもん》に向かった。この間、桂も小倉も黙って何も語らなかった。しかし小倉は桂の胸中を思いやり、戦略上多大なる齟齬を来したことを思い、いかに対処すべきかを思いやった。そして桂に小声で耳打ちした。

「蛤門の敵は会津でしょう。堺町門の敵は桑名か、もしくは越前兵でしょう。鳳輦はすでに遷《うつ》ったとのことです。ここで死ぬのは徒死というもの。目の前にいる敵から脱し、蛤門か堺町門にいるわが兵と合して、共に戦って死にましょう」

このときすでに往来は大雑沓で、右を向いても左を向いても皆敵の者ばかりであった。二人とも因幡藩某との肩印をつけていたため、からくも殺されずにいたのである。桂が答えた。

「ちょっと待ってくれ。鳳輦の遷幸が事実かどうかを確かめた上で、共に死に場所を求めることとしよう」

しかし桂は因幡藩の違約の事情を報知することが急務であると考え、さらに言った。

「どうしても因幡藩の反覆の事情を手勢に知らせることが急務であるから、君らどうか諸手勢に走って、このことを知らせてもらいたい。私はここにしばらく留まって、鳳輦の遷幸を確かめることにする」

小倉が答えた。

「しかしあなた一人を捨て去るのは、義において忍びざるところです」

「しかし因幡藩の事情を知らせることが急務だ。躊躇してはならん」

二人の間でしばらく押し問答が続いたが、群衆のために押しへだてられてそのまま別れた。小倉は今出川門を出て仙洞御所の方から鷹司邸の裏門の筋へ出た。そこには山崎勢の一部が控えていたので、因州の違約を伝えた。

一方、因幡藩邸にあって因州兵の仮装をしていた長州の宣徳隊は、桂や小倉に遅れて出発した。もちろんまだ因幡藩の違約を知らない。時山直八が騎馬でこれを先導し、今出川門から御所に入ろうと試みた。しかし警衛頗る厳にして中に入ることができない。そこで一旦鴨川に出て、さらに進んでそこから九門内に入り、因幡藩の屯営に至った。桂らはもはや去った後であった。宣徳隊は約束に従い、因州に敵の背後より攻撃するように迫った。河田が、これも馬に乗って出て来て言った。

「先ほど桂にも言ったが、順序を違え、皇居に向けて鉄砲玉を飛ばすなどとは、皇室に対する甚だしい暴挙である。われわれはそんな約束をした覚えはない。長州とは関係を絶ち、われわれは御所警衛の本分を尽くすのみである。長州も自由に行動されるがよい」

時山は事の意外に驚いて言った。

「何、今になってそんな約束をした覚えがないとはどういうことだ。詳しく承ろう。まず馬を下りられよ」

「そんな時間はない。御所に危急が迫っている」

こう言うと河田は御所に向かって馬を飛ばした。

長州では因幡藩のために売られてしまったとの感をなした。しかし因幡藩は本当に違約したのだろうか。それとも長州のほうこそが因州との約束を違えてしまったのだろうか。そもそも禁門事変に先立つ七月初旬、嵯峨天龍寺において、因州の河田左久馬・松田正人、対馬藩の多田壮蔵、安芸藩留守居役某《なにがし》も来会して今後の進退に関する大きな会議が開かれた。席上、河田・松田の両人は次のような論旨のことを述べたという。

「今や京都は、人心恟々《きょうきょう》として、さなきだに物情騒然たる折柄、かく貴隊が京都付近に滞陣していては、倍々《ますます》形勢の切迫を来すのみであるから、よろしく貴隊を天王寺に引き揚げて、久坂一手と合し、徐《おもむろ》に会津・桑名二藩を洛外に誘い出して、これを撃破せらるるのが、最も策の得たるものである。しかして因藩はその虚に乗じ、有栖川宮を推戴して、後図を計ることとしよう。今もし兵火を洛中に交うることになったならば、無辜《むこ》の民を、塗炭に苦しましむるものである」

ただし、これは一橋慶喜が芸州・因州・対州の三藩に命じて、退兵を長州側に諭さしめるために送った使者であったから、河田・松田の二人はかく論じたものであったという。しかしこれは両人が本来抱いていた見解であったから、因州としては初めから禁門に向かって発砲するなどの暴挙に荷担しようとの考えはなかったのである。

これに対して長州の来島又兵衛は終始無言のまま両人の言うことを聞いていたが、一言のもとにこう断言したという。

「私どもは死に進むことを知って、生に退くことを知りませぬ。御説諭には不服であります」

そもそも長州と因州の禁門の変における盟約は臣下と臣下の個人的な盟約ではなく、藩主の意を受けての盟約であった。因幡藩主池田慶徳《よしのり》は水戸藩主徳川斉昭《なりあき》の子で、一橋慶喜とは実の兄弟であった。二人は共に水戸流の教育を受けており、尊王攘夷という根本的な考えは長州と同じであった。ただそれを実際どういうふうに進めていくかということについては、初めから見解の相違があり、一致してはいなかった。そしていざ大事な局面に際会したとき、その違いがあらわになったのではないだろうか。

こうして見ると因州側の違約であると一方的に決めつけることはできないようである。ただ長州にとっては痛手が大きかった。

小倉と別れた桂は一縷の望みを託して鳳輦の遷幸を待っていた。しかしついに鳳輦が出ることはなかった。桂は夜に乗じて伏見より天王山に至った。しかし天王山にあった残兵もすでにそこから脱した後であった。

十五

七月二十一日、世子定広の軍はすでに長州を出て、讃岐の多度津にあった。しかしこのとき蛤門での敗戦の報告が伝えられた。定広の軍はそのまま多度津から三田尻へ引き返した。そして、二十三日、これを追いかけるように、朝廷より幕府へ長州追討の勅命が下った。

慶親は敗戦の報せに接して大いに驚き、支藩主や重臣を宮市の大専坊に招いて、敗戦の始末、外艦襲来への対処などについて会議を開くことにした。この会議では議論百出したが、結局、朝廷及び幕府に対しては蛤御門での戦争は藩主父子の知らぬところであり、出張していた三太夫が暴徒の鎮静の方法を誤り、ついに暴徒に荷担して戦争を引き起こしたもので、長州ではその罪を糾明して謝罪に努めるということにした。しかしそれが幕府に聞き入れられず追討の兵を差し向けるならば、君臣討ち死の覚悟でこれに対抗することにした。一方、外艦の襲来に対しては、今両面から敵を受けては勝ち目はないゆえ、外国に対しては和睦する。しかし外国との和睦は長州の立場として受け入れられるものではないから、一時の権謀で幕府との争いが解決するまで、仮に仲良くするということに決議した。

朝廷に弓を引いたわけではないが、宮闕においで血を流し、皇居に弾丸を飛ばしたことは、理由はどうあれ、罪は重い。謝罪の上書を送りたいのであるが、天譴《てんけん》を蒙った身では濫りに上書することはできない。かといって、これをとりもってくれる同情的な他藩があればよいが、朝敵の汚名を被り、追討の兵まで差し向けられた長州に、そうやすやすと調停の労をとってくれる藩はない。

慶親は、五十日間の逼塞の処分が終わって出てきた麻田公輔に相談した。麻田は言った。

「岩国の監物公を動かすのが上策でありましょう」

慶親も心は大いに動いたが、また大いに思案にくれた。

「岩国はむつかしいのう」

慶親も監物が慎重で、「防長の異分子」であることを知っていたからである。

「私が岩国に乗り込み、決死の覚悟で頼んでみましょう」

そう言って麻田は清水清太郎と二人で頼みに行った。慶親は「謝罪待命書」を認《したた》めて二人に持参せしめた。

監物は蛤門での敗戦の報を聞いて以来、病気と称して岩国に帰り、慶親が宮市の大専坊に招いたときにも、その招きには応じなかった。なぜなら藩主をはじめ多くの重臣たちは、武備恭順といって幕府に謝罪はするが、それが聞き入れられないならば、こちらでも武備を十分に整えて幕府に対抗するという断固たる態度を主張する者が多く、飽くまで謝罪していくという監物の考えは受け入れられまいと考えていたからである。

八月六日、麻田と清水の二人は監物公と会見した。そして慶親の「謝罪待命書」なるものを見て渋い顔をした。

「大体、藩政府の人たちがやっていることは全く誠意が表れていない。幕府に謝罪するといってもそれ相応のことをしなくては、誰も納得するものではない」

監物が言いたかったのは、藩公が本当に謝罪するつもりがあるのならば、三太夫の首を差し出すくらいのことはしなければならないと言いたかったのである。これを察して麻田は言った。

「もとより京都での事変は三太夫以下の者までその責任をとって首を切り、わが藩公には御関係がないということを泣血歎願するところです。もしまた公輔の如き政府の重臣に連なった者の首も御入用とあれば、いつでも差し出すつもりであります」

「ほう、その方も腹を切ると申すか。その言葉に二言はあるまいな」

「これはまた近頃珍しいことを承るものでござる。はばかりながらこの公輔も武士の端くれ、二言などはありませぬ」

監物はうなずいて言った。

「よろしい。その覚悟があれば、幕府の問罪使に対してわが身の限り力を尽くそう」

そう言うと監物は座を立って、短刀一振を公輔に与えた。

「これで御身の首を所望するというのではない。命をかけて力を尽くせというのじゃ。公輔、今の言葉たしかに誓ったぞ」

こうして監物は幕府の追討軍との調停に乗り出したのである。

十六

八月三日、四カ国連合艦隊十八隻が姫島に集結したとの警報が舞い込んだ。色を失った藩政府の役人たちは公式の講和使節を送ることにした。前田孫右衛門が主役、井上聞多を通訳にすることにした。これを聞いた聞多は激怒して、うんと言わない。一時の権謀をもって和を講ずるというのが気に入らないのである。

慶親は聞多を側近く召し寄せて諭してみたが、容易に頭《かぶり》を振らない。

「殿の御命令をお受けせぬのは、誠に恐縮に存じまするが、第一藩庁の役人が全く無定見で、敵艦が来たといえば肝をつぶして講和すると言い、敵艦が立ち去ったとなると直ちに攘夷に早変わり致します。それがいわゆる権謀と申すものかも知れませんが、そんな定見のないその場しのぎの方策では、私はこのお役目はお断り申すしかありません」

これには慶親も困った。

「その方の申すことももっともではあるが、これまでのことはやむを得ぬ。しかし、このたびのことは藩論も講和に一決しておる。今後その方を迷わすようなことはあるまいから安心してよかろう」

そんなに簡単に言われても聞多は承知しない。

「ならば今後政府の役人が反覆せぬよう保証していただきとう存じます」

「保証というわけにもいくまいが、予が誓っておこう。その方も望みの意見があれば、遠慮なく申してみよ」

井上はこの講和について一番困難と思ったのは諸隊の反対であった。これを鎮静せしめるにはどうしたらよいか、井上はここに頭を悩ませていた。山県小輔や林半七、大田市之進等々、諸隊には頑固な攘夷論者たちがそろっている。この連中が頑張っている以上、いかに藩論が講和に一決したからといって、容易に「うん」と頭を縦に振るとは思えない。だからこそ井上は君命を容易に受けようとはしなかったのである。

しかし、ただ一つだけ聞多が心の内に秘めた策があった。それは高杉を起用することだ。高杉ならば諸隊を納得せしめることができるかも知れない。もっとも井上が伊藤と共に萩の牢獄に高杉を訪ねたとき、三人の間にこの秘策が立てられていた。今こそ高杉赦免の歎願をなす好機会だと思ったので、聞多はこう切り出した。

「いかに藩論が一決しましたところで、諸隊が容易に納得するとは思われません。私の力では諸隊を説服せしめることは困難です」

慶親も当惑して言った。

「なるほどのう」

慶親は深いため息をついてまた言った。

「誰か諸隊を説得できるよう人物はおらんかのう」

井上はこのときとばかりに言った。

「御意にござりまする。諸隊を折り合わすには高杉のほか適当な人物はないように思われます。この際、高杉の罪をお許しになって、彼を起用なされてはいかがでしょう。今日の如き国難の折、高杉の如き有為の人物を牢に閉じ込めておくなど、何たる愚の骨頂でございましょう。一刻も早く御赦免なされてはいかがかと存じまする」

こういった場合の駆引きは聞多の十八番であった。慶親も聞多に言われて初めて気がついた。しかし、いくら藩主といっても勝手に法を曲げるわけにはいかない。

「そうじゃ、高杉がおった。早速重役に諮り、出牢さすよう取り計らおう。しかし火急の間には合わぬゆえ、艦隊の方へはその方、急に参れ。そのうちに晋作を起用して諸隊を鎮静せしめよう」

こうして前田孫右衛門と聞多の二人は外艦に赴くこととなった。しかし二人が阿弥陀寺埠頭から小舟に乗ろうとしたちょうどそのとき、轟然として砲声がとどろいた。これは旗艦「ユーリアラス」の開戦命令の信号であった。これによって連合軍の軍艦十七隻（十八隻のうち一隻は商船）に据えられた大砲が一斉に火を吹いた。これに応じて長州の諸砲台も一斉に大砲を放ち、たちまちにして硝烟は天に漲り激戦となった。これを見た前田は涙を流して嘆いた。

「ああ、国政を誤った」

聞多が言った。

「すでに戦端は開かれました。もはや極力奮戦する外はありません」

連合艦隊の作戦は、東は長府の城山砲台から西は馬関市街に至るまでの海岸線を攻撃地点とし、艦隊を二分して第一分隊は門司岬の東五〇〇〜六〇〇メートルの所に錨を下ろして壇の浦砲台を攻撃する。第二分隊は小形の軍艦のみを集めて遊撃軍とし、長府の城山砲台を攻撃し、戦況にしたがって西岸の前田砲台に迫る。旗艦「ユーリアラス」は両分隊の中間にあってこれらを指揮し、第二分隊の攻撃を援護するというものであった。

これに対して長州側の砲台は、前年の攘夷戦で多くは廃棄されている。主力となすに足る砲台は前田と壇の浦で、前田砲台は八〇ポンド以下の巨砲二十門、壇の浦砲台は三〇ポンド以下十四門が据えつけられている。この二砲台の次には城山砲台、洲崎砲台、弟子待砲台で、洲崎には百五十斤旧砲以下九門、弟子待には荻野流火砲七門が据えつけられていた。ただ、武器という点だけに限って言えば、長州の器械はいかにも貧弱で、到底外艦の比ではなかった。

五日、主力の第一分隊六隻は壇の浦砲台に全力を注ぎ、その後尾は前田と洲崎に向けて砲火を浴びせる。また第二分隊は城山砲台を攻撃しつつ、西流する潮流に乗って移動する。よってこれに対抗する前田砲台はその西進をくい止めようとする。また艦隊の方も第二分隊の西進を援護するため、イギリス旗艦「ユーリアラス」、フランス旗艦「セミラミス」、それに「コンケロール」、「アムステルダム」の四艦が艦首を西に向け、右舷の砲台から一斉に前田砲台に向かって撃ち、第一分隊の後続二艦もこれに加勢する。

この日、前田砲台では彼我の砲撃は猛烈を極め、その砲声万雷の如く、黒煙空を覆い咫尺《せきしゃく》も分からなかった。最初敵の砲弾は高く砲台を飛び越えていったが、少しずつその照準を下げて命中するようになった。また敵艦の一部は干珠・満珠二島の方向から進行し、前田砲台の東側を横射し、みすみす第二分隊を手元に侵入せしめるという不利に陥った。しかも長州の大砲は連射すること数百に及んだため、砲身・砲架及び照尺はほとんどみな毀損し用をなさなくなった。ついに日暮れに及んで射撃を中止した。

しかし外艦は海岸に近づき兵を上陸せしめようとしたため、長州側は小銃をもってこれを撃退した。このとき敵の一艦が坐礁したが、他の艦船の援助によってようやく浮かび去ることができたという。かくて前田砲台は砲台を捨てて角石陣営に向かって退却した。

一方、壇の浦砲台にあっては、第一分隊の四隻により斜撃を受け、前田砲台を応援することができない。壇の浦からも敵艦に向かってしきりに発射し、砲弾は中天に交叉して鳴り響き、その光景は疾風猛飆《もうひょう》の一時に怒号するかの如くであった。敵の砲弾はしかも正確で、壇の浦砲台の東側に接する山崖に打ち込み、土石を飛び散らせたため、大いに苦しむこととなった。また砲台を越えて後山に達した弾丸は樹木に当たればことごとくこれを破砕し、田んぼに打ち込まれれば数丈の深さから炸裂して、土砂や稲が一斉に中点に噴き上げられ、それが落ちてくるときには百千の狼煙《のろし》を見るかの如くであった。

中でも第八番砲の照準手福田直右衛門は大砲の後ろに立っていたが、敵の砲弾がこちらの砲身のすぐ上を通って、福田の腹部に命中した。全身は木っ端微塵となって空中に飛び散り、近くにいた他の砲手たちも爆風で飛ばされた。
しかし壇の浦砲台はさらに苦境に陥った。というのは前田砲台が使用不能となったため、敵艦はその砲台の前に接近し、側面から壇の浦を攻撃してきたからである。だが、時すでに日没を迎えていたため、この日の戦闘は終わった。
山県小輔は後に、このときの戦闘を回想して次のように語ったという。

馬関攘夷の初め、わが藩は小倉藩に交渉し、一旦砲台を其の領地、田浦《たのうら》及び門司に建設したのであったが、八月十八日京都政変の起こった後、わが藩は幕府の忌むところとなり、幕府は小倉藩に命じて、この二砲台を破毀せしめ、またわが藩に命じて、その戍兵《じゅへい》を撤去せしめた。然るにもしこの戦闘に際し、この二砲台があって、両岸から敵艦を挟撃したならば、いかに精鋭なる艦隊でも、輙《たやす》く馬関に進入することはできなかったであろう。

この夜、砲撃は全くやみ、波間には星の光が映し出され、旗艦では軍楽吹奏が起きるのが聞かれた。このとき旗艦では各々の提督が集まって、明日の戦闘方略が協議されていたのである。その方略とは、前田砲台を沈黙せしめたこの機に乗じ、陸戦隊を上陸せしめて砲台を占領し、その上で一部の兵はそこに留まって砲台の防備工事を破壊し、他の大部分の兵は敵兵を山谷の間に窮追して進撃できないようにする、というものであった。

長州にあってもこのことあるを予想し、勇を鼓して夜明けを待った。東方が白み、朝霧が消えかかろうとしたとき、敵艦の全容が姿を現した。数隻はみな昨日の位置にあって、こちらの射程距離内に投錨し、その他の大小の戦艦はすべて射程距離外にあった。

軍監山県小輔は命令を発し、まず最も近距離にあるものを砲撃せしめた。衆砲一斉に開くや、その高く飛ぶものは敵艦の甲板に落ち、低いものもその舷腹を穿った。はずれ弾がない。これは昨日の砲戦で照準をよく合わせていたからであった。

この不意の砲撃に遭って最も損傷を被ったものは、第一分隊の「タルター号」と「ジュプレー号」であった。この二艦は夜間の潮流の逆転によって衝突し、錨鎖をからませ艦尾が砲台の側に面していたためである。その当時、軍艦砲門は舷側にあって、艦尾にはなかったのである。よって両艦の艦長は水夫を叱咤して錨鎖を解かせ、やっと右舷を砲台に向け、まず「タルター」が応戦し、「ジュプレー」がこれに続いた。しかし不意の砲撃に遭った両艦は前日よりもひどい損傷を受け、「タルター」の副艦長は重傷を被り、「ジュプレー」では操舵長ら数名が戦死した。

イギリス艦隊司令長官クーパーはこの戦況を見て思った、「陸戦隊を上陸せしめ、砲台を奪い取らない限りは、終局の勝利を得ることはできない」と。しかしちょうどその頃、交野十郎が急使となって、角石にいる奇兵隊総監赤根《あかね》武人《たけと》の命令を壇の浦の山県に伝えた。

「前田方面はすでに陸戦の方針に従って配備しておるので、壇の浦もまた戦況を察し、臨機応変に前田本営の兵に合せよ」

このとき砲台の中でなお砲戦を続けている所は壇の浦と城山の二砲台があるのみで、しかも城山の勢いはすでに衰えていた。敵艦は攻撃地点を壇の浦に集中させつつあった。十七隻の軍艦、合わせて百門の大砲が火を噴く。壇の浦の命脈も長くはない。山県もそれを承知しているので、精力の限りを尽くし、あるだけの弾を撃ち尽くすつもりであった。クーパーはついに陸戦隊の上陸を命じた。これによって山県も角石への退却を命じ、軍容整然として退いていった。

こうして戦いは陸上戦へと移っていった。連合軍の陸戦隊は合計二千人。これを二分してフランスとオランダの兵は壇の浦を占領して、砲門を破壊し、防備工事を毀損せしめた。また一方のイギリス兵は、さらにこれを二分して、一部は前田砲台及び洲崎砲台を破壊せしめ、一部はアレキサンダー大佐がこれを率いて角石陣営を掃蕩すべく、山谷の間に兵を進めた。

角石陣営に着いた山県の兵を、総監赤根武人がしばらく休養させ、戦線の兵と交代せしめようとした。ところがアレキサンダー率いるイギリス兵がたちまち来攻したため、急遽部署を定め、野戦砲七門を陣営の防塁側に配置し、一方では時山直八率いる支隊を前田に通ずる道に出して、その主力を防塁によって敵を禦《ふせ》がしめた。

不意の遭遇戦で、山県の兵とイギリス兵はたちまち大激戦となった。しかしそこに時山直八の一隊が前田道路から進んで来て、丘陵地から小銃で攻め始めた。山県も敵を凹地に追い込んで、野戦砲をもって遮二無二砲撃する。銃弾も雨の如く発射される。これによってアレキサンダー大佐は足を銃で撃たれ、シュサー中佐が代わって指揮をする。シュサーはなお屈せず、堡塁前二〇メートルの所まで迫った。

だが陣営の野戦砲は、あまりの連射の激しさに、もはや物の用に立たない。山県は槍隊を麾《さしまね》き突貫せしめようとしたが、隊長の林半七はすでに重傷を被って戦線を退き、他の槍隊も死傷相次いだためこれが用をなさなかった。ここにきて山県は防禦の方法を赤根に相談しようとしたが、赤根はすでにそこを去って影だにもなかった。ただ、一人の兵士が陣営に火を放つのを見るのみであった。山県がこれを見て詰《なじ》ると、総督の命令であるという。五日、六日の戦争において赤根はほとんど命令を発せず、ただ最後に下した命令が、この陣営に火を放つことだったのである。この挙動は兵士たちから軽蔑せられ、「総督は逃走した」と激怒したという。鳥尾小弥太などは赤根を罵り、「彼は武士にあらず」と叫んだという。

一方、フランスとオランダの混成部隊は、馬関市街を攻略する計画で、壇の浦砲台を占領したのち、海岸沿いに西に進む。しかし杉谷・駕籠建場・紅石などの諸砲台の兵はすでに角石・椋野方面に退却した後で、戍兵は一人もいない。途中イギリス兵の一部と合流して馬関市街に突入した。長州兵は一小部隊が専念寺の墓地に身を潜めて狙撃するが、到底物の数ではない。市中の庶民も皆避難して無人の街となっている。陸戦隊は拍子抜けして、夕方艦船に帰った。

七日はほとんど停戦状態で、彦島に進んで弟子待・本床の二砲台を砲撃したが、さらに応戦するものがない。二砲台は戦わずして占領された。

八日、馬関市街を占領すべく、クーパー提督は「コテット号」に搭乗して港湾を巡視し始めた。このときフランスの「タンクレード号」が潮流に流されたのか、陸地に接近した。専念寺や永福寺に潜伏していた長州兵は、このときとばかり狙撃し始めた。これに応じて「タンクレード」も砲撃を開始し、他の軍艦も戦闘準備にかかった。提督は命令を発した。

「陸戦隊をもって馬関を焼け」

このとき白旗を掲げた小舟が飛ぶように走っていった。講和の交渉のため伊藤俊輔が一人、敵艦に向かったのであった。

十七

これより少し前のこと、晋作は野山獄を出て、家の座敷牢で謹慎中であった。ところが晋作は罪を許すということも言われず、用事があるから来いと山口まで呼び出された。晋作は山口まで出て来たものの、何でこんなことになったのか、誰に会って聞いても分からない。そこで伊藤俊輔のいる宿屋へ寄ってそのことを話すと、講和や外艦襲来などのことを聞かされた。そこで今から馬関に出て行こうということになり、駕籠を飛ばした。

途中、小郡あたりまで来ると、大砲の響きがドンドンと聞こえてきた。なお行くと山中村のあたりで、具足を着て、白鉢巻で駕籠に乗っている人たちに会った。これは長府藩の人たちで、御本家様へ戦争開始の注進の途中であるという。さらに船木の近くまで行くと、また駕籠が一挺やって来た。誰かと思うと井上聞多だ。そこで三人は路傍に座って相談を始めた。聞多が言った。

「こうなったからには、もはや如何ともすることもできない。これから帰って君公の御出馬を勧めて、ひとつ足腰の折れるまでやらさねばいかん。それで外国武器の利鈍いかんを実験していただこう。今和議を主張して、防長の士気を阻喪せしめるのは得策ではあるまい」

聞多ら三人は山口に帰ると直ちに政治堂に出頭し、開戦に至った事情を藩公父子及び政府員に報告した。そしてさらに聞多が付け加えて言った。

「私の信ずるところによれば、下関の戦いは必ず敗れるでありましょう。下関が敗れたとなれば、外艦は直ちに小郡近海に進んで陸戦隊を上陸せしめ、ついに山口に向かって進入する策に出るでありましょう。願わくは私に一大隊の兵を貸していただきたい。私はこれを率い、高杉・伊藤と三人でそこを防禦します。しかし長くはもちません。せいぜい三日です。もし私が戦死しましたならば、両君公も覚悟なさるがよい」

聞多はさらに続けた。

「どうかそのときになって外国人の擒《とりこ》にされたり、幕府に捕われて、恥辱を受けられるようなことがあってはなりません。割腹の覚悟をなされませ。かねて御決意あられた如く、防長二州を焦土となすときが来たのであって、外に致しようはございませぬ」

かくて聞多と高杉・伊藤は小郡へ向かった。また世子定広も慶親に代わって小郡まで出馬してきた。

七日、定広につき従ってきた藩政府員前田孫右衛門・毛利登人・山田宇右衛門ら六人は聞多たちのいる小郡の勘場（役所）に押しかけてきて、高杉・伊藤も同席して酒を酌みながら議論していた。この六人の政府員は、つい二、三日前まで徹底抗戦と言いながら、今日は講和に豹変するような人たちで、実は馬関の相次ぐ敗報に、あわてふためいて聞多ら三人を説き伏せようとして集ってきていたのであった。誰かが誰に言うともなく愁嘆して言った。

「防長二州はもはや滅亡するの外はなかろう」

聞多がこれを聞きとがめて言った。

「今日に及んでこれを嗟嘆《さたん》するのは愚かしいにもほどがあるのではないでしょうか」

山田が口を出した。

「これではとてもだめだ。国が滅びてしまう。どうだろう、馬関で講和を議してはくれまいか」

「政府の他の方々の意向はどうなんでしょう」

「みんな和議をしたいと言っている。和を議するより仕方がない。しばらく外患をゆるめて、幕府の兵に当たるしかない」

「いやです。あなた方はいつも注文するばかりで、その通りには決行されない」

「そう言わずと、和議の取り計らいは君がやるより外はない」

聞多はだんだん癇癪を起こし始めた。

「先日、私が講和の命を奉じて下関に赴いたのは、未だ開戦に至らなかったときですから、事の成否を度外において談判を試みたのです。しかし戦端を開いた今となっては、もはや奮戦して斃れてやむのみです。あなた方は両方に敵を引き受けるのは覚悟の前だ、国が滅びるのは騎虎《きこ》の勢いでやむを得ない、と言っておられた。それが三日もたたぬうちに和議をしようとは何事ですか。私の前でよくもそんなことが言われたものだ」

政府員たちはそれでも和議を要請してやまなかった。聞多は密かに思った、「藩政府の当局者にして、変節かくの如くであれば、たとえ講和に決まっても、また戦うにしても、いずれであっても国家の体面を保つことはできない。しかも千万言を費やしても彼らを覚醒せしめることができないならば、むしろわが熱血をそそいでその覚悟を促すより外はない」と。

聞多は突然その席を立って、奥の座敷へ入った。高杉は聞多が怪しい素振りで奥へ行ったのを見て、密かに後をつけてその様子を窺ったところ、彼はすでに短刀を逆手にとって屠腹しようとしているところであった。

「何をするか」

晋作は驚いて急に室内に跳び込み、その短刀を奪い取った。

「止めるな。ああいう奴らがいるから、ついには君公も何も縲紲《るいせつ》にかかって首を斬られるのだ。生きてそういうことを見るわけにはゆかん。もちろん役にも立つまいが、おれの臓腑を摑み出してあやつらに抛《な》げつけてやる」

「それはあまりに過激ではないか。こういうときには飽くまでも、そういうことのないように、国家を維持するような工夫をしなければならぬ」

晋作は続けた。

「貴様、少し精神を休めるがよい。よほど怒りきっているから狂人のようだ。話もできん」

「おれも馬鹿を相手に相談はできぬ。おれは狂人かも知れぬが、向こうは馬鹿だ」

そうこうしているところに世子定広からお召しがあった。晋作が言った。

「世子君がお呼びだ、行こう」

「いやだ。おれは拝謁する用もない。言うことも何もない。いやだ」

「そんなことを言うてはいかん。君命だけは聞かねばならぬ」

「君命だと言うたところで、訳の分からん君命は聞いたって役に立たぬ。いやだ」

「是非に出よ」

晋作はそう言うと、聞多を引っ張って定広の所へ出た。晋作が、口頭で色々仰ると議論になるので紙に書いてお示しになるように言った。そこで定広は「以権道講和」と書いて聞多に示した。一時の権《かり》の処置として講和を取り計らってくれというのである。聞多が尋ねた。

「一時の権謀とはどういうことでありますか」

定広が答えた。

「権《かり》に外国と和を議し、幕府軍に力を集中して首尾よく撃退することができたら、朝廷にわが藩の攘夷は勅命を奉じて実行したことを奏上し、われら父子の冤罪を雪ぐつもりである」

「権謀ということはよほど自分の方に余地があっての話であります。世子公は先達て、国家は滅びても遺憾はない、と仰った。また、一方は幕兵に当たる、一方は馬関で戦う、と仰ったではありませんか。今日はそれが権謀と変じましたか」

聞多は言葉を継いだ。

「なるほど外国人というものは、日本人から見たら、みな禽獣といいましょうが、決して犬ではありません。同じ人間であります。仮に犬と見たところで、犬でも来いと言うてその頭を撲《なぐ》れば、再び来るものではありません。畜生でも信義というものは要りましょう。況んや人間に対して、しばらくおれが幕府と戦って勝つか負けるかやってみるから待て、それからお前たちと戦をするのだと言わないにしても、それくらいのことは察しましょう。そんなことはとてもできることではありません。そうお心が朝夕変わっては、国を維持していくことができるものではありません。私はそんなことはできません」

晋作は側にいてこれを聞くに堪えず、議論を制止して世子にその不敬を詫びた。そして聞多を奥の座敷に連れ出した。

「ああ議論をしてはいかん。どうだ和議をしようではないか」

「和を議すると言うても差し当たりどうするのか。目的のない和議をしても何にもならぬ。むしろ目的のある戦争をするというならよいが……。とにかく今まで戦うにしても彼を知らず己を知らず、和を議するにしても彼を知らず己を知らず、とても行けるものではない。君がやるならやれ。

おれがやってもできはせぬ」

「いや、そんな無理なことは言わないで、少し頭を冷やしてくれ」

晋作と聞多がこのように議論していると、また定広公からお召しがあった。公は「以信義講和」と書いて聞多に示した。聞多は喰ってかかった。

「わずかな間にまた変わりましたか。権謀と信義ということは表裏の差がございます。そんなことはなおできません。何ゆえまた信義をもって和議をなさるのですか」

「いや変わったのではない。実はどこまでも信義をもって和を議するのであるが、攘夷論をやめさせることができないと思ったから、仕方なしに権道と書いたのである。実は信義をもって和を議するつもりである」

「信義をもって和を議すると仰るが、もし仮に、できはしませんが、仮にできたとして、幕府と戦って勝ち、天子から再び攘夷の勅命が出たらどうなさいますか」

「それは天子の御命令であるから、そういうときは仕方がない」

「それなら信義をもって和を議するというのはどういうことですか。それは信義とは言えません。また世子公は朝廷に仕えるのに勅命さえ奉ずれば、国のためになるというお考えですか。君に仕うるには道をもってす、ということがあります。なぜ道をもってお仕えにならないのですか。天子がもし国を滅ぼしても遺憾はない、攘夷をせよということを仰せられたなら、なぜ裳《もすそ》に縋《すが》ってお諫めなされないのですか。お聞き入れにならなければ、死んでお諫めなさい。それができないくらいなら今日和議をなさる必要はありません」

晋作は黙って聞いていたが、聞多と定広の議論があまりに激しいので口を挟んだ。

「せっかく信義をもって和を議すると仰っているのだから、それでよいではないか」

「いや先日から何回も変わるから、よくよく伺っておかねばならん」

聞多はまた定広に向かって言った。

「再び攘夷の勅命が下ったならどうなるか。また、信義ということが反古にならぬようにするにはどうなさるか。飽くまで開国論をもってやると仰るのなら、もしまた攘夷の勅が下ったときには、死を決してお諫めなさるがよろしい。それなら和議をなさるのもよろしいでしょう。今のお言葉は記憶なさっておいて下さい」

聞多はなお命を奉ずる気配はなかった。しかし晋作が側からしきりに勧めたので、ついに講和の命を受けることにした。

そこで定広は馬関で和平の条約を締結することができたならば、藩内の反対論を厳然として抑制し、防長二州の命運をかけて幕府と決戦し、もし勝利を得ることができれば、大政を朝廷に帰して日本の統一を図る決心であり、この決心はもはや動揺するものではないと聞多に誓った。

そこで聞多は言った。

「では御自身がお出でなさって、水師提督と和を議されるか、御自身がお出でになることができなければ、家老をお出しなされよ。家老も馬鹿な家老を出しては何にもなりません」

「家老でよいのなら誰がよかろうか」

「それなら家老をお作りなされればよい。高杉が仮の家老によろしいかと存じます」

十八

この頃ヨーロッパでは一体何が起きていたのであろうか。何がヨーロッパ諸国をして、海外への進出に狂奔せしめたのであろうか。

一七七六年、アダム・スミスは『国富論』を著した。この頃のイギリスは重商主義の時代で、国家の富の源泉は海外通商によって世界中の富をかき集めてくることであると考えられ、貿易と通商は国の独占政策によって厳しく規制されていた。しかしアダム・スミスは国の産業の発展こそが国富の源泉であり、それを実現するためには、個人個人の自由な経済活動を保証することにあると主張し、国による干渉や規制に反対した。そして彼の主張は、その後、ブルジョワ階級の自由貿易運動によって実現されることになる。しかも彼の主張する自由貿易主義は、さらにその広がりを見せ、社会全体が認める時代の支配的なイデオロギーとなるのである。

自由主義・自由貿易主義は、一方では多くの人間に自由をもたらしたが、一方ではその負の面を露呈する結果となってしまった。結論から先に言えば、自由主義はすべての人間に自由をもたらしたが、反面、人間の中に眠っていたエゴや恣意を野放しにする結果となってしまったのである。

例えば十九世紀のイギリスでは水道も下水も不備で、家の内外に汚物やゴミが堆積して悪臭に満ちていた。人々の排泄する屎尿や汚物によってテムズ川は汚染され、川岸には厚くヘドロが堆積していた。コレラは四回にわたって大流行したという。ではなぜ、これほど衛生状態が良くなかったのかというと、一つには上下水道の建設や河川管理といったものへの社会資本の投下が、急増する人口に追いつけなかったからであり、一つには社会全体に広がった自由主義あるいは自由放任の風潮にあったのである。人々はすべてのことを利害によって判断するようになり、衛生の問題にはあまり注意を向けなくなってしまったのである。

またイギリスは中国との貿易で大量の茶を輸入していた。そのため貿易収支は常に赤字で、銀の流出に悩まされていた。この赤字を逆転すべく考え出されたのが、植民地インドの阿片《アヘン》を中国に売り込むことであった。しかし中国がこの不正な貿易を禁止すると、イギリスは自由貿易を旗印に、強大な武力にものを言わせて中国を屈伏せしめた。いわゆる阿片戦争がこれである。イギリスはなぜ恥も外聞もなく、この醜悪な戦争をやらなければならなかったのであろうか。色々な理由があったであろうが、結局は人々が利害でしか物事を判断できなくなったからであり、人間の中に潜む貪欲さを、恣意を、一面において放任する結果となってしまったからではないだろうか。そしてその毒牙が日本にも迫ってきたのである。

八月八日、晋作は家老宍戸備前《ししどびぜん》の養子宍戸刑馬《ぎょうま》として、講和の正使を命じられた。杉徳輔と渡辺内蔵太《くらた》が副使、伊藤俊輔と井上聞多が通訳となった。旗艦「ユーリアラス」の後甲板に着いた刑馬は黄色の地《じ》に淡青色の大きな桐の紋章がついた大紋という直垂《ひたたれ》を着、黒い絹の烏帽子をかぶっていた。白絹の下着は目がさめるような純白であった。そしてその表情は悪魔の如く傲然としていた。

一行は船内に案内され、提督クーパーの面前に出た。刑馬が口を開いた。

「さて、今日拙者ども罷《まか》り越したるは他のことではなく、貴国の軍艦来着のことについて、とくと談判に及ぶつもりのところ、時すでに遅く一昨日合戦に及びました。しかしわが国力及ばず、何とぞ和議を申し入れたく存ずる。これは主人よりの書面にて御一覧下されますよう」

提督は書面を読み終えると言った。

「書面の趣《おもむき》では、ただ下関通船差し障りこれなきよう致すべくと書いてあるばかりで、和議のことに触れられていないのはどういうことでしょう」

「下関通船差し障りなしとあるのが、すなわち、和議の印であります」

「それは理屈というもの。本当に和親したいと思われるのであれば、辞をやわらげてお頼みになるのが当然のことです」

クーパーは続けた。

「しかもこの書翰は防長国主と認《したた》めてありますが、これでは受け取ることはできません。なぜなら御主人の直書ではないように思われます。これは受け取れません。御主人の直書にその名が認《したた》めてある証書を持参されたい。その上で返答しましょう。

しかし砲台に備えつけられていた大砲は残らず持ち帰るつもりでありますので、御承知おき下されよ。

そしてもう一つ、一昨日短艇《ボート》ごと潮に流されて行方不明になっているオランダ水兵のことについてですが、おそらくは貴国の捕虜となっているものと察せられる。和議を願われるのであれば、まずこの者をお返し下されたい」

「一つ一つ御もっとものことと存ずる。主人の直書は明後日昼時までに持参致しましょう。大砲については、持ち帰られるのはそちらの自由、決して手向かいは致しませぬ。オランダ水兵のことについては何も聞いておりません。早速吟味の上、一緒に返答することと致しましょう」

こうして宍戸刑馬の一行は定広のいる船木へ帰っていった。ただ聞多だけは大砲を収集するときの混乱が予想されたため、その予防のために馬関に残ることにした。

かくの如く講和の談判はようやくその端緒を開くこととなった。しかし、このことを知った攘夷論者たちは大いに激昂し、容易ならざる擾乱を引き起こしかねない状況となった。京都を脱走してきた公卿方、殊に三条・四条・東久世の三人の廷臣は馬を馳せて船木に到り、定広を大いに論難した。また御楯《みたて》隊の大田市之進・品川弥二郎及び清末藩の坂本恕八郎らが上書して和議の非なることを論じ、死をもってこれを諫争しようとした。藩の政府員たちは彼らの論難に対しては、これを抑制すべきであったにもかかわらず、ただその答弁に苦しむだけであった。

「今回の和議は井上と高杉・伊藤の三人が世子公に勧めたもので、われわれはその内命を受けて取り計らっただけで、われわれが深く関与しているわけではない」

政府員たちは自己の責任を避けるため、このように曖昧なことを言ったのである。

「高杉・井上・伊藤の三人は実に国家を誤り導く賊臣である。われわれは天に代わって彼らを誅殺し、国論を回復しよう」

攘夷論者たちは憤りをあらわにして、兇暴な手段に訴えようとした。

晋作と伊藤が世子公への復命を終えると、船木の代官である久保断三が二人を呼び止めた。久保は小さな声で言った。

「大変なことが起こった。今君たちを暗殺しようという者がある」

二人は驚いた。俊輔が尋ねた。

「政府の人たちは何と言うておられる」

「困ったものだと言うておる」

「政府の奴らからしてそんな言いぐさがあるか。今からすぐ逃げよう」

「そのほうがよかろう」

久保もそう言った。

久保は一人に百両ずつ渡し、逃亡先として田舎の百姓家を紹介した。二人は闇の夜をどんどん逃げ、有帆村に潜伏していた。二人は密かに話し合った。

「毛利家は滅びる。いっそこれから外国でも朝鮮でも出て行って、他日毛利家の子孫をそこに迎え、家を存続せしめるだけのことをやろうじゃないか」

「それより他は仕様《しよう》がなかろう。政府の奴らは犬か畜生のようなものだ。われわれがこの重大なことを任されているのを目の前に見ながら、われわれを殺そうとする者を見捨てておくなど、実に困ったものだ」

「しかし外国へ出ると言うたところで、その金を引き出すのが難しいのう」

十日、この日は外国と第二回目の談判を開く期日となっていた。晋作と俊輔の二人が姿を隠してしまったため、藩ではやむなく毛利登人を家老毛利出雲と称せしめ、新たに正使に任命した。副使は山田宇右衛門・波多野金吾・渡辺内蔵太、これに井上聞多が通訳となって随った。

クーパー提督が言った。

「一昨日参られた宍戸氏はなぜ今日はお出でにならないのですか」

毛利出雲の言葉を訳して聞多が言った。

「睡眠不足と暑気あたりのため病気となり、歩行もかない難き次第、さよう御承知願います」

「承知しました。しかしそのようなことがたびたび起こっては困ります。ここにおられる代表の諸君は万事が解決するまで、健康に注意していただきたい」

クーパーは皮肉を込めてそう言った。

「ところで宍戸氏は貴国の第一家老と聞いておりますが、こちらで『武鑑』（外国関係文書）を調べたところ、宍戸美濃氏が第一家老のように見受けられますが、これはどういうことでしょう」

「すなわち美濃は備前と改名致し、刑馬はその養子です。現在宍戸家の家長たる刑馬に家督を譲っております」

出雲はそう言うと、藩主慶親からの親書を渡した。そこには和を請うている語句がはっきりと明記されていた。そこで提督は言った。

「われわれも平和を望むことは御主人と同じです。やむなく戦争に及んだだけです。これからは日本と外国とで友好を結び、和親を深めてゆきたいと思っています」

出雲が答えた。

「主人も同じ思いでおります。以降は西洋の諸技術も授かりたいと願っております」

「われわれは自国にあってはそれなりに身分のある者です。どうか大膳太夫殿（慶親）に対面し、直接の談判をもって諸事決定致し、親友となりたいものと思っています。ただ今日はこのことを申し入れるばかりですので、よろしくお取り計らい下さい」

「承知致しました。このことは城中へ申し送り、九月十四日、日本の九ツ時、西洋の十二時までに下関に出張致すよう取り計らいますので、それまでしばし御猶予を願います」

「御主人に会ったなら、われわれはまずこれから述べる要求について承認を求めます。その後で将来間違いの起こらぬように、西洋一般の風俗人情などについて、とくと御説明しましょう。ともかく御主人とお会いすれば事の運びも容易となり、時間も節約されましょう。

一つ、大君《タイクーン》の政府と江戸にいる外国公使との間で、外国人と日本人との間のあらゆる問題が解決を見るまでは、絶対に下関海峡に砲台を築いてはならない。

二つ、わが方の人々が人家から発砲されているので、この町を焼く権利は充分にあったのだが、あえてそれをしなかった。ゆえに、下関の町に対する代償金は、戦時における外国の慣例によって支払ってもらわなければならない。その額は、来るべき会談に際し藩主に直接申し入れる。

三つ、この海峡を通過する外国船が石炭、食糧品、水などを必要とする場合は、何によらずその欲しいものを購入する許可を与えて欲しい」

出雲はこれらの条件をすべて受け入れ、さらに付け加えて言った。

「この海峡は風波の荒れることがよくありますので、そのようなときには下関に上陸してもらって差し支えありません」

そこで提督は早速言った。

「われわれは買い入れたい物があります。もちろん相当の値段で買い求めたいので、市民たちにそうお伝え願えますか」

「この戦争で町人百姓たちは残らず避難しておりますが……」

「もっとものことですが、和親の成ったことを触れ知らせてもらえば、市民たちも自分の利益になることですので、すぐにも帰ってくることでしょう」

「よろしいでしょう。しかし牛だけはこの時節必需のものですのでお断り致します。その他のものは大概間に合うことと思います」

こう言うと出雲は立ち上がって、通訳のアーネスト・サトウへ歩み寄り小声で言った。

「ただ心配なのは、昨年より、召し抱えていた浪人たちを一通り追い払いはしましたが、未だ山野に潜伏している者が、どんな乱暴を働くかも分かりません。また地雷も仕掛けたままです。上陸のことはできるだけお断りしたいと思います」

サトウはこのことを提督に通訳した。提督は即座に答えた。

「それならば外国船が碇泊している間は、長州の兵卒をもって守衛していただきたい。地雷も速やかに取り除かれるようお願いします」

「もちろん厳重に守衛致す所存ですが、万一のことがあってはと思い、念のために申すのです。下関市内への上陸であれば少しも御懸念には及びませぬが、田舎の方や長府のあたりはまだ危険です」

「よろしいでしょう。われわれは下関市内のみ買物のために上陸することにします」

これで第二回の講和上の談判は終わった。聞多は艦船から降りると船木に向かった。聞多は世子公に謁を請い、八日以来の下関における談判その他の事情を詳細に説明し、終わりに高杉と伊藤から受け取った書翰を定広の閲覧に供した。聞多は定広に喰ってかかった。

「高杉と伊藤は暗殺されるというので、どこかへ身を潜めてしまいました。それはわれわれが世子公にいかにもお勧めして、和議をさせたかのような噂が流れたからです。御覧のように私も国を出よという手紙を受け取っています。大体、政府の人たちのやることからして、私には理解できません。どうしてそういう疑惑を起こさしめるような者たちを、お押さえにならないのですか」

聞多はさらに続けた。

「政府の人たちを始め皆、私たちに無理にもこうしろと言われたことです。私たちにさらに迷惑をかけるというのは怪しからんことです。ともかく政府の人を皆集めて下さい。君側の人も皆集めて下さい」

皆が集まったところで、聞多はこれまでのいきさつをすべて明らかにした。そこで君側の人たちも皆なるほどそうであったのかと得心したのであった。しかし聞多は腹の虫が治まりかねたのか、さらに言った。

「大体政府の人たちが悪いのだ。政府の人たちは皆何を言っていたかは知りませんが、多分、『今度の和議のことはわれわれは関わっていない。君意から出たことではあるが、おそらく高杉・井上らが関係しているはずだ』と言っておられたのであろう。国家のことで自分の責任を避けるようなことを言われるから、小郡の勘場（役所）で、あの晩、臓腑を掴み出して投げつけてやろうとしたのだ」

こうしてようやく高杉と伊藤の二人は戻って来た。三人は相談した。

「政府の奴らは苦しくなるとすぐに責任を転嫁するから、今度は彼らを引っ張り出して責任の転嫁ができないようにしよう」

そこで家老宍戸備前・毛利出雲・井原主計、政府員では前田孫右衛門・山田宇右衛門・村田蔵六《ぞうろく》（大村益次郎《ますじろう》）・北条瀬兵衛・渡辺内蔵太・波多野金吾等々といった人々が、外国との談判に総動員された。

十四日、第三回目の談判が行われた。外国側は二人の提督が出席した。すなわちイギリス艦隊提督のクーパーとフランス艦隊提督ジョーレスである。会談を始めるにあたってクーパーが言った。

「休戦を認めたのは、御主人（藩主）が下関に到着するまでの時間を与えるためであった。なのにどうして御主人が謹慎していることを、早く知らせてくれなかったのか」

刑馬が答えた。

「藩公に下関にお出であるよう全力を尽くして説得に当たったが、これは古来の慣習であるとして、御動座してもらえませんでした。藩公は京都での事変以来、天皇《みかど》の不興を被り、家来にさえ会えない状態にあります。況んや提督と会見することなど、とてもできないのです」

しかし外国側ではこの謹慎という慣習がよく理解できなかったらしく、藩主が下関まで出向く面倒を逃れるための口実に過ぎないと思い、これを納得しなかった。両提督はこのことを飽くまで追及し、藩主自らの了解を最も重視するものであるということを納得させてから、三つの条項を突きつけた。それは第二回の談判において要求したこととほぼ同じであった。

この中で晋作が最も苦慮したのは賠償金の問題であった。賠償額は三〇〇万ドル。これを聞いた長州側では驚愕した。刑馬が言った。

「防長二州は小さな国です。米の収入はやっと三十六万石に過ぎません。そのうち二十万石は家臣の食禄に当てられており、残りは砲台や大砲などの武備に当てられております。あまり法外な賠償金では、こちらも支払い能力がありません。わが藩内には忠義のために命を投げ出すことを何とも思わぬ者が大勢おります。主人は講和を望んでおりますが、これでは家来どもの憤激を抑えることが困難です」

「あなた方はあらかじめ賠償額を計算に入れた上で、事を構えるべきであったのではないですか。自ら好んで仕掛けてきたことですから、出された勘定書は支払ってもらわなければなりません」

「長州は小さな国に過ぎませんが、それでも二十万や三十万の兵隊はおります。外国の兵隊の二千や三千、物の数ではござらぬ。あまり過大な要求では、こちらも受け入れかねまする。それにわれわれが砲撃に及んだのは、朝廷及び幕府の命令を奉じてなしたものであって、わが藩が勝手にやったものではござらん。したがって四カ国公使より幕府に請求されるのが至当でありましょう」

外国側も償金の問題については、最初容易に譲歩しようとはしなかったが、案外簡単に折れてきた。というのも賠償金のことについては、長州には到底その支払い能力がないことを予期して、四カ国公使が評議の上で、幕府に強談するつもりでいたからである。結局、償金問題は未解決の問題として、後の協議に待つこととなった。

次に外国側は彦島の租借《そしやく》のことについて要求してきた。刑馬は「租借」という言葉の意味がさっぱり分からなかった。ただ何となく彦島をもらい受けるというような意味に聞こえて、一瞬、上海のことが脳裏に浮かんだ。そこは中国の領土でありながら中国ではなく、中国人は外国人から使役されていた。

刑馬は突然、大演説を始めた。周りにいた人は皆、刑馬が気が狂ったかと思った。

「租借？　防長二州の領土は天子様よりお預かりしているもの。われわれが勝手に処置することができるものではござらん。そもそもこの日本国は高天《たかま》の原神世七代の国之常立神《くにのとこたちのかみ》に始まり、伊邪《いざ》那岐命《なきのみこと》・伊邪那美命《いざなみのみこと》の二柱《ふたはしら》の神、天《あめ》の浮橋に立たせ給い、その沼矛《ぬぼこ》を指し下ろして、塩こをろこをろに画《か》き鳴《な》して引き上げたまうとき、その矛の末《さき》より垂《した》り落つる塩、累《かさ》なり積もりて島となる。これ淤能碁呂島《おのごろじま》なり。その島に天降《あまくだ》りまして、天《あめ》の御柱《みはしら》を見立て、八尋殿《やひろどの》を見立てたまいき……」

刑馬は国の成り立ちから、大国主神《おおくにぬしのかみ》の譲土記などをとうとうとしゃべりたてた。たまりかねた通訳のサトウが言った。

「宍戸さん、そんな難しい言葉、私通訳できません」

「分からんのはそちらの勝手だ。そもそも貴方《あなた》のほうから租借とか何とか、日本人に分からないことを言うから、こちらも国の成り立ちから説明せねばならなくなる。そもそも日本の国土というのは、神武天皇東征し給いて、乱世を治め、畝傍《うねび》の白檮原宮《かしはらのみや》に坐《ま》しまして、天《あめ》の下治《したし》ろしめし……」

刑馬はなおも演説を続けた。提督もさすがに閉口して言った。

「宍戸さん、もうよい。租借のことはなかったことにします」

租借のことはとうとう、うやむやになってしまった。講和談判の後、長州とイギリスはその交わりを急速に深めていった。

ただ当時の国際法においては、一国の内海は万国共通の公海ではない。ある開港地に行くために必要欠くべからざる通路である以外は、強いて海峡を通行すべきものではない。ましてや戦闘区域でもない下関の市街に砲撃を加えるなど暴戻不遜、強国の恣意以外の何ものでもなかった。しかしその当時の長州人はそのような国際法があるということさえ知らなかったのである。

十九

八月十三日、長州征伐の総督として、尾張前大納言徳川慶勝《よしかつ》に八月中の発程の命が下された。しかし慶勝は幕府の命令に接しても、未だそれに応じようとはしなかった。三十一日、朝廷から催促されて幕府は再度これを命じた。これによって慶勝は尾張を出て京都に向かったが、それでも総督の任命を受けようとはしなかった。なぜなら長州征伐はもし一歩間違えば、天下の大乱を引き起こし、徳川家も滅亡の憂き目を見ることになろう。要するに長州征伐には反対だったのである。「徳川の天下はもはや末じゃ。何事に限らずあまり事を起こさぬがよい」と彼は常に側近の者に語っていたという。

また幕府内にあっても、攘夷のことを先にし後に長州征伐をなすべしとする者、あるいは諸大名を朝廷に呼び寄せて評議すべしとする者、あるいは幕府では内外の問題が山積しているゆえ攘夷のことはしばらく西国の諸大名に委せるべきだとする者等々、衆議紛々としてその決するところを知らなかった。

なぜならまさにこの頃、四カ国の公使が馬関戦争での償金三〇〇万ドルの支払いを幕府に迫っていたからであった。外国側は幕府に要求した。「長州の馬関海峡において、去年以来条約違反の行為があった。幕府がこれを制止することができなかったため、やむを得ずこちらでは軍艦を派遣したのである。幕府はその責任を免れることはできない。よって軍事費及び賠償金として、三〇〇万ドルを支払うべきである。ただ、われわれの目的は賠償金よりは、交際を厚くすることにある。ゆえにもし馬関あるいはそれに代わる港を開港してくれれば、償金はこれを却下しよう」と。幕府では開港説に傾きかけた。これに対して薩摩と越前は、「目下の急務はまず長州処分にある」とし、将軍の上洛と尾張の慶勝の総督就任を促した。薩摩の西郷吉之助は長州をひどい目に遭わせてやろうと苦心の謀《はかりごと》をめぐらした。

一方、長州にあっては藩公父子の官位が剝奪され、慶親の「慶」の字と定広の「定」の字を返上するよう命ぜられ、幕府及び諸藩からの問責の兵が迫ろうとしていた。これを知った萩城下の俗論派は藩政府を倒してその方針を一変せしめようと、八百余人が大挙して山口におし寄せてきた。彼らの主張は、「今や藩公父子は朝敵の汚名を被り、毛利家の存亡は旦夕《たんせき》に迫っている。ゆえに幕府に対しては飽くまで恭順の誠意をもって謝罪し、元就《もとなり》公以来の先祖の祭祀を絶やさぬよう毛利家の存続を願うべきである」と言うにあった。彼らは京都禁門での敗走、攘夷戦での敗戦といった藩政府の失政に乗じて奮起したものであるから、その勢いは盛んで、当たるべからざるものがあった。俗論派の人々は家老に迫り、あるいは敬親《たかちか》（慶親）父子に内謁を請い藩政府の失政を責め、諸隊の粗暴を咎めた。藩公父子にあってもそれが俗論であるとは思ったものの、彼らの勢いに押され、不本意ながらも政府役員の改造を指示した。藩政府はたちまちにして俗論派の人々に取って代わり、九月十四日をもって毛利伊勢を加判首席となした。

このときにあたり奇兵隊等の諸隊を代表して野村靖之介が上書した。その上書はあまりに長文であるので、これを要約してここに掲げる。

忌諱を顧みず申し上げます。日本国の大事、防長二州の存亡は今まさにこのときであります。藩の方針がたとえわずかでも動揺することがございますならば、取り返しのつかぬこととなりましょう。このときにあたりわが藩の大義名分が千載の後にも貫かれ、真実の利害というものをよくよくお見透しあって、確固不抜の方針を立てられるようでなくてはならざるものと存ぜられます。

しかるところ幕府諸藩にあっては、征討の名をもってわが長州に襲来しようとしております。種々の議論もありましょうが、大義名分を千載の後にまで立ち貫く思し召しであれば、防長二州の安危存亡はもとより考慮に入れずして可であります。

仮にその強弱を論じますれば、幕府兵は多く、食糧多くとも、数百里の遠きより遠征し、日々千金を費やし、わが方は正直、彼は正しからず、安きにいて敵の疲れを待ち、わが方は天険の地により彼はこれに反しております。諸藩の人心はわれわれに服し、数カ月を待たずして賊兵は自ら離反することとなりましょう。

もし仮にもわが藩が畏縮挫折するようなことがあれば、正義の諸藩の内からも俗論が沸騰し、かえってわれわれは奸賊の汚名を着せられ、戦わずして敵の術中に陥り、死地に陥ることとなりましょう。

聞くところによれば、幕兵襲来のときにはひたすら謝罪して、どのような無理難題をもちかけられようと、服従しようとしておられるとのことです。恐れながらこれは、しかし千載の大義からすれば、お見込み違いと申せましょう。

未だ政府の方針が定まらない状況では相済まぬことと存じ、僭越ながら建白致します。昧死《まいし》再拝。

しかしすでに正義派の政府員はその多くが退けられ、藩政府は俗論派の人々によって固められている。藩主でさえ自分の思うようにはいかない。彼らはついに自分たちの根拠地である萩に、藩主父子を連れて帰ろうとするに至った。

このような状況を見て、聞多は憤りを覚えずにはいられなかったけれども、なりゆきからして如何ともすることができず、密かに時機の到来するのを待っていた。そのようなとき聞多は談義したいことがあって家老宍戸備前の家に行ったが、たまたまそこへ広封《ひろあつ》（定広）の側近である正木退蔵が聞多を訪ねて来て、広封の内書を手渡した。

朝廷今日の御衰運痛哭に堪えざるなり。多年の微志何の日に貫き候らわんやと苦慮このことに候。汝これを思うべし。

これを読んで聞多は深く感激し、直ちに宍戸の家を去り家に帰った。聞多は思った。

「世子公ももういつ俗論派の手に陥って割腹させられるかも分からないのに、朝廷のことをこれほどまでに思っておられる。これでは私も公父子への尽くしようが足りないのだと言わざるを得ない。このままではいけない」

彼は熟慮を重ねた結果、ある秘策を思いついた。

九月二十三日早朝、聞多は敬親父子に内謁を請うた。聞多が言った。

「俗論派の言うところは、日本中の兵を引き受けては長州の存亡は火を見るよりも明らかである、ゆえに公父子は割腹されてもよいから、せめて十万石でも存続させてもらって、幕府の血統をもらい受け、毛利家の社稷《しゃしょく》を継いでいくことが元就公へ尽くす道である、とのことです。これでお殿様の得心がつけばそれでも致し方ありませんが、そもそも外国と講和なされたのは、それによって全藩一体となって幕府に当たり、力及ばざれば斃れて後に已まんのみという主旨でありました。どちらになさるおつもりでありますか。殿の御真意のあるところによって私どもは身命を抛って働きましょう」

敬親が答えた。

「無論、予は和議のときからの精神は一歩も緩んではいない。また元の政府員たちに謹慎を言いつけたのも、自分の本心からのものではない。如何せん無理に迫って肯かぬゆえ、今日のような有様に流れてしまったのだ。予も和議のときの考えを貫きたいのである」

「よろしゅうございます。それならば、このままにしておいてはよくありません。ともかく謹慎を言いつけられた者たちを皆お許しになって、家老などもお集めになって、御前会議をお開き下さい。そこで武備恭順という方針を固めておいて、その上で、ちょうど岩国を始め諸支藩の方々も山口まで出て来ておられますゆえ、その家老なども集まってもらい、この方針を確定していくしかありません」

「しかし今、俗論党や選鋒隊が円龍寺や常栄寺に屯集している。それらの者をどうして抑え込むつもりか」

「そのことについては、外艦襲来の折、私が小郡防禦のためにいただいた第四大隊というものがあります。干戈を動かすことになるかも知れませぬが、何とぞお許しを願いたいと存じます。夜討ちをかけてその上で仕事をしなければ、ただ話をしただけでは効能がありませぬ」

そう言うと聞多は敬親から謹慎を解くという書付をもらって、それぞれの人に連絡して歩いた。また以前から懇意にしていた家老宍戸備前の所にも寄って、かくかくしかじかで御前会議を開くゆえ、備前殿も存分に意見を述べられたしと伝えた。すると備前は非常に怖がって訊いた。

「円龍寺や常栄寺にいる者はどうするつもりか」

「それは私に考えがあります」

「考えとは？」

聞多は初めは言わぬつもりであったが、この人ならば言ってもよかろうと思い、夜討ちをかける話をした。しかしこれが漏泄《ろうせつ》のもとであった。

九月二十五日午前十時頃、山口の政治堂において君前会議が開かれた。この日は毛利家の命運を決する会議とあって、毛利家の一門を始め、家老や重役がそろって出席した。聞多はこの会議に臨んでは論戦の結果、事と場合によっては、一門でも家老でも刺し違えるという覚悟であった。まず新たに加判首席となった毛利伊勢が口火を切った。

「益田・福原・国司の三太夫の如き、京都禁門における暴動の主謀者は、これを厳科に処し、幕府に対してひたすら恭順謹慎の誠意を表し、哀訴歎願の道によって、毛利家の社稷を存続せしめるの外はなかろう」

聞多はこの意見に断固として反対の意を述べた。

「謝罪降服・哀訴歎願は幕府の真意を知らざる愚論でございます。今度のことは幕府年来の望み通り、長州お取り潰しの好機と喜んでいるところでございます。されば長州がいかほど誠意をもって謝罪したからといって、寛大の処置に出ようはずは絶対にござりませぬ。もし長州に武備なければ、彼らはわれわれを一層侮り、無理難題を言って、二州を滅ぼそうとするは必定でございます」

幕府の軍勢に恐れを抱いていた宍戸備前がこれに異議を挟んだ。

「たとえわれらに武備があったとしても、幕府は三十六藩の兵を引き連れて攻めてくる。とても勝ち目はない。今長州は国をあげて謹慎中である。もしもそのような幕府への反抗的姿勢を見せては、謝罪も謝罪にならない。刀を懐にして謝罪するという法はない」

この意見に賛成して毛利能登が口を開いた。

「馬関における攘夷といい、禁門における戦争といい、逐一幕府の意思に反した暴行で、思慮浅薄と言わざるを得ませぬ。三国老の切腹は、もちろん、その暴行に関係した人々もいちいち極刑に処し、どこまでも暴行者の責任を追及して、もって朝廷・幕府に謝罪すべきでござる」

「加判役たる御家老の口から、このような言葉を聞くとは思いませんでした。能登殿は暴行、暴行と仰るが、攘夷の勅命を奉じてなしたることがなぜ暴行なのでしょう。幕府は長州一藩の暴挙として、種々に讒誣《ざんぶ》したあげく、ついにわが君公に勅勘を蒙らしめました。防長の士民はわが君公の冤罪を雪ぐべく上京進発致しました。ところが事情やむことを得ずして禁門の守兵と干戈を交ゆることとなってしまいました。これは誠に遺憾の至りではありますが、朝廷に対して毫《ごう》も不敬の意があったわけではありません。

それに馬関における攘夷戦において、軍奉行をしておられたのはあなた様ではなかったですか。これらのことが暴行であるなら、なんでそのとき力を極めて政府の諸員を論撃し、もしその政府諸員らがその言に従わなければ、一身を賭して両君公を諫争せられなかったのですか。これこそが家老の責務ではありませんか。自ら暴行に賛成しておきながら、今さら彼らを咎めるとは奇怪千万。彼らはみな主命を奉じてなしたものでございます。

ただ過去のことをあれこれ言っても何の益もありません。今日においては速やかに武備恭順の国是を確定する外ありません。閣下を始め政府諸員のこれに賛成あらんことを請うのみであります」

さすがに能登も言葉に詰まった。そこで家老の一人が言った。

「今や幕府は追討の兵をわが四境に差し向けようとしている。防長二州の危うきこと累卵の如くである。たとい武備恭順に一決したとしても、君はいかなる策をもってこの危急を救うつもりであるか」

聞多が答えた。

「先ほどより申しておりますように、幕府軍に対抗するには、内に武備を整え、外には恭順を表すことが、今日の危急に処するの一策であります。もしこれに反し、ひたすら恭順謝罪し幕府の命令に従いますならば、すでに述べましたように、名義の上では毛利家の社稷を維持することができたとしても、実質においては滅亡に帰することでありましょう。先日、私が外国との和議の命を受けましたとき、両君公の御決意を伺い定めましたところ、外国と和を講じたからには、防長二州を賭して幕府と抗戦し、幸いにして勝利を得ることができたならば、進んで幕府を倒し、王政復古の御志業を貫徹すべしとのことでありました。ところが今日に及んでもなお御家老方が畏縮の俗論を主張しておられるのはいかなる御所存でありましょうか」

ある老臣が反問した。

「君はどのような勝算があって幕府軍と戦おうというのか。それを教えてもらいたいものである」

「もとより成敗利鈍はあらかじめ期することはできません。しかしよくよく今日の場合を察しますに、毛利家の臣たる者、今こそ武士道を貫き、斃《たお》れて後に已まんのみであります。そもそも藩祖洞春公（元就）が閣下らを郡臣の首座に置かれたのは、今日の如き危急の際に臨み、君主を補佐して、その終りを全うするの責に任ぜられたからであります。今こそ代々の御鴻恩に報いるべきときであります。もし幕府軍と抗戦するの勇気なくんば、断然その位を退き、禄を返上すべきであります。われわれ同志は諸隊と共に、死を決して国家防衛の任に当たるのみであります」

聞多は俗論に傾いた老臣たちを前に、少しも忌み憚るところなく論難した。聞多と同志の諸士もこれに加勢した。しかし議論は容易に一決に至らなかった。

時刻はすでに正午を過ぎようとしていた。配膳の役方から昼食の用意ができたとの知らせがあった。聞多は言った。

「殿様御父子におかれてはさぞ御空腹かとは存じまするが、今日は国家の大事を評議している際中であります。しばらく御辛抱あって議事を継続致すべきです。国家のために一度や二度お食事を抜かれたとしても、大したことではありません」

藩公は聞多の言葉を納れ、議事を継続することにした。しかし評議は容易に決定を見なかった。互いの議論を始終黙って聞いていた敬親公は、その様子を見て断固言い放った。

「今朝より聞多の主張するところを聞いていたが、誠に道理である。今日、過ぎ去ったことを繰り返して種々議論しても、もはや何の益もない。ゆえに予は武備恭順の国是に一定したいと思う。朝廷に対しては謝罪すべきは謝罪し、幕府に対しては信義を尽くしたいと思う。しかしそれでも不当な要求をしてくるときには、やむを得ず一戦するをも辞せず、大義のために防長二国を抛つ覚悟である。一同この旨を心得よ」

二十

午後八時頃、聞多は会議が終わって政治堂を退出した。浅吉という僕《しもべ》に提灯を持たせて、暗夜を自宅へ帰っていた。讃井町の袖解《そでつき》橋にさしかかろうとしたとき、一人の武士が「聞多さんではありませんか」と訊いてきた。聞多が「そうじゃ」と答えるやいなや、別の一人が背後から両足を拘束して前に倒した。それから組み討ちが始まった。うつ伏せになっていた聞多を、他の一人が太刀を振り下ろして斬りつけた。この一撃で聞多は一刀両断となるところであったが、彼の佩刀《はいとう》が背中にまわって刺客の一刀をさえぎったので、背骨からわずか九ミリの所で止まった。

負けん気の強い聞多はこの重傷にも屈せず、はね起きようとした。そのときまた後頭部に一刀を受けた。さらに剣を抜いて防禦しようとすると、また別の一人が刀を振り下ろして、聞多の右頬から唇を切り裂いた。さらに腹部を切りつけられたが、幸いにも懐にしていた鏡で傷は急所を外れた。その他足にも数カ所の傷を受け、とても逃れることはできないところであったが、どうした拍子か、彼はたちまち身をひるがえしてその影を隠してしまった。
五、六人の刺客はしきりにそのあたりを捜してみたが、暗くてその後を追うことができなかった。刺客たちはついにその場を立ち去った。
気がつくと聞多は芋畑の中にいた。それまで精神恍惚として苦痛も感じなかった。ただ竹木などに激しく投打せられたような感じで、夢幻の境にあるかの如くであった。ただひどく喉の渇きを覚えた。ふと気がつくと前方にかすかに灯火が漏れていた。聞多は、「これは人家に違いない。一杯の水をもらい受けよう」と思い、立ち上がろうとしたが立てなかった。彼は腹這いになって、やっと一件の農家にたどり着くことができた。

農家の主人は戸外で、「頼む、頼む」とのかすかな声があるのを聞き、駆け出してみると、鮮血と土泥とに塗《まみ》れ、苦しそうに臥している人がいる。農夫らは大いに驚いて、よくよくその顔を見ると言った。

「あなた様は井上の若旦那ではありませんか。どうしてこんなことになったのですか」

聞多はこれに答えようとしたが、思うように声が出ず、かすかな声と手真似をもって襲撃を受けたことを示し、一杯の水を請うた。農夫らはすぐに水を与え、彼を畚《もつこ》に担いで近くの彼の自宅へ送り届けた。

家ではすぐに長野昌英・日野宗春・所郁太郎《ところいくたろう》の三人の医師を呼んだ。しかし数カ所の重傷で、全身血に染まり、おまけに泥土にまみれていた。医師たちもどこから手をつけてよいやら分からず、当惑するほどであった。呼吸も非常に切迫してきた。聞多は手真似で介錯を頼むとの意を示した。兄はその意を理解して、すぐに太刀を引き抜いた。これを見た母は大いに驚いて言った。

「五郎三郎待ちなさい。たとえその甲斐がなかったとしても、医師もここにおられることゆえ、試みに創口を縫い合わせてその経過を見たい」

「しかし母上も見らるるように重傷で、鮮血も出尽くしております。どんな名医の手術でも、到底命を全うすることはできません。速やかに介錯して、本人の苦痛を早くなくしてやるのが慈愛でありましょう」

兄の五郎三郎はそう言うと太刀を振り翳《かざ》した。これを見た母はあわてて聞多の血まみれの体を抱いて言った。

「是非に介錯するというのなら、この私と共に斬れ」

兄も母の意を尊重して治療を受けさせることにした。所郁太郎が、治療の途中でこと切れてもよいというのであればやってみましょう、と言ってくれた。所は聞多の耳元で大声で言った。

「私は所郁太郎だ。君は兄上に介錯を頼んだが、母君は是非とも治療を受けさせたいと言われる。今現に君を抱いておられるのは母君である。母君の切なる真心を無視するわけにはいかぬから、君もこれを受け入れてくれ。多少の苦痛は母君の慈愛の心と思って忍んでくれ」

その誠忠の言葉は聞多の耳底に徹したものと見え、頗る感動したもののようであった。郁太郎は直ちに佩刀の下げ緒を解いて、これを襷《たすき》に掛け、焼酎をもってその傷口を洗滌《せんでき》し、小さな畳針をもって縫い合わせ始めた。聞多はほとんど知覚を失い、さほど苦痛を感じないようであったが、右頬から唇にかけての創口を縫うときには、頭脳を刺激したもののようで、非常に痛がった。この手術は六カ所の傷口に対して合計五十針の縫合に及んだ。

一方、聞多が遭難した同夜の明け方、麻田公輔が自殺した。四十二歳であった。長州にとってはまさに国家の柱石を無くしてしまった。以前より自殺の意あるを知った家族の者は、刃物をすべて隠していた。しかしその夜、小用に行くと言って部屋を出たが、細君がこのことあるを危ぶんで付き添ってきたため、目的を果たすことができなかった。やむを得ず運動すると言って畑に出たが、始終妻が付き添っているので、立ったまま咽喉をかき切った。

死ぬ前、公輔は次のように話していたという。

「従来長州は朝廷と幕府の周旋に当たり、尊王攘夷の大義のために御主君は働いてこられた。私は藩政府にあって、ついにかくの如き国難を招くに至ってしまった。私は二度まで大罪を犯してお許しをいただいた。再生の御高恩を蒙る身であり、かつは臣子の職分として、目下の国情を思えば、死をもって君上に謝罪するしか外に道はないのである」

かくて正義派は力を失い、俗論派が勢力を伸ばすこととなった。十月十三日、山県半蔵・小田村素太郎・寺内暢蔵らが免職せられ、これに代わって福島吉右衛門・内藤造酒・佐伯丹下・竹中織部らが新たに登庸せられた。十九日、清水清太郎が加判役を免職せられ、謹慎を命ぜられた。また、高杉小忠太・小幡図書・岡儀右衛門・杉徳輔の辞職が認められた。二十四日、中川宇右衛門をもって遠近方となし、椋梨藤太《むくなしとうた》を政務員とした。この椋梨藤太こそは坪井九右衛門死後の俗論派の首領であった。同じ日、村田次郎三郎《じろさぶろう》・楢崎弥八郎・波多野金吾・中村文右衛門・山田亦介《またすけ》の辞職がゆるされ、宍戸左馬介・佐久間佐兵衛・中村九郎が野山獄に投ぜられた。二十五日、三宅忠蔵《みやけちゅうぞう》を軍務用掛とし、中川宇右衛門・椋梨藤太・岡本吉之進を国事用掛、熊谷式部・天野九郎右衛門・木原源右衛門・福原荒助らをもって国事掛を兼任せしめた。同日、大和国之助・毛利登人・前田孫右衛門・渡辺内蔵太に謹慎が言い渡された。

これによって藩政府は全く俗論派によって占められることとなった。俗論政府は山口政庁を萩に移し、敬親父子を萩城に迎えて、全く捕虜同然にした。

二十一

尾張の慶勝は七日もかけてゆったりと京都に入った。しかし京都に留まったなり、軍議の場所として指定した大坂城に行こうともしなかった。その間、何回か江戸に人をやって、将軍の上洛を促した。これには理由があった。諸藩や公卿たちの中には、長州に同情しているところも多い。もし諸藩の出兵が思ったようにいかなければ、徳川の威信は地に落ちることになろう。一歩間違えば大きな動乱を引き起こし、徳川も滅亡の憂き目を見ることになるかも知れない。勢い慎重にならざるを得ない。そして幕府からの再三の督促によって、慶勝はようやく幕府軍の総督の任を引き受けることにした。

十月十五日、慶勝は京都を出て大坂に向かった。大坂に着くと慶勝は軍議を開いた。そこでは意見百出して、長州征伐に消極的な意見が多かった。慶勝は予想していたこととは言え、心密かに憂えた。その中で、「戦わずして長州を降服せしめる」という策を建言する者があった。それは薩摩の西郷吉之助であった。会議が終わった後、慶勝は密かに西郷を召し寄せ、西郷の「戦わずして勝つ」という策を問いただした。西郷が答えた。

「今、御公儀は長州の宗藩と支藩をことごとく厳罰に処し、官位剝奪、謹慎落飾《らくしょく》、減地削封をもって臨もうとしておいでごわす。しかしこれは拙策かと存ぜられます。今長州では大きく意見が分かれ、互いに対立しておるとのことでごわす。宗藩にあっては謹慎謝罪の道を尽くし、それでも幕府が無理難題を押しつけてくるようであれば、防長二州を灰燼としても戦うべきであると主張しております。これに対して岩国・徳山などの支藩にあっては、飽くまで恭順の意を尽くし、ひたすら哀訴歎願すべきであるとしています。

しかし宗藩にあってはすでに暴激の者はことごとく謹慎を命ぜられ、三人の国老も萩において投獄せられているとのことでごわす。この内輪の混乱に乗じて、宗藩と支藩を離間せしめ、長藩人をして長藩人を処罰せしむるに若《し》くはございません。もし長州が一丸となって決戦するとなれば、幕府軍がいかに多勢で攻めかけたとしても、一年や二年で征圧することができるものではありもはん。圧倒的な兵力をもって長州に迫り離間せしむれば、十に五、六は裏切る者も出てきもんそ。そこのところを突然攻撃すれば、容易に攻め落とすことができましょう。

岩国を始め支藩をことごとく死地に追い込んだのでは、長州を打ち破ることはできても、こちらも大きな痛手を被ることになり、ひいては天下の大乱を招く恐れなしとは言えません」

慶勝は自分と同じ考えであることを内心喜び、そして言った。

「なるほど。しかし吉川監物にどのように説くつもりじゃ。そうやすやすとこちらの思い通りになるとも思えぬが……」

「聞くところによりますと、吉川はすでに藩内の周旋に当たっておるとのことでごわす。寛大の処置を申し入るれば、必ず周旋致すことと思われ申す」

十一月一日、幕府軍総督徳川慶勝は大坂を発って広島に向かった。同三日、副総督松平越前守も大坂を発って小倉に向かった。この日、吉川監物は安芸藩を仲介として、書を総督府に呈し、しばらく進軍の期日の延期を請うた。同四日、監物より安芸の藩主に届けられた歎願書を見て、西郷吉之助は岩国に赴いた。西郷は監物に言った。

「実は総督よりの御内命によって罷り越した次第でごわすが、御本家の悔悟謝罪のことは、未だ実行に移されておりもはん。これでは困り申す。禁門事変の主謀者である三太夫の首級を一刻も早く差し出していただきとうごわす。また、四人の参謀の御処置についても、同じく届け出られるようお願い致し申す」

監物は早速本家に通達し、その返事を連絡しようと答えた。

数日して西郷は広島より岩国に書翰を送り、長州の捕虜十人を送り返してきた。これは禁門の変乱の際、薩摩兵に捕えられた者であった。西郷がこれらの捕虜を厚遇したのは、ゆくゆくこのことあらんことを予測してのことであった。

二十二

一方、長州の諸隊にあっては、幕府軍の進撃を目前にひかえ、徳地の要害によって雌雄を決しようとしていた。しかし、十月二十一日、藩の新政府（俗論政府）は諸隊の領袖を山口の政治堂に召集し、諸隊解散の命令を下した。これに対して諸隊の領袖及び野村靖之助は評議し、結論を下した。

「諸隊は一致団結して後事を図るべきである。五卿を須佐の地に奉じ、諸隊もここを拠点とすべきである」

野村らは福田俠平《きょうへい》を使いとして、徳地にいる山県小輔に伝令せしめた。山県はこのとき宮市にいたが、奇兵隊の世木騎六が、「福田俠平が山口から来たから、至急帰陣されたし」と伝えてきた。小輔は明け方を待って徳地に帰った。福田に会うと小輔は言った。

「何か大事が起こったか」

「もはや俗論党の勢力は日に日に盛んで、藩公父子もまだ山口には帰ってこられていない。地方の代官さえ俗論党がこれに代わってしまった。この際、諸隊を合わせ、公卿を奉じて、奥阿武の須佐まで退くに若くはない。須佐は益田太夫《たゆう》の領地であり、民心は正義派に心を寄せている。この地に拠って兵力を養い、戦略を定め、時機を見て大事を図れば、必ず成功しよう。すでにこのことは野村と協議し、公卿方にも上陳して決定をみたところである」

これを聞いて小輔は驚き、かつ憂えて言った。

「今日の情勢からすれば、もはや斃れて後に已むのみだ。しかし須佐は長州の北の外れであって、この地に割拠するのは策の得たものとは言えない。運輸その他不便極まりなく、世の中の情報もなかなか伝わってこない。ひとたびその地に拠ったならば、もはや再挙の見込みはないのみならず、守るにも守ることができる所ではない。結局は民家に隠れて屠腹する外はなくなるだろう」

小輔は続けた。

「私はこれからのことをよくよく思案してきたが、須佐割拠のことがすでに決定をみたからには、これを変更することはもはや困難であろう。やむを得ないということであれば、その決議に従い、さらに方略を講ずる以外にはなかろう」

小輔はそう言うと、福田に自分の草案を手渡した。福田はこれを一読するや、すぐに言った。

「ただ今の方策はこれに過ぐるものはなかろう。山口での評議はすでに決定をみたが、まだ変更することができるであろう」

「おそらくは困難であろう」

「いや、必ず変更させよう」

こう言うと福田は馬を馳せて帰っていった。

小輔はこのことあるを予想して、かねてよりその対策を思案してきていた。今長州は俗論派が勢力を得て、諸隊との対決姿勢を強くしている。もし俗論政府が藩主の命によって諸隊を追討してくることがあれば、諸隊は五公卿を大将として正義の旗を掲げる。俗論派さえ叩き潰せば藩論は一定する。藩論さえ一定すれば、幕府軍が大挙攻め寄せてきたとしても、所詮は諸藩の烏合の衆であって、一年や二年で長州を攻め滅ぼせるものではない。もし戦いが長引けば、幕府に対する怨嗟の声が上がり、幕府軍は四分五裂の状態になることは間違いない。要は俗論政府を打ち倒して、長州を一致団結せしめることが肝要である。そのためには、今諸隊が集っている山口は地の利が悪い。山口は四方八方から攻め寄せられる恐れがあり、到底少兵をもって防衛することのできる所ではない。これに対して長府は、西は馬関の要地があり、南は海に面して攻め寄せられる恐れなく、東に清末の咽喉を扼せば、俗論勢力も御し易い。

ほどなくして山口にいる福田から、山県に書翰が届けられた。

公卿も足下の策をもって可なりとし、前議を変更するに決したるを以て、その策を遂行せん。山口の諸隊会議所においても、その草案に対し、異議を唱うる者はない。

こうして小輔は、この草案をもって諸隊に告げ知らせ、日程を取り決めた上で諸隊が一斉に出発する約束を決め、各隊長を集めてこれを実行する方法も評議した。

十一月十一日、鎮静奉行毛利上野《こうずけ》は山県与一兵衛・諫早巳次郎らを随えて山口に来た。幕府が長州に攻め入ろうというとき、彼らは丸羽織を着、平袴《ひらばかま》をはいて、みな平和時における服装をしていた。諸隊からは大田市之進・野村靖之助・林半七らが応対した。毛利上野が言った。

「先ごろ禁門をお騒がせし奉ったことは、朝廷や幕府に対して、いわれなき暴挙である。ゆえに公父子におかれては、謹慎閉居しておられる次第である。幕府より問罪の使いが来られたならば、麻上下《あさかみしも》・白足袋でこれを国境まで出迎え、謹んで命令に従うべきで、決して粗暴不敬にわたる挙動があってはならない。諸隊長はこのことをよく肝に銘じて、少壮過激の徒を鎮静していただきたい。参籠祈願の如きも、頗る不穏にわたるところがあるゆえ、速やかに解散して指示を待っていただきたい」

大田が言った。

「両君公が朝廷には忠を尽くし、幕府には信義をもって仕えておられることは、天下の知るところでござる。今日のような状況に陥ったのは、幕府の奸吏がわが君公を讒言したことによるものです。両君公におかれては速やかに山口にお帰りになり、人心を固くし、もって万世不朽の国是を堅くせられんことを願うものであります。ただ今、防長の士民は君公の冤罪を雪ぎ、国是を貫徹することを急務とするときであります。これを放棄して兵を解散し、敵の軍門に降るようなことは、私には断じてできません」

このような弁論が数回にわたって交わされたが、大田らは政府の命令に少しも服しようとしなかった。彼らは毛利上野らをかえって詰問した。

「あなた方は諸隊を解散してひたすら謝罪すると言われるが、もし幕府より兵器の引き渡しを命じられたら、どうなさるおつもりか」

「それはやむを得ない」

「では幕府より減地削封の命があったならば、どうなされるおつもりですか」

「毛利家が断絶してしまうよりはよかろう」

「では万一、君公父子の身の上に、言うに忍びざるの処断が下されたならば、いかがなされるおつもりか」

「やむを得ぬことながら、今日にあっては君を軽しとなし、社稷を重しとなさねばならん」

大田は厳然として上野に向かって言った。

「上野殿、あなた御自身はどう考えておられるのでしょう」

さすがに上野はうろたえて答えることができなかった。このとき野村は大声をもって上野を難詰した。

「わが公が割腹されるのを黙認するような者は国賊である。君命を伝える使者ではない」

大田も語を継いだ。

「国賊をこのまま捨て置くべきではないが、場所柄これを猶予して、諸君の悔悟を待つべきのみだ」

上野らはあわてふためいて、夜の闇を萩に向かって帰っていった。

長州藩内にあっては、かくの如く諸隊が山口に屯集し、甚だ不穏なる形勢となってきた。これを聞いた幕府の総督府は三太夫の処分を急ぐように吉川監物に迫ってきた。幕府軍は十一月十八日をもって討ち入りの期日と定めていた。この期日を延期するためには、少なくとも十四日にはその伝達をしなければならない。ゆえに長州にあってはそれ以前に三太夫の処分をすませていなければならない。監物は三太夫の処分を十二日とするよう宗藩に要請した。

十一月十一日、益田右衛門介・国司信濃の二人が徳山において死を申し付けられた。同十二日、福原越後は岩国において死を賜った。同日、宍戸左馬介・佐久間佐兵衛・竹内正兵衛《しょうべえ》・中村九郎の四参謀が野山獄において斬首に処せられた。

幕府の官吏である成瀬《なるせ》隼人正《はやとのしょう》・永井主水正《ながいもんどのしょう》・戸川鉡三郎《とがわはんざぶろう》らは広島にあって三太夫の首を受け取り、総督の来着を待って、十八日に首実検の式を行った。総督慶勝は長州がこのように謝罪の事実を示したことを認め、さらに他の条件を要求し、その実行を待って軍兵を帰そうとした。

第一　長州藩に滞在の三条実美ら五廷臣を九州の五藩に引き渡すこと。
第二　山口城を破毀すること。
第三　敬親父子自判の謝罪状を差し出すこと。

慶勝が要求したのはこの三カ条であった。藩の新政府はその命令を遵奉したが、三条ら五廷臣の引き渡しについては頗る紛糾を極めた。というのも正義派の団結である諸隊が、彼ら五人を護衛していて、俗論政府といえども、うかつに手を出すことはできなかったのである。

十一月二十八日の夜、総督府の吏員である横井市太郎・繁沢又市・高羽総左衛門らが藩内巡検のため山口に来た。まず長府・清末から始める予定であったが、予定が変更されて、二十九日には早くも広島に帰っていった。彼らは山口にあって夜通し酒を飲み、山口城破毀のことなどに至っては、屋根の瓦数枚を除去すればそれでよいとし、巡検といっても形式的なものに終わってしまった。総督府にあっても、それでよいと考えたもののようであった。

二十三

十月二十四日、宍戸左馬介・佐久間佐兵衛・中村九郎・竹内正兵衛の四参謀が野山獄に投獄されたことを聞いた晋作は、迫りくる身の危険を感じた。二十五日の夜中二時頃、晋作は萩の自宅を抜け出した。その後すぐに捕吏が菊屋横丁の屋敷に押しかけてきた。それが四時頃であったという。まさに間一髪のところであった。晋作は山口の湯田で療養中の聞多の所へ向かった。

晋作の来り会するや聞多は現在の形勢事情を聞くとともに、晋作の志のあるところを聞いた。晋作は一旦筑前に脱走して、九州の同志たちと連合し、その上で諸隊と共に俗論派を打倒し、国論を一定せんとする決意であることを告げた。これを聞いた聞多は非常に喜び、療養中の身であることを忘れて酒肴を侑《すす》め、天下の状勢・将来の計画等々、大いに論じて深更に及ぶのも分からなかったという。
このとき聞多は晋作に詩を送った。

身に数創を被る志未だ灰ならず
何の時か蹶起《けっき》して氛埃《ふんあい》を払わん
喜ぶ君が雄略の方寸《ほうすん》に存するを
病苦忘れ来りて且《しばら》く杯《さかずき》を侑《すす》む

晋作も即座にその韻に和した。

心胆未だ灰ならず国灰ならんと欲す
何人か満城の埃《ほこり》を払い尽くさん
身に漆《うるし》し炭《たん》を呑むは吾曹《わがそう》の事
防長の坯土《はいど》を護り来たらんことを要す

晋作は聞多に予後の注意を与えてそこを辞した。
翌二十六日の夜、同じく謹慎していた楢崎弥八郎を訪ねた。晋作は彼に勧めた。

「共に九州に逃れて、再起を図ろうではないか」

「たとえ俗論政府から出たものではあっても、君命は君命である」

その場にいた小田村文助も頑として同意しない。晋作が言った。

「君らはまだ躊躇しているのか。奸物のために首を刎ねられるだけだぞ」

晋作は彼らとの同行を思い止まらざるを得なかった。

二十七日午後、「政府の捕吏が捜している」と、山口の旅館まで親戚の者が告げに来てくれた。晋作は刀の柄の先に香油壜を掛け、手拭いで頬かむりをし、あたかも田舎の神官が山口で買物をして帰るような格好で町を脱け出した。氷上《ひかみ》を通るとき、茶店に腰を下ろした武士が二、三人いた。これが追手とにらんだ晋作はそこを通り越して柊木村あたりに来ると頬かむりを取り、香油壜を投げ捨てて、武士の格好に戻った。そこの勘場（駅舎）で、君命により徳地に赴かんとする旨を告げ、早駕籠を出さしめて疾駆して徳地へ向かった。

徳地には奇兵隊が駐屯していた。そこで軍監の山県小輔や五公卿らと共に将来の方策などについて話し合った。ここにおいても談話は尽きることなくして、夜の更けるのも知らなかった。小輔は晋作に脱走を思い止まって、時の来るのを待つように言った。しかし、晋作の決意は堅かった。小輔は晋作の志が牢乎として奪うべからざるものがあるのを察し、伊藤伝之助をして富海《とのみ》まで送らしめた。富海から舟を雇って馬関に向かい、白石正一郎の家に身を隠した。晋作はそこで野唯人《のただと》（本名中村円太《えんた》）と連絡をとって会った。中村円太に福岡藩の勤王派を紹介してもらおうとしたのである。

十一月二日、晋作は中村円太と白石正一郎の弟大庭伝七《おおばでんひち》と共に筑前の国へ渡った。晋作は彼らに一詩を賦して送った。

狼虎の穴を脱し来りて
潜伏して君の家に宿す
奈《いか》んともする無し二州の裏《うち》
人心乱れて麻に似たり

四日の夜、博多に着くと中村円太は上鰮町《かみいわしまち》の石蔵屋卯平《いしくらやうへい》という商人の屋敷に、晋作と大庭を潜伏せしめた。翌日、中村は晋作を月形洗蔵《つきがたせんぞう》・鷹取養巴《ようは》ら福岡藩の勤王派の人々に紹介した。月形と鷹取の二人は早速、石蔵屋の二階に晋作らを訪ねた。月形は晋作に慇懃に挨拶すると語り始めた。

「昨日の深夜、中村君が突然私を訪ねてこられた。何事かと思えば、長州藩の目下の状況から貴君らが俗論党のために捕われんとして危難を逃れ、ここ博多まで来られたとのこと。かくては肥前の田代まで赴いて、対馬の家老平田大江《おおえ》殿と面会し、九州諸藩の連合のことを説いて、ここに一団を作りよってかの俗論党に当たり、大いに天下の正気を維持回復せん覚悟であるという。今こうして先生がこの博多まで来られたのは、われらにとっては幸いでござる。われら同志一身を抛って先生の保護に当たるつもりでござる」

晋作もまた丁寧に答えた。

「尊藩の中村円太君には先年来より御好意をたまわり、今日のことに及んだ次第でござる。どうか先生らの如き有志諸君の援けによって、上は国家天下の大計を図り、下はわが藩の内訌《ないこう》を鎮めたき希望にござる。どうか先生らが一臂《いっぴ》の力を労し給わらんことをお願い致し申す」

実はこの年の初め、福岡藩の早川養敬《ようけい》は平田大江に会い、九州連衡の必要を説き、八月には再び訪問して平田の同意を得、十四、五日前には早川を始め月形や筑紫衛《まもる》・伊丹慎一郎などと共に田代に赴き謀議を重ねていた。その結果、平田大江の長男平田主米を小金井平次郎と共に藩命によって長州へ行かしめ、対馬藩公の直書を伝え、長州藩をして従来の正義を継がしめんとするところであったという。

月形と鷹取はこのとき初めて高杉と面会したが、これより彼らはますます晋作に望みを託すようになった。

かくて月形らは福岡藩の老臣に事情を話し、晋作らを対馬藩の者の姿に擬装し、伊丹慎一郎・江上英之進をして肥前田代まで護送せしめた。俗吏の偵察を防ぐため、高橋屋正助・帯谷次平・石蔵屋卯平といった侠商たちにも、隠然これを尾行せしめた。

田代は対馬藩の飛地で、平田大江はそこにいた。田代に着くや晋作らは大江と面会し、九州連合の策を図った。ところが、そのとき対馬藩は藩公の外戚で権臣勝井五八郎の一派が佐幕の論を主張し、平田父子に反対を唱え、その勢力は当たるべくもなかった。しかも京都及び長州などを往復していた林悦四郎・畑島晋十郎その他二、三十人の志士が厳刑に処せられ、このために平田主米は小金井兵次郎と共に長州に使者となり、大江自身はこの内訌を回復させるため昼夜を分かたず精神を労している最中だったのである。すなわち対馬藩自体も内訌の渦中にあったのである。晋作らは対馬藩における意外なる内訌に際会し、かねて思慮していたことが容易に行われざることを知った。晋作らは是非なく博多に帰るしかなかった。このときの思いを晋作は一詩に賦した。

妖霧《ようむ》空に漫り雨気濛《くら》し
路頭の楊柳《ようりゅう》東風《とうふう》を怨む
政《まつりごと》は猛虎の如く秦民《しんみん》苦しむ
今日何人《こんにちなんびと》か漢中を定めん

上鰮町の石蔵屋は市街雑沓の場所であって、いつ人目に触れる恐れなしとしない。そこで月形の斡旋により、中洲水車《みずくるま》橋の所に住んでいた村田東圃という画工の一室に移ることとなった。しかし、ここもいつ人目に触れる恐れなしとしない。そのようなときふと思い出されたのが、女性の勤王家で女丈夫と言われていた野村望東尼《ぼうとうに》の山荘であった。ここは城下から一里ほど離れた閑雅幽邃の一境である。望東尼は諸事心を尽くして晋作をかくまった。その炊夫に代わって同志の一人である瀬口三兵衛を入れ、吉村清子《すがこ》という十四歳の少女をもって食膳を供えしめた。

その夜は玲瓏《れいろう》たる月があたりを照らしていた。外で木立を押し分けて歩み寄るらしい足音が聞こえてきた。清子が潜り戸を開けると、そこに三人の武士が立っていた。

「月形洗蔵でござる」

「森勤作でござる」

そして最後の一人は何も言わず、ただ微笑んでいるだけであった。彼らが中に入ると、いつもは何事にも落ち着いている主人の声が、やや驚きの声を放った。

「ああ、あなたが……」

清子はこの名乗らず静かに微笑んでいた若者が、普通の浪士でないことを覚った。彼女は雑木林の細径の突端の所まで出て、警戒の目を見張った。やがてまた暗がりから足音が聞こえてきたかと思うと、六、七人の武士の姿が月明かりの中に現れた。それは今中作兵衛・筑紫衛といったかねて見知りの人たちであった。彼らもまた山荘へと向かっていった。

「どうしたことだろう、この物々しさは」

清子はそう思った。しばらくすると庵主が彼女を呼ぶ声が聞こえてきた。中へ入ると先ほどの若い武士が清子に目を注いだ。そして主人に何やらひそひそとささやいた。主人は軽くうなずくと言った。

「ここにおられる同志の方々も御承知の者、吉村茂右衛門桜園先生の御息女です。お見知りおきを願いまする」

晋作が言った。

「これは甚だ失礼致した。許されよ。拙者は長州の高杉晋作という者でござる」

「この人が高杉晋作という人か」

清子はそう思いつつも、「不束者ではありますが、何とぞよろしくお願い申しまする」

と言って一礼した。

このとき年少者の森勤作が膝を乗り出して言った。

「先生、われらは樹の上の果物を望む野猿の群れでござる。自然の嵐に落ちるのを待つか、兵力に訴えて叩き落とすか。先生はどう思われますか」

晋作が答えた。

「さればまず列座のお歴々より御高見を……」

いつもは一番に語り出す中村も、また思慮深い月形も、ただ目と目を見合わせるだけであった。

晋作は、何を思ったか、清子に目を向けて言った。

「清子殿、お許《もと》はどう思われる」

清子は驚いた。また列座の人々も意外の思いを抱いた。

「私は女子でございます。分かりかねまする」

「そうではない。ただ存じ寄りを聞きたい。まず最年少のお許から年齢順じゃ」

晋作は軽く笑って言った。これは興に乗じての戯れ半分と見た清子は遠慮なく言った。

「果物は秋になれば落ちるに決まっております。無理に叩き落としては、せっかくの獲物が半熟で心許ないかと思いまする」

「その通り。拙者も同感でござる」

晋作は感嘆の声を上げた。そしてさらに言った。

「さすがは尼君のお心添え、ゆかしく存じまする」

望東尼もうれしく思ったものか清子に言った。

「清様、一首詠みて進ぜられよ」


われもなお同じ御国に生まれ来て　大和心のあらざらめやは

清子は短冊にこう書きつけて、晋作の前に差し出した。

「これは頼もしき志。烈々たる丈夫の意気にも比すべき三十一文字《みそひともじ》でござる」

晋作も妙に感じ入ったものの如く言った。

二十四

十一月十二日までに、長州では三人の太夫が切腹を命ぜられ、四人の参謀も斬首せられたことはすでに述べた。しかし福岡藩の密使である筑紫衛・早川養敬・浅香一学らはまだこのことを知らず、長州の萩に行き、藩内一和の必要を要請した。特に正義派諸氏の免罪登庸のことを説いた。しかし萩の俗論政府にあっては、正義派の免罪は幕府との関係から甚だ困難なことであり、政府への登庸など論外であっただろう。ただ福岡藩の使いに対しては体よく断ったもののようであった。このあと筑紫らは長州の三太夫が死を賜い、四人の参謀も斬首せられたことを聞き知った。

一方、同じ十一月十二日、吉川監物は岩国より安芸の総督府へと向かった。すでに三太夫の処分が終わって、幕府へ寛大の処置を請わんがためであった。

十六日、監物は国泰寺に到り、総督府の成瀬隼人正・戸川鉾三郎・永井主水正らと面会し、願いの筋を述べた。これに対して永井が黒印の軍令状のことについて詰問した。黒印の軍令状とは、何か事が起こったときには兵力を用いてもよいという藩公の許可証のようなもので、実質開戦状のようなものであった。永井はこのことを詰問したのである。監物もこの言い訳をどうするかに最も苦心したところであった。

「黒印の軍令状につきましては、暴発した家来どもが藩公父子を騙し、わが公も疑いをもちながらもその言葉を容れて認《したた》めたもので、朝廷や幕府に対して干戈を用いようとは思いもよらず、ただ一部の暴臣の鎮静のために書き与えたものでありまして……」

監物は言葉を尽くし委細に弁解に努めた。

永井はこのことについては深く追及しなかった。おそらくそれがただの言い訳に過ぎないことは分かっていたであろうが、謝罪恭順の意があれば、それでよしとしたものであろうか。あまり事を面倒にすると、長州だけではなく幕府にも、難儀がふりかかってくることが分かっていたからであろう。永井は次の質問に移った。

「では世子長門守はどのようなわけで大坂まで上ろうとしたのか」

「そのことにつきましてはすでに届け出ておりますように、外国艦隊が摂海に迫ろうとしているとの風聞を知り、皇国の一大事と心得、叡慮の向きをなさるところを窺い定め、わが長州が警衛を任されている兵庫にあって、臣下としての職分を尽くさんがためであります」

「んー、それにしても仰山《ぎょうさん》すぎはしまいか。百艘以上もの船を仕立てて、戎衣《じゅうい》（軍装）とは尋常ならざることと思われるが……」

「万一外国の艦隊が襲来するようなことにもなれば、大坂表の御守衛の任にも当たらんとのつもりで、多人数を召し連れて乗船致した次第でございます」

「では京都変動（禁門の変）の敗報を受け取るや、すぐさま途中から引き返されたのはどういうわけでござろう。京都における争闘が勝利を得ていたならば、そのまま大坂に上られたに相違ござるまい。勝利できなかったゆえに引き返されたとの疑いは免れ難いと存ずる」

確かにその通りであった。さすがの監物もこれには困った。しかしあまり困ったふうも見せずに答えた。

「いえ、争乱の勝敗によって進退を決めたわけではなく、実に意外な大変乱の報知に接し、驚愕の余りすぐさま引き返し、父敬親と相談の上、何らかよい対処の仕方もあるかと思って引き返した次第でございます」

永井は監物の答弁がただの言い逃れであることは十分に分かっていた。しかしあまり深くは追及しなかった。そして最後に永井はこう言った。

「あなた方の主張はすべて承っておきます。しかしながら容易ならざる事件で、尾張の老公も御命令によりわざわざ出張しておられることでござるゆえ、いずれ城々は召し上げられることとなりましょう。この点、監物殿はいかがお思いでござるか」

「城々とはどこの城々のことでござろう」

「城々とは萩と山口の城のことでござる」

監物は一瞬わが耳を疑った。城々が召し上げられるとは、戦いに敗れて開城降服するということである。開城ということは戦いに刀折れ矢尽きて敗戦というときの話である。開城とはあまりにも苛酷で、西郷が約束してくれた寛大の処置とは話が違う。開城降服ということであれば、初めから歎願などには来ない。三太夫の首を差し出して恭順の意を示せば、幕府も寛典をもって対処するということであった。これはどういうことか。監物は顔色も青ざめて反問した。

「このたび監物が藩公父子に代わって歎願に罷り出て、そのように苛酷なお達しを受け入れて帰ったのでは、父子謹慎の効もさらに相立ちません。しかも城々お召し上げということになれば、領主としてどうして面目が相立ちましょうや。家臣の者たちも一人として黙ってはいないでありましょう。そもそも萩城は外海からの攻撃に備えるもので、外夷襲来の恐れある今日、国防の上からお取り壊しはいかがかと思われます。また山口は地の利よろしきゆえ小さな土居を築いて引き移ったまででありまして、城と申すほどのものではありませぬ。このような御沙汰は大いに受け入れ難いことであります」

さすがに監物もこのような沙汰に対しては拒絶の態度を示した。永井は今まで隠していた本心を、つい現してしまったのだろうか。これは西郷の言う「死地に追い込む」ということである。永井もこのことに気づいたのか、うまく言い逃れようとした。

「いや、これはお上のお達しというわけではなく、謝罪恭順ということであれば、城々を召し上げられても異議はないかと思って話してみたまでで、お達しということではなく、お請けなされるには及ばない」

監物は西郷との約束を信じていたのだろうか。監物は石橋を叩いて渡るような自重家である。しかしその自重家の監物は西郷の奸智を見抜けなかったようである。

最後に永井は帳面を取り出して訊いた。

「桂小五郎・高杉晋作らはいかが致しておりますか」

「両人とも行方不明でござる」

この日の夜、永井らによる訊問もすんだので、監物は再び歎願の趣意を述べるため、浅野家の別館にいた当路の要人たちを訪ねた。そこには浅野家の老臣辻将曹や西郷がいた。西郷が言った。

「すでに三太夫の処分もすみ、御弁解のことも終わりもうした。追って御沙汰があろうかと思いもうす。それまで一応帰国なされてはいかがでごわす」

監物は不審に思った。というのも、あれだけ堅く約束していた討ち入り猶予のことが、ここで当然話し出されなければならないはずである。そこで監物は改めてそのことを問うてみた。

「すでにわが藩公は謝罪恭順の誠意を尽くしました。ついては進軍猶予の幕令をいただきたい。それまではどうして帰国することができましょう」

監物としては当然なことであった。しかし西郷は曖昧な返事でその場を取り繕《つくろ》おうとした。というのも、すでに述べた通り西郷には長藩人をして長藩人を処分せしめようという深い魂胆があったからである。捕まえた虎がおとなしくしていればよいが、そうでなければ手足を縛り上げるか、檻に入れておく必要がある。三太夫の処分はその手始めに過ぎなかったのである。実を言えば、西郷は十三日、すでに十八日の討ち入り猶予のことを願い出ていた。しかしそれは秘し隠しておいた。長州の手足を縛り上げるという駆引きがあったからである。このことはこれから明らかになる。

翌十七日、尾張の慶勝は広島において長州処置の評議を開いた。そこに列座した者は、問罪使の永井主水正・戸川鉾三郎・成瀬隼人正、これに芸州浅野家の老臣と西郷らであった。問罪使より委細の報告を受けた後、その処分についての意見も問うてみた。しかし慶勝の意に満たなかったものか、次に西郷の考えを問うた。

「されば、元来大名を縛り上げて開城せしめる御内意であれば、初めから交渉も談判も無用のことで、兵力をもって争うだけのことでごわす。面縛開城《めんばくかいじょう》などということは、戦いに刀折れ矢尽きて、十死一生というときにするものでごわす。今官軍は国境に寄せてはおりますが、未だ一戦に及んだわけではないゆえ、それは少し早計というものでごわっしょ。しかも彼ら一丸となって防長両国を死守するときは、いかに官軍が大兵をもって押し寄せたとしても、おそらくは一年や二年で攻め潰すことは困難でごわす。もし持久戦ともなれば、諸大名も疲弊に耐えかねて異論百出、ついに収拾のつかない状況と相成りもんそ。そのときいちいち罪を問いただしたとしても命を奉ずる藩はなくなり、幕府の御威光も地に落ちて、土崩瓦解、大乱の初めともなりかねもはん。このことは大坂においても言上申し上げた通りでごわす。面縛開城などということは、いわゆる相手を死地に追い込むこととなりもんそ。これは策の得たものではごわはん」

慶勝が言った。

「予も左様に存ずる。決して苛酷な処置に出るべきではない。もし長州を追い詰めるようなことになれば、吉之助の言う如く、事は長引き、いかなる争乱の始まりともなりかねない」

慶勝は西郷に向かって訊いた。

「その方はいかなる処置がよいと考える？」

「さればでごわす、今長州にあっては新たに穏健派が政権についたとはいえ、藩内にあっては暴徒の勢いもまだまだ侮ることはできもはん。よって領土半減、国替え、徳川家の養子による跡目相続などといった苛酷の処分は避けるべきでごわす。拙者の考えでは、まず毛利大膳父子は落髪退隠、末家の清末は激徒の謀議に与《くみ》せざるによって、毛利讃岐守をもって宗家を継がしめる。

また末家の長府は激徒に左袒した罪により下関あたりを削封没収し、三十六万石のうち十万石くらいを削封する。吉川監物は宗家のために尽力し、国難を救った功労によって大名にお取り立てとすればいかがでごわそう。このようにすれば、長州が罪に伏した誠意も表れ、幕府の長州征討の名義も立ち、防長二州の民心も安堵鎮静し、国家も平穏に帰しましょう。こういったところが適切な処置かと存じまする」

「うん。予も同意じゃ。ただその条件が問題じゃ。その辺のところはいかが心得る?」

「御意にござりまする。これにつきましては、一つには、毛利大膳父子及び末家の者まで、いかようの罪科に仰せつけられようとも、これをお請けなさるとの自判の謝罪状を差し出すこと。二つ目には、山口城を破却せしめること。三つ目に、五卿及び脱藩人(桂小五郎・高杉晋作ら)の処分のことでごわすが、特に五卿を九州の五藩に引渡すことでごわす。この三カ条を監物に言い渡されて、これが実行されれば、攻め入り猶予のこともよろしいかと存じまする」

「これも同意じゃ。一同も異存はないことと思う。ついては永井に申しおくが、吉川監物との攻め入り猶予の交渉に当たっては、その方、手心を加え、言葉尻にも十分に気をつけ、和気をもって押し進めるように頼みおく」

これで評議は終わった。これは長州を形だけ存続せしめて、実質は滅ぼそうとするものであった。西郷の「長藩人をして長藩人を処分せしめ」ようとする奸策に他ならなかったのである。監物は自国の危機を救わんとするに急なるあまり、西郷の本心が見抜けず、長州古来の国是をも忘れてしまっていた。高杉晋作が監物を厳しく批判したのもこのためであった。

二十五

益田右衛門介・福原越後・国司信濃の三国老に自尽《じじん》が命ぜられ、四参謀が斬《ざん》に処せられたことが伝わるや、山県ら率いる諸隊は激昂した。山県らはすぐに歎願書を藩政府に提出した。

諸隊歎願の主旨につきましてはすでに詳しく毛利上野殿にお取り次ぎを依頼しました。しかしながら今もって何の御回答もなく、何らの実行もなされておりません。すでに三太夫・四参謀が処断されましたことについては、天下に対して正しき名分を失いました。人心は沸騰し、鎮静でき難い状況です。先日、萩政府の代表である諫早巳次郎が主張した通りであるとすれば、全く御主君を欺き、恐れながら防長両国を餌となし、御主君を敵に売り渡して、わが身一身の安泰を図ろうとするものに外なりません。俗論の甚だしいこと、大逆無道、人神共に怒る。私ども痛憤悲泣、共に天を戴くを欲しません。このまま時が過ぎれば、いかようの大変を生じるやも計り知れません。何とぞ速やかに奸佞邪智の徒を御誅斥あそばされ、御国是の回復を図られますよう懇願し奉ります。以上。

諸隊総督中

長州では俗論派と正義派の対決姿勢が色濃くなってきた。小輔はこのことあるを予想して、かねてよりその対策を思案してきていた。もし俗論政府が藩主の命によって、諸隊を追討してくるようなことがあれば、諸隊は五卿を大将として正義の旗を掲げる。俗論派さえ叩き潰せば藩論は一定する。小輔はその方策に従って諸隊を長府へ移転せしめることにした。小輔は藩政府に届け出た。

「山口に諸隊が頑張っていては、藩公として謝罪恭順の筋が立ち難く、藩のために不利益であると察するので、われら諸隊は藩公謹慎の趣意を体して、藩の中央地から兵を徹して偏僻の地長府に移転する、さすれば解散せずして馬関の防備に力を致すことができ、隊内人心の転向になる」

山県にしてみれば、これは萩の新政府を油断させる一策であったという。長府に退いて兵を養うという本心を見せず、長府の僻地で謹慎すると見せかけたのである。

山口を出た諸隊は十一月十七日、長府へ到着した。長府侯毛利元周《もとちか》は山県らを歓迎してくれた。その当時、防長二州がことごとく俗論党に圧迫せられ、これに恭順していた中にあって、ひとり大義名分を持して、固く執って動かなかったのがこの毛利元周であったのである。

山県らは事ここに至っても藩公父子にさらに歎願を繰り返した。これは甚だ長文の歎願書であるので、ここではそれを要約して掲げることにする。

臣ら恐懼恐懼、密疏し奉り候。それ国家の大計、廊廟《ろうびょう》の深謨《しんぼ》、臣ら幺麼《ようま》微賤の者の敢えて議すべきところにあらず。伏して惟《おもんみ》るに、思いて言わざれば不忠の罪となり、言いて僭越の罪を得るよりも甚だしいものであります。況んや国家の安危、名義の存否はこのときにあります。況んや名君賢主に遭遇し奉り千載一遇のときに当たり、狐や鼠の如き輩の威を恐れ、口をつぐんで止むべきではありません。先般以来、斧鉞《ふえつ》の誅を顧みず、十数度まで上疏仕りましたが、君聴に達せず、かえって乱賊奸党の名を被りました。しかしこのまま時が過ぎれば、国家の大事は回復の見込みもなくなります。正邪氷炭終に両立することはできません。天に号いて哭泣し、敢えて密啓《みつけい》をもって尊威を犯し奉る所以です。

去年八月十八日（堺町門）の変は正邪真偽の要《かなめ》でございますので、とくと御熟思遊ばされますれば、今日防長二国の御処置も多言を費やさず明白であると存じます。わが藩公父子様は去年八月以前の真の勅旨を御確守遊ばされ、薩摩・会津の奸賊の流儀にお染まりになっておられません。ゆえに臣たるわれわれも邪党壅蔽《ようへい》の言を奉ずることはできないのみならず、わが君上をして、御祖宗様以来の正義を廃し、千秋の御名義を乱して天下の物笑いとならぬようにしてきました。

先般以来、十数回にわたる上疏を繰り返し、尊覧をけがし奉りました。その一に曰《いわ》く、三太夫を処するに寛宥《かんゆう》の典を以てす。その二に曰く、武備を整修して奸賊を拒ぐ。その三に曰く、政府の委任を専にして讒邪《ざんや》を防ぐ。その四に曰く、岩国の周旋を止めて政府を正す。五に曰く、君上に山口にお帰り遊ばされ候て人情を定む。六に曰く、俗論を退けて国是を建つ。しかしてその大要を言えば、ただ名義を失わずの一語にあります。

このことは今さら建白に及ぶほどのことではありません。しかし今日の国難のときに当たり、土地を割譲し、大臣を誅戮《ちゆうりく》してその首級を献じ、仇敵に媚び諂い、君上を不義に陥れ、それによってわが身一身の苟安《こうあん》を謀り、目下の近害を逃れようとして、多くの人々がこの説に傾こうとしています。

しかしながら天下の大義名分は、万世を経て乱すべからざるものであります。百代にわたって不変の正義は、一時の状況によって、変えるべきものではありません。もし一時の利害のみを謀るのであれば、馬関における外夷掃攘の戦争も無策の甚だしきものと言うべきであります。昌平偸安《しようへいとうあん》の人民に古めかしい武器を持たせ、五大洲を股にかける強国を相手に、新鋭強大の砲船に立ち向かわせて勝算なきは、智者を待たずして明白であります。

しかし、そうではあっても神州不磨《ふま》の国是、真正無私の叡慮を奉じて御勇決遊ばされた御誠意であれば、たとえ敗亡に帰したとしても、天地神明に愧《は》じることなき御処置を立てなさるべきであります。楠木正成の智と略をもってしても、ついに南朝の救うべからざることを知ることができなかったということはありません。正成は武家に加担するの利を知り、朝廷のたのむに足らざることを知っていました。しかしその身が湊川の露となって消えるのみならず、その子孫の血肉をしてすべて殉国の枯骨と致しました。その感激するところは楠木氏の夢の後、ただのみとするところは正統名義の一路のみであります。その事とその心とは、わが藩公父子様の御欣慕遊ばされているところであります。南朝延元帝の有為の志は千歳に傑出遊ばされておりましたが、なお女性偏愛のお惑いがありました。正成の建策が用いられることはありませんでしたが、それでもなお朝廷に負くことはありませんでした。

今日、薩摩・会津の連合軍は、かつて足利尊氏兄弟が北朝を擁立して朝敵の悪名をのがれ、正統を排擯《はいひん》する故智にならい、毒を献ずるの逆計を逞しくするものであります。もしもわが藩公父子様が楠公の時にお産れになっておられたならば、尊氏兄弟の頤使《いし》に従って北朝に媚びられるようなことがおありなさいましょうか。

もし去年八月の堺町御門の変がわが両殿様にその原因がおありなさるのであれば、今日のようなことになる前に、お改めになっていたことでありましょう。薩摩・会津の矯勅によるものでないならば、どうして今日のような国是の変動が起こりましょうか。もしも今日に至って国是が変動するようなことがあれば、八月以前の叡慮もまたお過ちということになりましょう。

今年七月の蛤御門の変は一時の暴挙に近く、すでに三太夫を処分し、恐れながら両殿様も御謹慎遊ばされ、その誠心は天地鬼神に質《ただ》しても愧じるところはありません。もしもさらに無理難題を求めてくるようなことがあれば、矯勅の奸賊をお拒ぎ遊ばされることは当然のことと存じます。もし俗論派の主張するように、「内に防戦の用意をし、外には恭順を示すのでは、御誠意を示すことにはならない」として、どこまでも敵の蹂躙にまかせ、それによってわが君の至誠を表わそうとされるのであれば、今年の馬関における攘夷戦での講和に際し、一時の権謀をもって講和すると言われたことも、至誠より出たものとは言えません。

邪説の壅塞《ようそく》いよいよ甚だしく、国事はついに今日の有様となってしまいました。死者はもはや生き返ることなく、生きている者もことごとく縲絏《るいせつ》にかかっております。われら臣下、恐れながら疑惑の心を禁じ得ません。痛憤悲涕、控告するところもありません。われら一同、丹心を吐露し、君上の鴻恩の万分の一を報ずることを得ることができれば、本懐であります。もしも英傑の王あるいは勇断の君主が立って邪党を斃し、雲霧の昏迷を払い去った後にわが君上が奸賊の首をいくら懸け並べたとしても、祖宗以来正義をもって先駆けてきたわが長州の国辱を洗い流すことはできません。

状況切迫し、言語詭激《きげき》に及びました。われわれの罪は万死に当たります。謹んで上疏し、罪を俟《ま》つものであります。

奇兵隊中
御楯隊中
膺懲隊中
八幡隊中
遊撃隊中
其外同志中

実に堂々たる立論であり、青年の情熱と至誠に鬼神も泣かんばかりの歎願であった。

二十六

三国老の死は、博多に潜伏していた晋作のもとにも伝わった。

晋作は平尾の山荘に寝転がって雑書に目を通していた。このとき、長府の三沢求馬と野々村勘九郎の二人が藩主の命により福岡藩に使いし、そのついでに月形洗蔵からの急書を届けに来た。それによると俗論政府はすでに三国老に切腹を命じ、その首を広島に送って尾張総督の実検にそなえ、同時に宍戸左馬介ら四参謀を斬首に処し、幕府に対してはひたすら恭順謝罪に努め、正義の諸隊はその団体を容るるの地なくして長府に移転したという。

晋作は思った、「郷国の滅亡は旦夕に迫っている。もはや他藩に身を潜めて傍観しているときではない」と。晋作は言った。

「今より諸君と同道して帰ろう」

晋作は望東尼に帰国の意を告げた。

「俗論党に任せておけば、今に殿様父子に縄をかけ、敵に長州を売り渡してしまいかねません。今より帰国して義兵を募り、俗論の奴ばらと一戦し、わが赤心を御覧に入れたいと思います」

望東尼はしばしそれをとどめて、出来合いの総菜を下物《さかな》に銚子を添えて言った。

「お別れに一献。何もありませぬが、首途《かどで》を祝う老婆の寸志にございます」

そして清子に「あれを」と言うと、いつの間に用意したものか、清子は羽織・袷《あわせ》・襦袢《じゅばん》などを持ってきて差し出した。

「誠に粗末な品ですが、これは商人風の着用に適する仕立方にしておきました。志だけでも着て帰って下されよ」

そう言うと望東尼は短冊に二首の和歌を添え、「御餞別の印です」と言って渡した。

真心をつくしのきぬは国のため　たちかへるべき衣手にせよ
惜からぬ命ながかれ谷の梅　雲井に咲かむ時ぞ待つべき

「谷の梅」とあるのは、九州潜伏のとき晋作は谷梅之助と変名していたから、それにかけたものである。さすがの「悪魔」も目に涙を浮かべて言った。

「尼の御好意、幾久しく忘れは致しませぬ」

晋作はしばらくして下関から返礼に七絶を賦して送った。

自ら愧《は》ず君が我が狂《きよう》を容《い》るるを知る
山荘に我を留《とど》めて更に多情
浮沈十年杞憂《きゆう》の志
若《し》かず閑雲野鶴《やかく》の清《せい》

月形や鷹取らも博多の対馬藩邸において、晋作の首途《かどで》を壮にせんと、ささやかながら送別の宴を催した。月形は長州や筑前の現状を語り合い、切歯痛歎した。

「わが藩においても城狐社鼠《じょうこしゃそ》の輩が君公の聡明を覆い、会津と共に貴藩に攻め寄せんとする気勢も見える。何とも面目なき次第でござる」

月形は続けた。

「名残《なごり》惜しくは存ずるが、事ここに至ってはもはやお留め申すときではござらん。幸い藩命により同志の中から岩国と萩へ使者を遣わすことになっております。足下の帰国を護送するには最も好都合と存ずる」

そう言うと月形は若干の金を晋作の帰国の用度に供した。この金は晋作の帰国を予想して用意しておいたもので、さしあたり金目の物が無かったため、家蔵の『資治通鑑』全巻がそろっていたのを幸いに、これを抵当として博多中島町の丸屋又七に借り受けてきたものであった。

筑前福岡藩は長州と幕府の間に立ち、平和裏に時局を終結せしめようとして頗る尽力していた。晋作が長州に帰国したとき、萩の俗論政府は総督府より命令された解兵のための条件を一つ一つ遵奉しようとしていたが、五卿引き渡しの一事については諸隊の反抗あるがため、これを実行することができずにいた。諸隊の主張は、五卿はわれわれ正義派の首領とも旗頭とも奉戴するところであるから、これを引き渡すことなど到底できることではないというのである。そこで尾張総督慶勝は五卿は肥後・肥前・筑前・薩摩・久留米の五藩に一人ずつ預り、長州からの五卿の受取りは筑前福岡藩がその任に当たるよう言い渡した。そこで福岡藩では喜多岡勇平・越智小兵太・真藤登の三人を使者として、功山寺の五卿の元に遣した。三人が五卿にそのことを話すと、五卿は即答を避け、「いずれ進退の儀は評議の上答えよう」とのことで、三人は旅館に帰ってその返答を待つことにした。

ところがこのことを伝え聞いた諸隊の隊士らは大いに憤激し、高杉晋作・野村靖之助・大田市之進その他十四、五人が、その夜三人の旅館に押しかけていった。

「五卿を引き渡すことはわれわれの断じて拒絶するところである。もし幕府が兵力をもってもこれを受け取ろうとするのであるなら、武門の意地、こちらも兵力をもって拒むまでである。またこのことで薩摩の西郷吉之助にも協力を仰いだとのことであるが、もし西郷が長州に来るようなことがあれば、これを幸い斬り殺してしまうであろう」

かくて深夜に至るまで激論が交わされたため、使者三人はこれに驚くとともに、途方に暮れるばかりであった。

ところがこのとき折良く晋作を下関に護送し、岩国まで使いとなった早川養敬・林泰・瀬口三兵衛の三人がその帰りに長府を通過するのに会い、その現状を語って相談した。

「われら三人は今度総督府の命を奉じ、五卿を筑前に迎えるため使節に立ったわけであるが、われわれはもとよりただの役人であって、長州の隊士らとの応接に甚だ困難を来しているところである。君たちのような長州の隊士らと意気投合している者でなければ、その任に当たり難い。早川君、是非君たちが交渉に当たってくれないだろうか」

早川が答えた。

「今私は藩より別の使命を奉じてこの地に来ておりますので、今すぐに御依頼に応じることはできません。しかし五卿の移転は極めて重大の事件でありますので、岩国での応接の次第を速やかに復命し、その上で月形らと熟議し、及ぶ限り尽力致しましょう」

しかし早川は即刻行動を起こした。その夜、早川は馬関の諸隊士らに会い、五卿移転の利害について大いに議論を闘わせ、暁にまで及んだという。その後、彼は晋作らにしばしば説くところがあったが、要は、もしも互いに円滑を欠くこととなれば、五卿移転の一事からしてついには幕府と戦わざるを得なくなろう、正俗両派が争っている長州にして今外からの敵を引き受けるのは不利である、速やかに五卿移転を実行して撤兵せしめることのほうが貴君らにとってかえって得策ではなかろうか、というものであった。隊士らはかえってますます激怒し、早川を奸物と称するようになった。

十二月三日、早川は月形・中村らと共に長府功山寺に行き、三条公を始めとする五卿に謁し、藩主黒田斉溥《なりひろ》公の意を伝えた。

「長州にあっては大膳父子はすでに寺院に屏居して恭順謝罪の意を表し、山口の居城も破却し、尊卿方を引き渡すことについてはすでに総督府に請書をも提出しております。しかるに尊卿方がなおこの地に留まっておられては、謝罪の意があるのかどうかを疑われましょう。この機会に九州に御渡航なされば、総督府も兵を解くでありましょう。もしも九州への移転を承引されないのであれば、幕府はいつまでも解兵せず、尊卿方の身上にも患害が及ぶことになりはしまいかと、わが主君も懸念しているところでありまする。洗蔵も思いますに、幕府も初めは厳しい態度で臨もうとしておりましたが、わが藩の加藤司書や薩摩の西郷吉之助らが総督府に説くに天下の大勢をもってしましたところ、総督府においても神州のためを思い、時勢を熟察あって、仮にも長州が恭順の態度を示し、尊卿方が西国へ御移転になるのであれば、苛酷残忍の意なくして直ちに解兵を命ぜんとの意であると伺っております。ですので尊卿方が御移転の運びとなれば、長州は平穏に帰し、四境数万の兵卒は鋒鏑《ほうてき》の難を免れ、天下は為に治平に復し、尊卿方の復職もその端緒を開くことになりましょう。かつ長州諸隊の情状につきましては、この洗蔵が高杉らと協議し、その正義を保全するよう鎮撫するつもりでおります」

五卿は洗蔵のこれらの言葉を深く嘉《よみ》せられ、三条公は特に親書をもって下賜せられた。

われわれの身上のことにてついて、（黒田）美濃守殿の御口上の趣につきましては逐一承知致しました。不肖の身ながら宸襟《しんきん》を安んじ奉りたき微志のみであります。天下のためにわれら如《い》何様《かよう》にも進退致すべきところでありますが、当藩において内輪紛乱の次第もあり、われわれがここを去るといよいよ有志の者が沸騰に及ぶべきも測り難く、また国のためにもいかがかと心痛しておる次第であります。毛利大膳家来の挙動のことについては、すでに三老臣に厳刑を加えた以上、父子を退隠せしめるようなことなく寛大の御処置をなされば、人心感激し、国情は平穏に帰すべくと思われます。

右の事情を御推察あって、よろしく尽力して下さるよう頼み入るところであります。

十二月三日（元治元年甲子）

月形洗蔵

早川養敬へ

二十七

十二月七日、福岡藩は萩の俗論政府へも使いを遣わした。使者は天樹院で長州藩主及び重臣一同と会見し、薩長和解と正義派重臣の復職登庸を説き、それによって諸隊が鎮静すれば、征長軍の解兵と五卿の移転は同時に解決できる趣《おもむき》を進言した。しかし俗論政府はこれをきっぱりと断り、これより兵力を差し向けて過激輩を討ち取らんと返答した。

これより前、十一月の末、長らく音信の絶えていた赤根武人が突然奇兵隊に戻ってきた。赤根は今年（元治元年）の馬関における攘夷戦の際、逃走して跡をくらまし、後に疾と称して故郷大島郡の柱島に帰省して長らく音信が無かった。よって奇兵隊総督の実権は山県小輔に移ったが、なお依然として名義だけは赤根の身にあった。そこで山県は奇兵隊を山口から長府に移転させるにあたって使いを送り、近況を尋ねさせた。しかし赤根は眼病を患いなお癒えずと称して、さらに帰陣する気配も見えなかった。

ところが、さあこれから長府に移転しようというときになって、赤根がひょっこりと戻ってきた。そして言うには、「正俗両党が国内で相争うのはよろしくない。私が萩まで出向いて交渉してみよう」と。山県は今までのなりゆきからして赤根の形跡に甚だ疑いを持ち、特に時山直八を副として同行せしめた。

十一月二十五日、赤根らは萩に入り、老成自重を装い両党の調和論を宣伝した。俗論政府はこれを歓迎した。否、これを歓迎しているふりをしていたのであろう。福岡藩の使者が正義派の復職登庸を説いたときには、俗論政府はこれをきっぱりと断った。ところが赤根に対しては「十分折り合いがつきそうだ」との含みをもたせ、五卿引き渡しの譲歩を得ようと、諸隊の周旋に当たらせたのである。

十二月八日、かくて赤根は萩から長府に帰り、諸隊の隊長と会って萩の形勢を説き、しきりに正俗調和論を弁じたてた。

十二月十一日、月形・早川らは西郷吉之助に馬関において密かに面会して話し合った。それは月形が長府の諸隊に応接して五卿移転の説得に当たったこと、及び筑紫衛らが萩の俗論政府に対して過激輩との調和を図るように説得したが、到底折合いがつきそうにないゆえ、今後の方策を話し合ったものである。

十二日、月形と早川は西郷との談合の次第を長府の五卿に告げ、九州移転を願った。月形らは言った。

「なぜ御転座を御遅延遊ばされまするか。速やかに幣藩へ御遷座下さるよう、ひとえにお願い申し上げまする」

五卿らが答えた。

「これまでの交友のよしみもあり、しかも今長州は四方に敵を引き受け、内乱がまさに起ころうとしている折柄である。長州の正義回復のために十分力を尽くし、毛利宰相父子にも忠告を尽くし、それでも実行に移されないときには是非ないことと考える。しかしこれまでのわれわれの働きくらいですぐに移転するようなことがあっては、信義に欠けると申すもの、移転のことはすぐには行われ申さぬ」

この日、五卿は筑前への移転の日限を相談するため、諸隊の幹部を召集して大会議を開いた。この会議において、五卿は長州の正義の回復がなされ、征長軍の解兵がなされることを条件に、十日以内に筑前へ移転されることに同意なされた。

この会議の終了後、一同は振舞い酒で一杯やっていた。そこに高杉が乗り込んできた。晋作はかかる錯雑紛糾した状況の中では、口舌によってはもはや国論を回復せしめることはできないと看破し、是非ともここで義兵を挙げ、俗論党を討ち滅ぼそうと決心していた。晋作は諸隊の幹部たちに説いた。

「五卿はこの長州が正義の旗頭と仰ぐ人々である。五卿方が去られたならば、俗論政府は必ず諸隊を叩き潰そうとするであろう。そこに妥協の余地はない。たとえ幕府の征長軍が解兵されたとしても、諸隊が追討を受け、正義派の諸士が処刑されてしまってからでは、祖宗以来長州が維持してきた正義は回復することはできない。ここはどうしても諸隊をあげて萩に乗り込むしかない」

これに対して山県小輔・福田俠平ら諸隊の幹部の多くが急激に過ぎるとして反対した。

「しかしまず順序を追い、人事を尽くしたのちに、やむを得ず干戈に訴えるのが至当の処置というものではなかろうか。それにもし干戈を動かすとなれば、諸隊一致団結してやらなければ、その功を奏し難い。われわれの意見を容れて、しばらく時機を待つほうがよい」

諸隊の幹部の中には、赤根の調和論に多少の望みをかけていた者もいたのであろうか、容易に同意しようとしなかった。

「これはひとり長州の問題にかかわっているだけではない。神州の興廃にかかわっているのだ」

「赤根や福岡藩の周旋も進んでいる。あと少し行方を見定めるべきだ」

「思うに諸君らが因循遅疑して、大事を決行することができないでいるのは、赤根の調和論に騙《だま》されているからだ。そもそも赤根武人という奴は大島の土百姓ではないか。はばかりながらこの晋作は毛利家恩顧の士である。武人如き匹夫のなそうとしていることと晋作のなそうとしている大忠とは全然同じではないのだ」

晋作はややしばらくしてまた続けた。

「しかし諸君らが武人の説に騙されて、僕の言うことに従うことができないというのなら、強いて諸君らに望むことはない。ただこれまでの友誼に免じて、一匹の馬を拝借できないだろうか。僕はその馬に鞭打って萩に駆けつけ、城門を敲《たた》いて両君公を諫争し奉るつもりである。もし僕の諫めを御採用なさらないときには、門前においてこの腹を掻き切り、臓腑を攫《つか》み出して扉に叩きつけ、死をもって君公の聡明さに訴える決心である。もし不幸にして、途中俗論党に捕えられ、殺戮せられることになったとしても、それは運命であり、決してそれを厭うものではない。今日の如き危急のときに際しては、一里行けば一里の忠を尽くし、二里行けば二里の義を尽くすのである。臣子たる者、寸時も安座しているときではない」

その怒るや怒髪天を衝き、目眦《まなじり》は裂けるが如く、その懇請するや、あるいは泣き、あるいは訴えるが如くであった。しかし晋作の焼くるが如き熱血至誠にも、諸隊の幹部らは逡巡するばかりで、これに応じようとする者はなかった。ただ遊撃隊の隊長である石川小五郎、それと佐世八十郎《させやそろう》の二人がわずかに加担してくれただけであった。心を尽くしての訴えにも逡巡して起とうとしない者たちに、晋作はとうとう腹を立ててしまった。

「貴様らは大卑怯者じゃ」

「何!」

御楯《みたて》隊の大田市之進が血相を変え、刀の柄《つか》に手をかけて詰め寄った。野村靖之助があわてて晋作を外に連れ出した。この後、晋作は下関へと脱走した。

馬関に到るや晋作は伊藤と謀議した。伊藤は晋作の挙兵に即座に同意した。十二月十四日、晋作はさらに長府に赴き、石川小五郎らと謀議を重ねた。諸隊の幹部が挙兵は時機尚早であるとするなら、彼らと離れ、われわれだけで兵を挙げるしかない、ということになった。結局、石川の率いる遊撃隊と伊藤の率いる力士隊の二隊だけで挙兵することになった。

決　起

二十八

十二月十五日、その日は朝から雪が降りしきっていた。高杉・伊藤・石川・佐世らはついに挙兵した。挙兵したといっても、その数は八十人くらいのものである。深夜、晋作らはまず五卿の宿舎となっている功山寺に、暇乞いのために出向いた。玄関に着くと晋作は大声で呼ばわった。

「高杉晋作、お暇乞いのため参上致しました」

三条実美の家来である土方楠左衛門《ひじかたくすざえもん》と水野丹後《みずのたんご》の二人が目をこすりこすり出てきた。

「今眠っておいでである。お起こし申そう」

そう言うと水野はまた奥に向かった。その間、土方は酒と煮豆の食べ残りがあるのを持ってきて晋作に進めた。

「首途《かどで》に一献お祝い申し上げよう」

「これは忝《かたじけな》い」

飲んでいるうちに三条卿が起きてこられた。

「国歩《こくほ》の艱難《かんなん》、ついにここに到り申しました。今日のことはただ断じて俗論を打破するの外はありませぬ。今より一戦し、長州男児の胆力をお目にかけ申します。この首にしてもし存せば、国運の挽回も期することができましょう」

こう言うや晋作は辞し去った。このとき彼は紺糸縅《こんいとおどし》の小具足に身を固め、桃形の兜《かぶと》を首から背中にかけていた。またよく見ると、肩印に和歌が書きつけてある。


谷つづき梅咲きにけり白妙の　雪の山路を行く心地して

これは当時、晋作は谷梅之助と変名していたが、その名前にかけたもので、長府を出るとき山県小輔がその首途に送ったものであるという。

門前を出ると、兵士らは整然としてこれを待っていた。このとき降り続いていた雪はやみ、雲は破れて月が出た。月光は雪を照らして銀世界を映し出した。

晋作が馬に跨がり、まさに進まんとするとき、奇兵隊の驍将福田俠平がこれを止めようと馳せて来た。福田は晋作が馬上にあって、すでに多言を費やす暇なきことを知り、馬前に座り込むや激しく諫争した。

「東行《とうぎょう》君、君は獄中の苦しみを忘れたのか」

これは山県の命を受け、軽挙事を誤らんことを慮《おもんぱか》り、もう少しだけ待つよう止めたのであった。

晋作はこれを聞き、やや躊躇するかのようであった。そのとき後方にいた砲兵隊の隊長森重謙蔵《けんぞう》が大声で言った。

「総督、馬を進め給え！」

「事ここに至っては、もはや何も言うことはない」

晋作は福田にそう言うと、馬の腹に鞭打って進み始めた。兵士らもそれに続いた。

功山寺を出ると、一頭の馬が一行の後を追って来た。これは長府侯が、高杉らが暴発したとの報告を聞き、大いに驚いて、これを制止しなければ宗家に対して言い訳が立たないとして、用人林《はやし》樵《きこり》に命じて諫止せしめようとしたものであった。林がその命を伝えると、晋作は叮重《ていちょう》に答えた。

「長府侯のお立場は十分理解しておりますが、事ここに至っては進発の中止はもはやできませぬ。左様御報告下されよ」

「どうあっても中止できぬと申さるるか。足下らがわが藩公の命を拒んでも、この長府領は決して通してはならぬとの命にござる」

これを聞いた晋作は烈火の如く怒った。

「何！　今君公御父子は奸賊に壅蔽せられ、国家はまさに滅亡せんとしているところである。われわれは臣子の職分として、これをただ坐視しているにしのびず、身命を抛ってこれを救済しようとしているところである。しかるにその義挙を制止せんとするのみならず、長府領を通過せしめずとはどういうことであるか。事と次第によっては長府領五万石を踏み潰してやる」

晋作の気魄に圧倒されたのか、林は尻込みしてほとんどなすところを知らなかった。このとき側にいた所郁太郎が晋作をなだめた。

「大将というものはそんなに怒るものではない」

山県九右衛門もまた晋作を諭した。

「強いて長府の領地を通らなくても、海路から馬関に進めばよかろう」

後に佐世八十郎はこのときの挙兵の状況を一編の詩に賦した。これは佐世の傑作である。

軍謀《ぐんぼう》終夜《しゆうや》青灯を剪《き》る
暁《あかつき》に閃《ひらめ》く旌旗《せいき》気益《ますます》増す
凜冽《りんれつ》たる寒風面《めん》まさに裂けんとし
馬蹄《ばてい》踏破す満街《まんがい》の氷

十六日午前四時頃、晋作らは馬関に着いた。馬関には本藩の出先機関である新地の会所がある。晋作らは直ちにここを襲った。反転攻勢の戦いをするに当たって、まずは武器や食糧を確保したかったからである。人を殺すのは悪いというので、空鉄砲を撃って脅すと、皆後方の牆根《かきね》を越えて逃げていった。この会所の奉行は根来上総《ねごろかずさ》という者であったが、長府からの通報で、すでに晋作らの襲撃を予知していた。根来上総は正義派の人であったから、晋作は根来に申し入れた。

「このように挙兵してここを襲撃したのは、俗論党を討伐し、君側の奸を清めるためである。だから井上源左衛門と寺内弥次右衛門の二人を、こちらに引き渡してもらいたい」

「それはどういう理由《わけ》があってのことでござろう」

「弥次右衛門は俗論党であるから首を切ってさらし、源右衛門は萩へ追放するつもりでござる」

根来は穏やかに晋作を諭した。

「それは困る。すでに幕軍は海峡をへだてて馬関の様子を窺っている。内輪の騒動を敵に見せるのは甚だ拙策である。第一本人たちにも気の毒である。また左様なことをさせては拙者も責任上相済まぬから、今回だけは見逃して萩に帰してやって欲しい」

晋作もこれには黙ってうなずき、すぐに二人を萩に帰らせた。

「次に食糧を確保したい。ここの倉庫を開放していただきたい」

根来は晋作と同腹である。これにはすぐにうなずいて言った。

「承知したが、この会所ではこのような略奪があることを予知して、すでに糧米は萩に移している。多くの蓄えはない。ただ拙者が保管している金が八貫だけある。これを進呈するから、ひとまず兵を引き上げてもらいたい」

晋作らの会所襲撃は意の如き結果を得ることはできなかった。そこで晋作率《ひき》いる義軍は会所の後方にある了円寺を本陣とした。次いで晋作は軍艦を手に入れるべく三田尻に急行することにした。これは正義派が馬関に蜂起したとなれば、俗論党の兵が討って来るであろうから、その軍艦を浮かべて海上の台場となし、撃ち仆すためであった。これは急を要する。俗論政府に先手を打たれると、三田尻港に乗り込めなくなってしまうからである。晋作は言った。

「おれが行って三田尻の軍艦を取って来る。おれと共に死のうという者だけは一緒に行こう」

希望する浪士の中から十八人が選抜された。三艘の早船を仕立てて六人ずつ分乗し、飛走して三田尻の海軍局を襲撃した。晋作は海軍局指揮官佐藤与惣右衛門らに言った。

「今の政府は俗論党の掌中にある。このままでは長州の勤王は滅却してしまう。われわれはどこまでもその回復を図らなければならない。足下らがこれに同意されるならば、即刻碇を上げて馬関へお出でなされよ。不同意ならば、お互いここで刺し違えよう」

その勢いに駭《おどろ》いて、海の中に飛び込んだ者もいた。しかし船将たちは皆同意してくれた。義軍は「癸亥《きがい》」・「丙辰《へいしん》」・「庚申《こうしん》」の三隻の軍艦を手中に収めることができた。しかし、どう考えても人数が足りない。これではどうにもならぬというので馬関で兵を募集した。新たに百二十人くらいが集った。

二十九

十二月十八日、五卿のうち三条西及び四条の二卿は大雨の中、長府を発して萩に向かい、十九日、伊佐に到着した。これは五卿が九州に渡航する前に、敬親父子に別れの挨拶をし、最後の忠告をするためであった。このとき、同じく長府に駐屯していた諸隊もまた、伊佐に宿営を移すと称して、十九日伊佐に集合した。しかしその実は萩政府に迫るため、前進を開始したものであった。

今まで長州の藩論を回復させるため、高杉を始めとして筑前藩や諸隊の人々が種々手を尽くしてきた。しかし長州正義の旗頭たる五卿ももはや筑前への移転の時が迫っている。高杉はすでに決起し、諸隊も行動を起こした。またその一部は長府に留まって、五卿のうちの三卿を護衛している。かくて諸隊は四分五裂の状態となって、俗論党と戦うことはできない。今まで自重していた山県小輔もついに死を決し、剃髪して素狂と号し、駕籠で諸隊の後を追った。

呉竹の浮世をすてて杖と笠　おもいたつ身ぞうれしかりけり

このとき山県が詠んだ歌である。山県が吉田にあった諸隊に追いつくや、二卿を護衛するために奇兵隊を引率していた赤根武人は馬関に戻り、それから九州に脱走した。これは山県が隊に合流したため、秘めた作戦が行われなくなったからであるという。

ちょうどこの頃のことであろうか、ある日、赤根はひょっこり馬関に行くや、力士隊の隊長である伊藤俊輔に会いたいと伝えた。赤根は伊藤らを説得するつもりでいたらしい。それから裏町の中清という茶屋に行って言うには、「高杉という男は事を共にすることができる男ではない」と。赤根はこのことをしきりに言った。伊藤は内心には、「こやつ怪しからん奴だ」とは思ったが、ただ「ああそうか」と言って、帰ってからすぐにそのことを皆に伝えた。皆は、「それはそのままには差し措《お》かれぬ」と言ったが、誰かが赤根にそのことを漏らしたものか、その夜のうちに「才子《さいし》に一杯食わされた」というようなことを書き残して脱走した。「蟹は自分の甲羅に似せて穴を掘る」という。才子には他の人間がすべて才子に見えるものらしい。

これより前、十二月十五日、総督府巡検使の先発として、尾張藩の長谷川総蔵《そうぞう》・服部忠次郎、安芸藩の寺尾生十郎らが萩に到着した。長谷川が萩に着くや、仰山な出迎えをさせ、旅館に入るや萩政府の重役たちを一々呼びつけて敬意を表せしめた。酒を呼び、女を求めて、優遇歓待なお足れりとしなかった。

萩政府は重見多仲・秋里直記を伊佐に遣わし、二卿の萩入りを思い止まらせた。

「今総督府名代として石河佐渡守・目付戸川鉾三郎らが五百名の兵を率いて山口まで来り、近日中に萩に巡検する予定であります。萩政府にあっては諸隊鎮静のため、各要所に兵を配置しておりますゆえ、今尊卿方が諸隊に擁され萩に来られましては、正面衝突は免れません。万一危害が御身辺に及びましては申し訳ないこととなりますので、萩入りは断じて御中止願いとう存じます」

二卿はこれを諒承して言った。

「されば押して萩までは行かぬが、われわれは藩公御父子に面会して申し入れたき儀があるゆえ、執政毛利筑前殿か、または加判首席毛利伊勢殿を差し向けていただきたい」

そう言って二卿は伊佐に留まって待つことにしたが、いずれも病気と称してこれに応じなかった。その代理として益田孫槌《まごつち》が来たので、二卿は益田に言った。

「われら五人は近々筑前に移ることにしたので、藩公御父子に別れの挨拶をし、あわせて最後の忠告を申し上げたい。この際、正義派の人々を登庸復職し、諸隊の意志を緩和せられたい。さもなくば早晩内乱勃発し、長州は支離滅裂の状態となりましょう。われらは防長二国の存亡の危機を余所目《よそめ》に傍観して、九州に渡ることは、今までの信義においてもしのびないことでござる。どうかわれらの忠告を直ちに受け入れ、大義を貫かるるよう藩公へ御伝言願いたい」

このときちょうどここに萩政府からの口上書が届いた。その文面に、「萩表は混雑中、お待ち受け相調《ととの》い申さず、強いてお越し相成り候ときは、いかようの不礼に及ぶかも計り難く」とあった。この「不礼に及ぶかも計り難く」というのは、事と次第によっては捕縛するかも知れないという意味であったから、二卿は大いに憤慨し、かかる暴戻無恥《ぼうれいむち》な政府を相手に矯正《きょうせい》することの不可能であることを見て、やむなく伊佐から長府に引き返すことにした。

一方、萩に入った長谷川は、翌日十六日に、加判首席毛利伊勢と家老井原主計を旅館に呼びつけ、ひどく叱りつけた。

「長州政府はなぜ諸隊の如き過激輩を討伐せぬのじゃ。藩内でこれを討つ力がないのであれば、尾張の兵をもって攻め潰そう。五卿の九州引渡しができないのも、藩政府の力が足りないからである。それに過激輩の後押しをしている旧政府の重役たちを、自宅謹慎という軽い処罰ですましているのが、そもそもの間違いである。これは結局、政府の力が足りないから藩内が鎮静しないのである。これでは総督府の検分を受けることができようはずがない。早急に諸隊鎮静、旧重役の処分を行うことじゃ。もしこれができなければ、山口まで来ている検分使は広島まで引き取ってもらうしかあるまい。政府の所存はどうじゃ」

長谷川はまるで問題に対する理解が足りなかった。諸隊の不満を緩和して藩内を鎮静せしめようとしているときに、長谷川は諸隊を攻め滅ぼして藩内を静めようとしている。確かに諸隊に代表される過激輩はもはや千人足らずである。長谷川のような単純な人間には、藩政府や尾張の兵力をもってすれば、ひとひねりで藩内は静まると思えただろう。しかし鎮静される方が鎮静する方よりも強かったらどうなるだろうか。しかも庶民は諸隊に望みをかけ、味方している。長州はもちろん、神州全体が収拾のつかない状態となり、大乱の始めともなりかねない。

そもそも幕府軍の撤退の条件として、五卿の九州への移転が未だ実行されていないゆえに、これを早く実行しようというのであるが、五卿がこれを躊躇逡巡するのは、諸隊の怒りが治まらず、萩の俗論政府と対抗状態にあるから、その喧嘩を見捨てて長州を去ることはできないというのである。ゆえに五卿に移転してもらうには、俗論政府と正義派との宥和が必要である。二卿が萩の藩公父子に会おうとしたのもそのためであり、西郷が岩国の吉川監物と会見しようとしたのもそのためであり、筑前の月形や早川らの斡旋もそのためである。問題は速やかに五卿の九州への移転を実行することにある。そのためには諸隊の感情を鎮静せしめるにある。そのためには旧政府の重役を登庸復職せしめることである。ところが旧重役を処分してしまったのでは斡旋も宥和もできなくなってしまう。

しかし長谷川の叱責は萩政府には薬が効き過ぎてしまった。十二月十八日、政府は前田孫右衛門・毛利登人・大和国之助・渡辺内蔵太・山田亦介《またすけ》・楢崎弥八郎・松島剛蔵《ごうぞう》の七人を野山獄に投じ、翌十九日夜には早くもこれを獄中に斬首し、村田次郎三郎・小田村文助・波多野金吾の三人を新たに野山獄に投じた。また諸隊に対しては追討令を出した。

七人の旧重役が投獄されたことを知った筑前からの使節は、もはや諸隊の感情を宥和する手だてがなくなってしまった。かくなる上は吉川監物の力を借りるしかないと、喜多岡勇平・建部武彦らは岩国に向かって駕籠を急行せしめた。小倉からは西郷も二十日には馳せ参じた。一同は口をそろえて監物の出馬を促し、旧重役の復職・諸隊の緩和の道を拓かれんことを請うた。監物ももはや捨て置き難しとして、二十二日岩国を出て萩に向かうこととして、その夜は川西の茶寮において一同に慰労の宴を賜うた。ところがその夜、萩からの急使が七士獄殺の事情を報じてきた。監物始め一同は失神せんばかりに驚いた。

「旧重役をすべて獄殺したのでは、諸隊は一層憤激しよう。五卿の九州移転も急のことにはなるまい」

「これまでの周旋も全く水の泡だ」

「悪くすれば征長軍が攻め寄せてくるかも知れない」

「先日、萩で長谷川と会って談合したところからすれば、これら旧重役の処罰は長谷川の指示によるものではなかろうか」

西郷はよほど力を落とした様子で言った。

「せっかくこのようなことにならないように、これまで種々心配してきたにもかかわらず、もはや力に及びもはん。結局、長谷川を差し出した総督府の失策でごわす。早晩長州は内乱が起きもんそ。火の手の上がらぬうちに、総督府は早く解兵令を出すことでごわす。そうすれば五卿も安心して動座なされ、総督も面倒な問題を見ぬうちに、広島を引き揚げられる。あとは長州の内輪の喧嘩だ。知らぬ顔してすませば、それでよか。おれは今から広島に行き、尾張公に面会してその方法を講じよう」

西郷は長州人をもって長州人を制すべく、細心の注意をもって、その策略の実行に当たってきた。その苦心のほどは「拙者の苦心生まれて初めてのことにて、これがため寿命を十年も二十年も相縮《あいちぢ》め申し候。長州征服、吉之助命をかけて成功致すべく」と言っているほどである。しかし、その苦心の策略もあえなく潰《つい》えてしまった。

三十

一方、馬関にあった高杉は軍用金の調達に苦心していた。困った末、ついに腹心の所郁太郎に相談し、美祢《みね》軍太郎という者を吉富藤兵衛という商人のもとに遣わし、五百両の無心をなさしめることにした。この美祢軍太郎という人はかの来島又兵衛に愛され、高杉がその心胆を見込んで、この使命を授けたものであった。

山口市外の自宅でちょっと一杯飲んで寝ていた吉富は、午後四時頃、美祢に密会を求められた。

美祢は襟の中に縫い込まれた、高杉と所からの密書を一通取り出すや、それを吉富に渡し、馬関方面の近況を述べ、書中の使命を果たさんことを請うた。吉富は美祢が無事に山口に着いたことを祝し、酒饌《しゅせん》を供してくれた。美祢が言った。

「十二月二十七日の夜、総督に招かれ、『一大事の密使がある。生命を賭してこれに任じてくれないだろうか』と言われました。『不肖の身ではありますが、以前より命を捨てて国事に奔走している者であります。いかなる密命かは知りませんが、決して辞するところではありません』と答えました。すると総督は大いに喜ばれ、『この密書を山口の吉富の所まで持って行ってくれ。途中に三つの関門がある。これを避けて路を山間に取り、明日の早朝より発って、いかにもしてこれを届けてくれ。吉富の志操は、私は固く信じてこれを疑わないが、万一変節しているようなことがあれば、大事発覚の虞《おそれ》がある。そのときにはこの刀をもって一撃のもとに斬り斃し、この書状を焼いて、その場で自殺してくれ』と、この刀も与えられました。そこで二十八日早朝、馬関を発ち、今日どうにかここに来ることができました」

これを聞いた吉富は有り合わせの金二百両を美祢に渡し、正月元日をもって馬関に帰らしめた。

高杉らは正月上旬を期して反転攻勢の大飛躍を試みようとしたものであろうか、二百両の金を借り受けると、しきりに義兵を募り、壮士隊・農兵隊・好義隊等々がその麾下に集った。高杉党は海陸相呼応して萩に進発するつもりであったが、小倉にあった征長軍の九州勢のうち、肥後熊本藩が諸藩を誘導して主戦論を唱えているという。これを聞いた晋作は、「やって来るなら来い。巌流島の沖で鏖《みなごろし》にしてやる」と三田尻から奪ってきた軍艦をもって馬関の警備に当たっていた。

そこへ萩政府によって前田孫右衛門ら旧重役の七人が獄殺せられ、同腹の清水清太郎も切腹を命ぜられたとの知らせがあった。晋作らは激怒した。すぐにでも萩に攻め入らんものと心は逸《はや》るが、かといって小倉が気にかかって飛び出すわけにもいかない。

ある夜、馬関の裏町にある堺屋で憂さを晴らしていた晋作は、おうのに三味線を弾かせて、即興で俚歌《りか》を歌った。

萩にゃ行きたし
小倉も未練
ここが思案の下関

おうのは心中頗る穏やかではなかった。おうのは、この歌の意味を誤解してしまったのであろう。萩とは晋作の妻お雅のいる所だと思った。「小倉も未練」というからには、小倉にも密かに愛人がいたのかと思ったのである。

そうこうしているうちに、尾張総督が来年正月二日をもって、広島を引き揚げるとの情報がもたらされた。晋作らは二日が来ると再び馬関伊崎の会所を襲撃した。新地の会所を襲撃したときと同様、ここでも空鉄砲を打ち掛けて斬り込んだ。役人たちは不意を討たれて蜘蛛の子を散らすように逃げ出した。晋作らは一挙に会所を占領するや、あるだけの金品を掠奪し、そこに本営を置き、要所要所に標札を立てて俗論政府討滅の主意を掲示した。

討姦檄

御両殿様、御先祖洞春公（元就公）の御遺志を継がせられ、正義御遵守遊ばされ候ところ、奸吏ども御趣意に相背き、名は御恭順に託し、その実は畏縮偸安の心より名義をも顧みず、四境の敵に媚び、恣《ほしいまま》に関門を毀《こぼ》ち、御屋形を破り、剰《あまつさ》え正義の士を幽殺し、しかのみならず敵兵を御城下に誘引し、恐れ多くも陰に種々の御難題を申し立て、御両殿様の御身上に相迫り候次第、御国家の御恥辱は申すに及ばず、愚夫愚婦の切歯するところ、言語道断、われら世々君恩に沐浴し、姦党と義において倶に天を戴かず、よって区々の誠心を以て、洞春公の尊霊を慰め、御両殿様の御正義を天下万世に輝かし奉り、御国民を安撫《あんぶ》せしむる者也、

乙丑正月

高杉らが挙兵して馬関を襲い、長府在陣の諸隊が二卿を護衛して伊佐に移るのを見た萩政府は追討の兵を発し、十二月二十八日、粟屋帯刀は前軍の将として絵堂まで進み、総奉行毛利宣次郎《せんじろう》は中軍の将として明木《あきらぎ》に陣し、後軍は児玉若狭が将となって三隅に陣取った。しかしこのときまでは伊佐にあった諸隊は、公然と政府に敵対していたわけではなかったので、粟屋は藩公の諭達に従い、

諸隊を解散せしめようと伊佐に使者を遣わして言わしめた。

「われわれ選鋒隊は遊撃隊を征討するために馬関に向かっているのであるから、諸隊は道をあけて、われわれの進軍を妨げないようにしていただきたい」

これに対して諸隊が答えた。

「僕らは萩の藩公に陳情するためにここまで出て来たものである。貴公らがあくまでこの伊佐街道を通るつもりであるなら、いかなる変事が生じないとも限らない。願わくは北浦街道を通られるように」

確かに遊撃隊のいる馬関を目指して行くのであれば、必ずしも伊佐を通る必要はない。しかも手組書には絵堂・明木・三隅に陣揃いせよとあるからには、敵は馬関の高杉党ではなく、伊佐の諸隊であることは明らかである。諸隊が政府軍に北浦街道を通るように言ったのも当然のことであった。

するとそこへ萩政府からの使者が二人来て、命令書を渡して言った。

「藩公父子恭順の際において、諸隊の集合は不穏である。宜しく武器を返却して、解散すべきである」

山県小輔は軍監や書記らを集めて、直ちにこれを協議した。衆議は概《おおむ》ねこれを拒絶して、断然戦いを宣言すべきであると主張した。これに対して山県が言った。

「私に一策がある。これを使者に試みたい。幸い彼らがこれを承諾すれば、この策を行うに最もよい頃合いである。たとえ敵が欺かれなかったとしても、それまでのことで、こちらに損はない」

山県は続けた。

「その策というのは、偽って解散すると見せかけ、『諸隊解散の命は奉ずるが、大砲小銃を一時に政府に返却するときには、兵隊を鎮撫するにおいて極めて困難である。ゆえに大砲はどこどこで引き渡す、小銃はどこで引き渡す、というふうに、漸次人心を鎮撫するようにした方がよい』と言うのである。そうすればこちらの都合のよい場所に兵を入れてそこを占領し、時機を見計らって一斉に討ち出すことができる」

諸隊の軍監は皆これを可としたので、これを政府の使者に試みた。使者は大いに喜んで言った。

「では直ちに藩公に上陳しよう」

そこで山県が言った。

「われわれの建議は翌年正月三日を期限として、承諾していただけるか否かの御返事をいただきたい。もし長引いて期日に遅れるようなことになれば、志士の激昂を制することができなくなってしまう。必ず期日を守られるように」

使者はこれを承諾した。陣営を去るに当たって使者は馬を止め、奇兵隊の天宮慎太郎に、「必ず食言なさるな」と言って去った。

翌元治二（慶応元）年正月二日、すでに再度馬関の会所を襲撃した高杉晋作は、大田市之進や山県小輔にも、ともに馬関に割拠するよう呼びかけた。山県らはこれに呼応して絵堂に進撃する策を決した。

六日、正月三日という期日を過ぎて、萩政府からの使者が来た。

「わが公は諸隊からの請いを許し、その命令を諸隊が奉じていることを嘉《よみ》しておられる」

彼らは少しも諸隊の動静如何を疑っていないようであった。しかしこのとき山県らはすでに決するところあって、使者を欺き、「明朝、はっきりとお答えする」と言って、伊佐から半里ばかりの所に使者を宿泊せしめた。

夜、河原駅に駐屯している諸隊の一部と合隊し、天宮を斥候司令として、秋吉台の山路を絵堂へと潜行せしめた。松明一本で道を照らし、馬に枚《ばい》を銜《ふく》ませ、兵には一切緘口させ、粛々として進んだ。その間、往来する者に遇えば男女を問わずこれを捕えて路傍の樹木に括りつけ、他への漏洩を防がせた。斥候の先鋒が絵堂付近に達すると、中村芳之助・田中敏助の二人に戦書を渡し、馬をもって敵の陣営に行き、これを交付せしめた。

「有志の陳弁は君公に徹せず、売国の徒、聡明を壅蔽し、濫りに幕命を奉じて勅諚を蔑《ないがし》ろにし、正義の有志を斥け、専横至らざるところがない。わが諸隊は弁論すでに尽きたので、雌雄を砲火の間に決せんとするのみだ。われらの一誠他無きことは君公も諒《まこと》としておられるところである。謹んでこの書を奉じて陳情する。願わくは君公に呈せられたし」

中村らはこう言い捨てるや馬に鞭打って引き返した。

二人が兵線に戻ると同時に一発の砲声が轟いた。これを合図として戦いは開かれた。諸隊は絵堂駅付近の高処より、駅を目がけて撃ちおろした。諸隊降服・武器返却ということを疑わなかった粟屋軍は、不意をつかれ何もかも置き捨てて逃げ去り、赤村まで退却した。しかし中には勇気の兵があって、農家に潜入し、小銃をもって撃ち返してくる。これら残兵を駆逐しようとして天宮慎太郎と藤村太郎が部下を指揮し、抜刀して農家に斬り込む。天宮・藤村の二人は奇兵隊の驍将《ぎょうしょう》で、部下を指揮し真っ先に立って切り立て切り立て、阿修羅王の如く奮闘する。これを見た敵兵は、「あの隊長を撃て」と藤村を目がけて撃ちかける。不幸にして銃弾が胸板を貫いた。また天宮も狙撃せられて倒れた。

赤村に陣取っていた敵の副将財満新三郎は、この有様を聞いてこれを鎮静せしめようと、馬に飛び乗ってやって来た。

「諸隊が君公の命を奉ぜず、かかる乱暴に及ぶとは何事であるか」

かつ罵り、かつ馳せて、奇兵隊の守備線内に突入してきた。隊長の竹本多門は自若として驚かず、ただ「撃てっ」と号令を発した。さなきだにいきり立っていた兵士たちは、何を躊躇しよう。財満は乱弾のもとに殪《たお》れた。つき従っていた壮士たちも散々となって逃れた。

絵堂の本陣は空が明るくなった頃にはすでに諸隊に占領せられていた。戦略的に見るならば、勝ちに乗じてそこに本拠を置き、そのまま追撃して赤村の粟屋勢を殲滅すべきであった。しかし山県は絵堂の地勢が攻めるにも守るにも共に不利であり、無闇に少兵をもって敵地に深入りすべきでないと見て、勝ちを捨てて大田まで退いた。山県はそこに本陣を布いて次の戦闘に備えた。

大田は諸隊にとって幸いであった。地元の人民は俗論党を悪《にく》んで、諸隊が来るや喜んで迎えてくれた。彼らは供するに糧米金銭をもってしたので、諸隊ではその糧米は受け取り、金銭は返却して土地の貧民に分け与えた。そのため民心はますます悦服し、男たちは輜重《しちょう》の加勢をし、婦女は糧食を炊《かし》ぎ、昼夜となく熱飯を固め、そのために手の平を爛《ただ》らしても意に介さないというふうであった。

一方、絵堂の敗報に接した萩では、今にも諸隊が攻めて来るというので、慌てふためいた。老臣宍戸備前を引っ張り出して玉江口にやり、毛利将監に荻野隊を率いて鹿背ケ坂にやる。世子広封に出馬を願い出る。清末の毛利讃岐守を鎮撫使にする。山口も危ないというので浦靭負《ゆきえ》の嗣子滋之助に守備を命じたり、これをやめさせたり、椙杜《すぎもり》駿河を大津街道にやって敵の進撃に備えしめた。

諸隊は敵の状勢を探知し、地理を考究し、守兵を配置して敵を待っていた。一月十日の早天、粟屋率いる選鋒隊は大挙して諸隊が本営を置く大田を目指した。軍を二手に分かち本街道を長登《ながのぼり》口に出るように見せかけて、本隊は間道である大木津口（川上口）から大田の横に出て、本街道の手勢と挟撃する作戦であった。

長登の政府軍は荻野隊を先鋒とし、選鋒隊の一部がこれに継ぎ、大木津口は力士隊を先鋒とし、選鋒隊の主力部隊がこれに続いた。山県はこの作戦を偵知した。まず長登口では諸隊のうち膺懲《ようちょう》隊・八幡《はちまん》隊・南園《なんえん》隊・奇兵隊の槍隊と砲隊がこれを迎え、絵堂と長登の間にある栩《くぬぎ》峠に戦った。激戦午前十時より十二時に至ったが、政府軍は支えきれずして退却を始めた。諸隊は追撃して刀彌（長登の一部）の民家に火を放った。

さて大木津口の戦いは正義派と俗論派の雌雄を決する戦いである。勢い激烈を極めた。迎え撃つのは奇兵隊である。指揮官兼参謀は三好軍太郎、隊長は久我四郎・杉山荘一郎・三浦梧楼ら、いずれも一騎当千の勇将である。しかし大木津口は山や谷川の続く険阻《けんそ》の地勢で、懸命に防戦するが、軍を自由に動かすことができない。しかも政府軍は数百人が大挙して押し寄せ、迎え撃つ奇兵隊は百五、六十人にすぎない。

よって三好はあらかじめ一策を案じていた。すなわち、地雷を二カ所に埋めてそこに敵をおびき出した。果たして敵兵はこの方面に進撃してきたので、偽《いつわ》って敗走し地雷に誘い、ここぞとばかり導火を引いたが、運悪く引縄が切れて二個とも不発に終わった。これは大変なことになった。敵兵はかくとも知らず猛進してくる。偽っての敗走が本当の敗走となった。奇兵隊はこの猛攻撃に遭って勢い支えることができず、殿ケ浴《とのがえき》まで追われてきた。しかしここで食い止めなければ大田の本営は危ない。三好は刀を揮って逆襲の号令を下す。将卒必死である。各隊長も声を限りに「進め進め」の号令を下す。将卒ことごとく抜刀しての肉弾戦となった。砲声喊声轟然として天地を圧する。

このとき本営にあって戦況を見守っていた総督の山県は銃声が漸次本営に近づくのを聞き、味方の敗退と見て、馬に乗って急行した。小輔は二、三の隊長と共に渓流を渡り、篠竹《しのだけ》が乱生する一小道に出たが、幸いに一小隊がつき従って来ていたので、敵の左翼を猛撃せしめた。そのため政府軍は逡巡して敵の本営に迫ることができなかった。

山県は、「ここを一歩も退くな。別隊をもって敵の横をつくのを待て」と厳命するや、大田に引き返し、湯浅祥之助率いる一隊に命じて急にこれを横撃せしめた。この一隊は驍悍《ぎょうかん》で、しかも精錬の兵がいる。ことに鳥尾小彌太、山田鵬輔の二人は一騎当千の勇者で、命令一下、本街道から小中山にかけて上り、敵の右翼に出た。見れば樹木など身を隠すべきものはない。湯浅は死を覚悟して突貫を命じた。山田らは山を跳び下りて敵の側面を撃つ。またこれに応じて奇兵隊も逆襲する。南園・八幡の二隊も来てこれに加わる。さしもの政府の大軍も午後四時を過ぎる頃には全軍総崩れとなり、死屍は積み重なったまま退却した。三好はこれを追撃した。敵は四分五裂となって、大木津から絵堂へ向かって逃げた。しかし深追いはせず、徐《おもむろ》に兵を収め本営に引き上げた。

この夜、大田の本営を守備するため守兵を配置しようとしたが、終日の戦いに兵士は皆疲れて代わりの兵士がいない。仕方なく疲労した一小隊をもってこれを護衛せしめた。諸隊の首将は概ね本営のある金麗社に集まったが、「明朝敵は必ず逆襲してくるであろう。この戦闘は正邪順逆の岐《わか》るるところであって、実に社稷存亡の決するところである」として、各々その髪を切り、これを神前に供えて必勝を祈った。翌十一日、果たして政府軍は兵を進めてきたが、激戦には至らず諸隊はこれを撃退せしめた。

三十一

これより以前、御楯隊の大田市之進・山田市之允らは、人心の方向を定め糧食の不足を補うため小郡の代官所を襲い、次いで山口に入った。一月九日、同地の吉富藤兵衛・杉山孝太郎・吉富乙之進ら多くの有志者数百人がこれに応じて集まり、長寿寺に屯営した。

また、このとき二十八名の庄屋・豪農が集まり「庄屋同盟」を結成し、諸隊への支持を決定した。庄屋の一人、秋本新蔵はこう言ったという。

「正義派の方たちがお倒れになったなら、わが長州はそれっきりで滅び去ってしまいましょう。もしもお侍衆の手には負えない、どうにも歯が立たないとなれば、いいでしょう、この新蔵めが百姓一揆でも何でも起こして、なんとしても今の政府を倒して御覧に入れましょう」

正義派の代表である諸隊には民衆の支持があった。

かくて首領一人を戴きこれを統轄する必要が生じた。そこでこのとき藩政府から親類預けの処分となっていた井上聞多を迎えて総督の任に当たらせることにした。親類預けとは親類一統を連帯責任として罪人を保管し、もし罪人を逃亡せしめた場合には、親類一統が食禄没収の処分を受ける藩法で、このとき聞多は兄の家の一幽室で親類から昼夜にわたって厳重に監視せられていた。

大田らは吉富藤兵衛をして、聞多の兄五郎三郎の家に行かせ、このことを謀らしめた。五郎三郎が言った。

「聞多の身上については、厳科に処せられんことを憂え、これを脱走せしめようかと決心したこともありましたが、今まで躊躇しておりますのは親類一同に災厄を及ぼすことを慮《おもんぱか》ってのことであります。ゆえに私の一存で聞多を脱出せしめることは、親類一同に対して忍びざるところです。願わくはあなた方がこのことを察せられて、これを強奪する処置をなさいますように」

吉富は帰ってこのことを告げた。諸有志は幽室より聞多を強奪するや、これを総督に推薦し、名づけて鴻城軍と称した。ここにおいて山口は諸隊の領有に帰した。

大田にあった奇兵隊の山県は、御楯隊の大田市之進に速やかに帰陣するように促した。守勢を転じて攻勢に出ようとしても、兵員寡《すくな》きをもってこれをなすことができなかったからである。

一方、萩にあっては前回の絵堂における敗戦に続いて二度目の敗報がもたらされたため恐怖の極に達した。十日、国司某を徳山と岩国に派遣して出兵を促した。徳地には神村某をやってその地で農兵を募り、急訓練を始めさせ、毛利筑前をして山口に出兵せしめようとした。

このような混雑の中で、高杉晋作が遊撃隊と力士隊を率いて、軍艦で西浦に上陸し、吉田に進撃を開始したとの噂が流れた。狼狽に狼狽を重ねた萩では、志道安房を吉田にやって鎮静の任に当たらせた。また藩公に鎮静の進発をお願いしたが、藩公は思うところあって世子広封にこれを命じて出張せしめた。広封は明木に着くや毛利伊勢をして諸隊を慰労せしめた。かくて萩では混乱に混乱を重ね、十四日ようやく大田への反撃を開始することとなった。

十四日の未明、赤村に滞陣していた粟屋軍は荻野隊を先鋒とし、風雨を冒して進撃を開始した。その数おおよそ一千。諸隊の方では赤川敬三が膺懲隊を率いて前進し、長登において遭遇戦となった。しかし政府軍は膺懲隊の十倍近い大軍でひた押しに押してくる。防ぎきれなくなった膺懲隊はいったん大田にまで退却し、後続の八幡隊と合流して、呑水《のみず》で敵を食い止めようとした。諸隊では太平堤という溜池の土手を楯として小銃で撃つ。すると政府軍はその左にある小高い丘に登り、そこから激しく銃を撃ち下ろす。諸隊では頭の上から撃たれてたちまち苦戦に陥った。一同ひとまず大田まで退却しようと言う。八幡隊の隊長は堀真五郎で、これまた剛《ごう》の者である。「退却無用、討ち死にせい」と頑張る。そこへたまたま南園隊の佐々木男也《おとや》が一小隊を率いてやって来た。この有様を見ると佐々木はその右側にある小中山に登り、そこから敵を撃ち下ろさしめた。立場が逆転した政府軍では後部に退いた。八幡隊はこの虚に乗じて丘地に登り、南園隊と共に猛射する。しかし敵は大軍である。しかも寒雨の中を、朝の十時から昼の二時まで戦闘を続けている。兵士らはもはや、へたばるしかなかった。

しかし折よく奇兵隊の一部が小中山のすぐ北にある糸谷から本街道に出て、ちょうど敵の中腹を衝いてきた。この一隊は大木津の間道から進軍したのであるが、その方面に敵影が認められなかったため本街道に出てきたもので、湯浅祥之助率いる猛者ぞろいの一隊である。鬨《とき》の声を揚げて敵の左側面に突貫したため、さしもの大軍も崩れ始めた。

粟屋は前軍の荻野隊を麾《さしまね》いて援けを求めたが、荻野隊の銃は新式のものではなくまだ火縄銃であったため、大雨のためにこれが用をなさなかった。「銃を捨てて斬り込めっ」と命じたが、荻野隊は本来銃を専門とする一隊である。剣をとっての肉弾戦には慣れていない。奇兵隊に斬り立てられて四散する。そのうちに本隊の選鋒隊も総崩れとなって逃げ出した。諸隊はこれを追撃して絵堂を占領し、敵の本営のある赤村に迫ろうとしたが、山県は兵士が疲れたのを見て停戦せしめた。後に山県はこのときのことを回想して言った。

「若《も》し十分の戦闘力ありしならば、この両日の戦いにはことごとく敵兵を殲滅《せんめつ》すべきに、寡兵のため追撃し能《あた》わざりしは遺憾の至なり」

これより前、高杉・伊藤らは馬関にあったが、諸隊の快挙を聞き、書を山県に送り、「わが隊も近日進撃と決したれば、東か北か南か西か、いずれの地へか向かって攻撃すべし」とし、終わりに狂歌が誌《しる》されていた。

わしとおまえは焼山かづら　うら(末)は切れても根はきれぬ

これは去年の暮れ、高杉と山県が戦略を異にして、議論を闘わすこと再三再四にして訣別したので、そのときの光景を思い出して、この歌にしたものであった。

山県は兵が寡少にして、敵を追撃することができないことを遺憾としつつあったところに、高杉らが馬関を発して、十四日、諸隊と合流したので、士気はますます奮うに至った。

敵の根拠はなお赤村にあった。諸隊は十六日の早暁をもって進撃しようとしていたが、準備が整っていなかったため遅延していた。しかし高杉ら遊撃隊が来るに及んで、一日も猶予するのは不可であるとして、夜襲を試みることにした。遊撃隊と力士隊は雲雀山の間道を北に進んだ。奇兵隊・御楯隊は絵堂から本街道を赤村に進撃した。つまり挟み撃ちにしたのである。政府軍は前日の大敗に疲労して戦う気力なく、しかも夜中、不意を衝かれたため、周章狼狽、陣を捨てて明木にある中軍の本営に逃げ去った。

かくて晋作は直ちに絵堂街道より明木の本拠を衝かんことを主張した。山県はこれに反対して言った。

「ここから明木に至るには三里の長途であって、その間、高山峻谷が左右にあって、しかも一本道である。進退に頗る不便であって、軍を遣《や》るの道ではない。それよりはまず山口に行って根拠の地を定め、しかる後に三道より進んで萩に入るのが上策である」

高杉は肯《がえ》んぜずして言った。

「夜間急行して行けば恐るることはない」

山県は大田市之進・福田侠平・堀真五郎らを顧みて言った。

「諸君らが東行君の議論に同意ならば、僕もこれに従おう。もしそうなれば私が先鋒を買って出よう。もしこの長途にして敵の防戦するに遭遇したならば、一隊斃れて一隊これに継ぎ、到底一、二隊を山谷の間に埋める決意がなければならない。これがいよいよ決定したならば、僕は諸君に先立って進発しよう」

かくて衆議紛々として結論を見なかった。しかし晋作もついに悟るところがあったものか、自分の主張を撤回し、まず山口に行き三道より兵を進めることとなった。

また山口にあった鴻城軍は、政府軍の一部が佐々並に進み、山口を攻撃しようとしているとの報に接した。思えらく、坐《し》して敵が攻めてくるのを待つよりは、むしろわれより進んでこれを撃つには若かずと。よって聞多らは佐々並にあった敵軍を急襲して、ついにこれを走らしめた。

三十二

このような状勢の中で、内訌《ないこう》のために国力は空しく疲弊せんことを憂い、密かにこれが回復を図らんとする一団が現われた。彼らはこれまで中立の立場にあったが、俗論党の専横を目撃し、時事の日に非なるを憤慨して、もはや沈黙しておれず、にわかに檄を家中に飛ばして三笠屋に集った。これに会するもの三十余名、後には二百名に達したという。彼らは俗論派に反対する立場にあったが、世間から諸隊と同様に見られることをも嫌って、自ら鎮静会議員と称した。

鎮静派の人々はその趣意を開陳すべく、藩公に面謁する機会を窺っていた。幸いにも前政府の重役兼重《かねしげ》譲蔵《じょうぞう》が俗論政府からその罪を問われることもなく、毛利将監の参謀として河内口の守備に随行していたので、譲蔵を通して将監に説いてもらうことにした。

将監は自分麾下の兵士と称して鎮静派の人々を入城せしめ、藩公に謁を請うた。敬親はその代表者に謁を許し、その趣意を開陳せしめた。

「恐れながら藩公父子様が多年にわたって正義のために尽くしてこられた御誠意は、天人共に知るところであります。しかしながらかえって御粗暴に流れ、正義湮滅《いんめつ》し、古来の御国論も変動してしまうことになりました。そこで諸隊は再三にわたって建白致しましたが、採用されるところとならず、ついに暴動に及ぶこととなりました。どうか不撓《ふとう》不屈《ふくつ》の御英断をもって、速やかに諸有司の黜陟《ちゅっちょく》を行いなされ、討伐の兵を収め、古来の御国論を回復されますよう懇願致します」

君側にいた杉徳輔も口添えして、諸隊を征討し内乱を生ずるときには、毛利氏が古来守ってきた正義が立ち難いことを論じた。また杉梅太郎も口添えをして言った。

「速やかに兵を収められなければ、人民の疲弊と防長二国の衰頽は計り知れないこととなりましょう」

ここに来て敬親も心大いに動いたが、周囲は俗論派の人々で包囲されている。軽率に自分の思うところを言うことはできない。

「退城して沙汰を待つように」

鎮静派の人々は静かに弘法寺に退き、命を待つことにした。

この日、敬親は急に清末侯及び老臣を召して諮問するところがあった。清末侯は自ら鎮静の任に当たらんことを敬親に請い、翌十七日、杉徳輔と共に萩を発って明木に向かった。清末侯は政府軍に杉徳輔をやって、諸隊圧迫の不法を諭さしめた。すると俗論派数十人が、杉が諸隊の肩を持ち鎮圧する口気があるのに立腹し、屠腹を迫った。危急のこととて清末侯は片見小次郎に命じて、徳輔を誘い逃してやった。

一方、諸隊にも使いをやって、しばらく進軍を止めるよう説いたが、諸隊では君側の奸を退け政府全ての改造をなすまでは、山口まで退却はせぬと頑張る。そこで双方に七日間の休戦を約束せしめて、清末侯はひとまず萩に帰った。

同じく十七日、敬親公は俗論派の岡本吉之進を疾を理由に辞職せしめ、二十日、俗論党の首魁《しゅかい》椋梨藤太を政務役より大納戸役に転ぜしめ、二十一日、熊谷式部の国事掛を罷免した。ここに改革の端緒は開かれた。

二十三日、敬親は出征軍を班《かえ》すよう藩政府に厳命した。政府では不満に耐えず、藩公に抗議を申し立てたが、主命には逆らえず三軍に兵を班すべく命を伝えた。政府ではこれによって諸隊も山口に兵を退却せしめるであろうと予期していた。ところが諸隊では兵を退けるどころか進軍の態度さえ見せる。敬親は諸隊を必ず退却させると約束した手前、政府軍に対して面子《めんつ》が立たない。休戦の期日が迫った頃、その弱点につけ入って、俗論派は藩公に進発の要請をした。そこで敬親は先陣備《せんじんそなえ》頭《がしら》を宍戸備前に、殿《しんがり》備頭を毛利筑前に、左翼備指揮を根来上総に、右翼備指揮を志道安房に命じた。

また一方では敬親は再び清末侯毛利讃岐守を佐々並に遣わし、休戦の延期を要請せしめた。諸隊では依然としてその態度を変えておらず、俗論政府をことごとく罷免するのでなければ、進軍をやめないと主張する。

二十八日、晋作が奪い取ってきた「癸亥《きがい》丸」は萩城外の海上からしきりに空砲を発して威を示し、海陸並び進まんとするの勢いを示した。これによって敬親は世子広封を出陣せしめることに決め、志道安房の右翼備指揮を罷《や》めて井原主水・楢崎殿衛と共に世子に扈従《こしょう》せしめ、萩の四口のうち松本口の指揮を粟屋帯刀に、玉江口指揮を椙杜駿河に命じ、先陣宍戸備前を金谷天神社に進ましめ、本陣を正燈院において、攻撃的勢揃いをして諸隊に備えしめた。

ところがこの日、敬親は前重役の山田宇右衛門を手当掛となし、翌二十九日には兼重譲蔵・中村誠一の二人に右筆役を命じると同時に、現政府の重役中川宇右衛門・三宅忠蔵の二人を罷免した。これに続いて三十日には、小倉源五右衛門・山県与一兵衛・工藤半右衛門・諫早巳次郎ら俗論派の巨魁を罷免した。この処置には敵も味方もその意外に驚き、当惑した。

実は敬親が萩の四口を固め、諸隊の攻撃に備えさせたのは、俗論党を油断させるための策略だったのである。敬親はこの機を逃さず、山田宇右衛門・柏村数馬を鎮撫使として、諸隊に止戦命令を伝えさせた。

ところが諸隊の方ではこのようなことがあろうとは夢にも知らず、応戦の策を定め、奇兵隊は篠目口より榎木谷に進み、馬関にあった遊撃隊は福江村から西市に進み、二月一日には榎木谷にあった兵はさらに進んで生雲村に入った。そこで山田宇右衛門・柏村数馬が来るのに遇って、藩公の内意を初めて知ることになったのである。諸隊では請願の筋を採用してもらったことを感謝し、藩内で兵を弄んだ罪を詫びる書面を提出して、しばらく政庁異動の成り行きを静観することにした。

二月二日、長府藩主毛利左京亮（元周）は病を押して萩に入り、清末侯毛利讃岐守も八日をもって萩に到着した。そこで二人は他の老臣らと共に城に入り、敬親と評議をこらすことにした。元来、左京亮は正義派擁護の第一人者であったが、鎮静組はこの機会を逃さず、左京亮に頼み込んで、彼の登城の護衛兵に擬装して城中に入れてもらった。城に入るや彼らは城門を閉じ、俗論党を一掃するため、即日使いを山口の諸隊に遣わし萩に進出するよう促した。

そのため山口の諸隊には、香川半介・桜井三木三・冷泉五郎・江木清次郎の四人を使者として遣わした。萩の状況を聞いた山県小輔は国家将来の計画なども勘案しつつ彼らに言った。

「われわれは国家危急の際に臨み、君側の奸悪を除かんがために挙兵したのであるから、萩の城中にある諸君も相応じて十分にその力を合わせていただきたい。第一に君側の奸を清めて政府に人材を抜擢し、速やかに兵制を改革し、幕府に対してどのようにも対処することができるような覚悟がなければなりません。もしもこのことが行われないのであれば、主君を諫争するに死をもってし、それでも行わなければ別の一人が死をもってこれに続くのみである」

桜井らの四人も慨然としてこれに賛同し、共に国家のために尽くすところあらんと約して別れた。この評議にすでに数時間の時が流れていた。

二月の初めはまだ日が暮れるのが早い。使者の一行は夜の十二時までに萩城に帰ろうと急いでいたが、佐々並まで帰らぬうちに早や日は暮れた。

一行は佐々並を過ぎて明木の権現原《ごんげんばら》にさしかかった。原とは名のみで山間の阪路《はんろ》である。一方に竹林があり、一方には杉の森林となっている。しかもこの日は朝から降りそうな日で、ほとんど闇の夜である。

このとき八人の刺客が突然闇の中から踊り出して、一斉に四人に斬りかかった。桜井・冷泉・香川の三人はその場で斃れて落命した。江木は急所を外れていたため、からくも闇にまぎれて逃れることができた。その当時、何者の所業《しわざ》か分からなかった。そのため市中に噂が流れた。

「選鋒隊の暴行である」

「いや諸隊の所業である」

選鋒隊士たちは新政府が諸隊を厚く信じていることを不満に思っていたが、権現原の兇変が諸隊の所業であると聞き、憤懣に耐え得ずして城に押しかけ、新政府に詰問しようとした。彼らは門外からどなりちらし、中には大砲をもって撃ち破れと叫ぶ者もあった。

この異変を聞いた鎮静会議員は数十人がこれに先立って城中に入り、堅く城門を鎖した。また世子広封及び長府侯・清末侯の三人も速やかに城に上るや、弓隊二組・銃隊四組を城中に入れ警衛の任に当たらせた。

また山口にあった諸隊では、明木権現原における兇変の知らせを受けるや、それが旧政府（俗論政府）の所業であることをまったく疑わなかったが、ほどなく鎮静会議員からの使者が来て、萩の状況を報じ諸隊の出兵を促した。

かねて打ち合わせていたものか、諸隊はすぐに進軍を始めた。生雲まで来ていた奇兵隊と八幡隊は松本口に進み、南園隊と御楯隊は峠坂まで進んだ。大寧寺にあった遊撃隊は北進して深川村に進んだ。

十四日、生雲から松本口に進んだ奇兵隊・八幡隊は、さらに進んで東光寺に入り、南園隊・御楯隊は大谷に入り、その一部は明木を横切って川上村に進んだ。十五日、遊撃隊は深川村から玉江口に入り、「癸亥丸」は萩の海上に現われてしきりに空砲を撃って威を示した。かくて萩の城下は諸隊によって包囲され、四口に関門を設けて、諸隊の切符のない者は一切通行を禁じた。

この間、選鋒隊は城に上り、藩公に哀訴せんことをしきりに請願してやまなかった。そこで敬親は比較的温和な者を選んで、その主張を聞くことにした。内藤孫太郎・日野図書・渡辺肥後介ら数人の者が城に入り、兼重譲蔵が応接に当たった。内藤らは言った。

「明木権現原における兇変は選鋒隊士は関わっておらず、巷間の噂ではこれを諸隊の所業であるとしています。ところが現政府は諸隊を信頼するあまり、罪を選鋒隊に帰しておられます。これはただ選鋒隊だけの不幸にとどまらず、いかなる変乱がこの防長二国に生じないとも限りません」

兼重が答えた。

「刑賞は国家の大典であって、藩公が常に重んじておられるところであります。罪案を詳《つまび》らかにすることなくして、妄《みだ》りに判断を下すようなことがあってはなりません。諸君、心配される必要はありませぬ」

こう言うと兼重は彼らを帰らせた。

しかし諸隊は萩に迫りつつあった。選鋒隊は明倫館に集合し、大いに戒厳せしめた。萩はすでに諸隊に包囲され、両党争戦の場となろうとしている。人々はわれ先に避難を争い、鼎《かなえ》の沸くがごとくである。

ここにきて長府侯毛利左京亮は敬親に大改革を断行すべく進言した。敬親もその進言を容れて、正義派の村田次郎三郎・波多野金吾・小田村素太郎・瀧弥太郎ら十五人を出獄せしめ、俗論政府にあった井原主水《もんど》・乃美半兵衛・林忠右衛門ら十一人の職を罷免し、正義派の人々によってこれを補充した。これによって俗論派は政府から一掃せられ、藩内をゆるがした内訌は終息した。長州は本来の正義に立ち返ったのである。

旧政府にあった椋梨藤太らはすでに回復の見込みなく、追手の捜索が危急に迫りつつあることを見て、岩国に逃れようとした。そこで吉川監物をたより、謀るところあらんとしたのである。

この日、椋梨藤太・児玉久吉郎・中井栄次郎・小倉半左衛門ら十二人は小畑の孤島から船を雇い、闇夜にまぎれて海路江崎に上陸し、岩国に至ろうとした。ところが風向きがよくなかったものか、吹き流されて船は津和野領飯の浦に着いた。津和野領を横断するつもりで青原駅まで来たとき、関所の警士に拘束せられた。

これより前、椋梨藤太らが政府に在職中、諸隊追討の命令を発したとき、使いを隣藩に遣わして「もし諸隊の者が脱走して貴藩の領内に入る者があれば、これを逮捕して下さるように」と頼んでおいたことがあった。今やかえって自ら脱走し、捕われることとなったのである。秦の商鞅《しょうおう》は自ら法律を作って、自らがその法律に縛られることとなった。自縄自縛《じじょうじばく》とはまさにこのことであった。己に出づるものは己に返るのである。

椋梨は種々弁解を試みたが、警士は承知せず、長州からの依頼があるゆえ、長州に懸け合ってからでないと通行は許されぬとし、それまでこの関所で抑留すると言い張り、直ちに自藩に報告した。津和野藩では急使を派してその次第を報告した。萩の新政府では直ちに捕吏を青原駅に派遣して椋梨ら十二人を連れ帰り、牢屋には入れず監禁所に拘置し、外部との面会を遮絶して糺問に附した。すると彼らは明木権現原における兇変の悪事を白状しただけではなく、種々の積悪をも自白し、ついに野山獄において斬首に処された。

彼らの自白によると明木権現原における兇変は、選鋒隊士の児玉久吉郎・中井栄次郎・木村松之進・冷泉太郎兵衛・小倉半左衛門・南新三郎・小川八十槌、力士の峰吉の八人が、椋梨藤太にそそのかされて手を下したものであった。このとき城内では選鋒隊による暴行であると噂した。ところが椋梨は選鋒隊の人々に逆宣伝を放って言った。

「鎮静派が諸隊に退却するよう四人の使者を山口の本営にやったので、諸隊の者たちが憤激して四人を斬ったのだ。それを鎮静派は選鋒隊の所業であるかのように言っている。実にけしからんことだ」

椋梨のこの逆宣伝に、選鋒隊の隊士らはいきり立って騒ぎ出した。この諸隊の隊士たちが鎮静派の使者を殺したという椋梨の逆宣伝は、諸隊と鎮静派とを離間せしめんとする、狡猾な策略であったのである。そして実はこの逆宣伝をなさんがための計画から、椋梨が暗殺を指示したものであった。

そもそもこの椋梨藤太という人物は奸悪酷薄な人物で、坪井九右衛門が執政となったときには、その懐刀としてその才智を発揮した。村田清風の藩政改革に反対し、坪井をもってその首領として対抗せしめたときには、随分と辣腕をふるって正義派を苦しめたという。今度の俗論政府にあっても椋梨はその実権を握り、専横の限りを尽くし、あくまで諸隊を苦しめてきた。しかし策士策に溺るで、権現原における暗殺事件が彼の奸策に起こり、その策が通用せずして彼は策のために殺されることとなった。

この当時、世子及び長府侯・清末侯の三人は連日城に上り、藩公の前において評議をこらした。敬親は深く藩内の擾乱《じようらん》を憂い、その罪を自らの責任として祖先の霊に陳謝するとともに、その冥助《みようじよ》を祈らんとした。よって二月二十日、敬親は政府の諸臣に諭して言った。

「私は未だ宿昔《しゆくせき》の志を遂げることができず、領地内における大乱を醸し出し、歴代の臣僚及び百年恩育の人民をして、その肝脳を地に塗れしめることとなってしまった。その罪は誰に帰すればよいのであろうか。それは私がその誠心を尽くしていないところがあって、上は祖先の懿訓《いくん》にお仕えすることができないでいるからである。私はまさに罪を洞春公以来歴代の神霊に陳謝し、もって心力を尽くさんとする決意である。よってここに臣僚及び人民に告げる、希わくはわが国論を確守し、衆心を集め、正義を天下に伸張せんことを謀らん。速やかに霊社祭祀の典礼を挙行せよ」

諸臣たちは藩公敬親の言を聞いて感泣し、直ちにその準備をなし、諸士卒参拝の日時順序を定めた。

三十三

二月二十七日、敬親は萩城を発って大谷・明木・絵堂の諸村を過ぎ、正俗合戦の跡を視察し、代官以下の郡吏を親しく召して民間の戦禍を問われ、救済を加えるよう指示された。また在住の諸士をも召し寄せられ、正義の旨を失わざるよう諭された。

三月三日、次に敬親は小郡地方を巡視し、小学舎を再興するよう代官に命じ、寺院をもってその学舎とされた。

九日、敬親は井原主計・玉木文之進をして上の関・大島郡などを視察せしめ、民間の疾苦を問い、救済を加えるよう指示された。

十日朝、敬親は三田尻の講習堂に行って諸生の学業を見、午後からは鞠生《まりふ》松原において諸兵の操練を視察された。

二十四日、敬親及び世子広封は宮野原にあって大砲の打発と地雷火の爆発の試験を、二十五日には諸隊兵の銃隊操練を視察され、二十六日をもって萩に帰られた。これは内乱の後を承け、務めて力を藩政の整理に尽くし、かつ国内の一和を計ろうとされたものである。

この頃のことであろうか、晋作は「回復私儀」と題する意見書を世子公に奉り、今後長州のとるべき方策を建言した。これは長文の論策であるが、これを要約すれば次のようになろう。

回復私儀（狂夫言）

序

亡命脱走し国禁を犯した罪は私ももとよりこれを知っているつもりであります。いわんやわが朋友たちはことごとく国のために死に、私一人だけが生を偸《ぬす》み、生き恥をさらしております。しかしながら防長二国の大艱難のときに当たっては、私も心を尽くさざるを得ません。今正義の回復は成りました。私はすべからく沈滅の人となろうと思っております。たとい困窮して黄泉の国に堕ち、天下の賊名を蒙るようなことになったとしても、毛利氏の忠臣となるつもりであります。この「回復私儀」は同志に対し、交誼を忘れない微心より書いたものであります。

京都での敗走（蛤御門の変）及び馬関における四カ国連合艦隊との講和、この二つの間隙に乗じて藩内に俗論が沸騰し、奸佞な俗吏たちは私《わたくし》を逞《たくま》しくするようになりました。しかしこれは妻子を安んじ禄位を保たんとする苟且偸安《こうしょとうあん》の心より出た不忠不義の企てでありました。

彼らは支藩である岩国の吉川侯を後楯とし、謀《はかりごと》を四方の敵に通じ、薩摩の謀士を国に引き入れ、尾張の老侯に諛言《ゆげん》を呈し、防州一国及び馬関の港を割いて幕府に与え、よって己が子を毛利家の後続とし、幕府の家門につらならんとする大反逆を計りました。

しかも正義の三国老及びその参謀の者を誅戮《ちゆうりく》し、山口の新城を破却しました。これには士民すら涙をしぼったほどです。また「天保度の御政治」と申し唱えて武備を弛め、柔弱の風となし、ついに諸隊追討の兵を起こすに至りました。不忠不義の極みというべきであります。

ああ、かくの如き不仁にして、天地がこれを扶《たす》けましょうか。かくの如き不義にして、先霊鬼神がこれを許しましょうか。諸隊は防長正気の鍾《あつ》まるところ、義兵を起こし、賊徒を滅ぼすことは自然の勢いであります。しかしながら今日の正義の回復は、諸隊忠士のなすところでなければ、先霊鬼神が諸隊の忠士をして回復をなさしめた所以であります。

このうえは防長両国の人々が一致団結して御両殿様を堅城の中に奉じ、両国を山岳の安きに置くべきであります。そのためには速やかに賞罰を下すべきであります。殊に長府・清末の両侯及び京都蛤御門で正義のために戦死した人々の戦功を賞し、戦争で苦労した人民に御囲米《おかこみまい》をお恵みになり御賞美あれば、人々は藩公の恩徳に感佩《かんぱい》することは必然であります。防長の市民は国のため、君のため、両国を枕に討ち死にする決心となりましょう。これを堅城山岳の安きに置くというのであります。

次に上下の分を正し、兵制を改革し、一日も早く良県令を定め、米銀（米と貨幣）管理の人を撰んで経済の回復を図るべきであります。今かりに浪花《なにわ》との交易流通が中断したとしても、馬関の良港がありますので、米銀のやりくりは如何様にもできることと思います。これについては考えるところもありますので、同志に口伝しておきます。

その上で、毛利家御一門及び御家来たちや士民に至るまでの歎願書を朝廷に上《たてまつ》り、もしも殿様御父子に対して厳重苛酷なお咎めがあっては、御両殿様におかれてはともかく、防長の人民が動乱に立ち至るようなことがないとも言えません。この段深く御憐憫していただくよう訴えるべきでありましょう。

幕府・薩摩・会津に対しては、その出方によって、和議か交戦かその態度を決定すべきであります。もしも幕府側が暴激の処置に出るときは、その沙汰書を取次ぐ者は必ず岩国でありましょう。岩国の反逆に対しては、そのようなことが起きないよう、あらかじめ岩国と会盟し一致団結して、従来の正義を確守することが第一の急務と考えます。暴激の沙汰書をたとえ百度千度持って来たとしても、防長の人民が一人もそれを手に取って見ることがなければ、ついに幕府は再び追討の兵を起こしましょう。このときこそ防長二国は断然大割拠の方略を定め、蒸気軍艦一艘を買い求め、馬関に繋留しておけば、九州口は恐るるに足りません。その分の兵力を芸州口及び石州口に回せば、百戦百勝の利あることは必然であります。二戦、三戦して、三、四カ月も経てば、他方より和議の説が出てくることは必然です。このとき恐るべきは奸吏どもが再び岩国と共謀し、反逆をなさないとも限りません。これはあらかじめ防がざるを得ません。臆病な武士の中には、「官軍に弓を引くことはできない」などといったことを申し唱える者が出てくるかも知れませんが、これに対しては、四境に押し寄せてきた兵は幕府及び薩摩・会津の私兵であって、官軍とは言えないことを論ずべきであります。

考えますに、幕府が再び追討の兵を起こしたとしても、諸侯でこれに応ずる者は少ないでしょう。そこで幕府はぐずぐずとして小罪小罰をわれわれに下そうとするでしょう。そのときにはわれわれは確固として歎願の主旨を貫き、内には富強日に新なる政を行い、外には武備あることを示せば、四境の兵は畏縮し、ついにわれわれの歎願も認められることは鏡にかけて明らかです。持久戦ともなれば幕府は外国のために悩まされ、会津は幕府のために徒労し、薩摩の変節は計り知れません。仮にわれわれがよくよく武運つたなくして、大敗北を喫したとしても、馬関の良港さえ奪われることがなければ、正義回復の策は山の如くにあります。和議・交戦のどちらかに決定し、御歎願の筋が成就した後は、大割拠の謀をもって富国強兵の政治をなされるべきであります。しかしあるとき急に馬関開港の議論が起きるでありましょう。そのとき幕府や薩摩の奸計に陥ったり、外国の妖術に惑わされることがないよう、こちらから開港すべきであります。これによって得た富によってミネール・雷フル・野戦砲を買い求めれば、わが長州は天下に敵なしです。

禍いを転じて幸いとなすとは古今の通理であります。御両殿様の冤罪が晴れ、防長二国の人民が安堵のとき、先霊鬼神の御威光を地下に慰め遊ばされるときはこれこのときであります。今日の情勢は春秋戦国時代の六国の姿によく似ております。すなわち、国が盛んになればなるほど、浮浪遊説の徒が多く出入りするものです。そのとき彼らの口弁に浮かされ、いい気になって藩外に手を出すようなことは無益なことです。国が富み、兵が強くなれば、御両殿様の年来の御素志はわが藩が独立でなされるべきです。

この論策で岩国の吉川侯が「己が子を毛利家の後続とし幕府の家門につらなろうと」したと批判しているが、吉川侯としてはそのようなつもりは毛頭なかったであろう。ただ毛利家の滅亡を救いたい一心から、幕府の寛容の処置に飛びついたというべきで、薩摩の謀士西郷にたばかられたものであろう。しかし吉川侯の周旋が功を奏していれば、結果として、高杉の批判するようなことになっていたかも知れないのである。

古来、日本は忠孝一致・君臣一致して仁義の道を実践してきた。もちろん長い歴史のうちには失徳の天子や傲慢な為政者が多少とも出たことも事実である。しかしその大筋において、日本は仁義の道をもって、建国の理念としてきたのである。殊に長州は洞春公以来天皇家に忠節を尽くし、正義のために働いてきた。ところが今藩公父子は冤罪を被り、幕府・会津・薩摩から責め立てられ、長州の正義はまさに湮滅《いんめつ》しようとしている。

幕府の連合軍は、十五万の大軍をもって四境に押し寄せようとしている。長州はわずか何千人かの軍隊で、その十分の一にすぎない。晋作を始めとする諸隊の若者たちが、あえてこの大軍に立ち向かおうとしたのは、ただただ長州の正気を維持し、神州の正義の回復を図ろうとしたために外ならなかったのである。確かに、政治には正義が不可欠である。しかしそれが本当に正義といえるものなのかどうか、これを判断するためには深い哲学が必要である。われわれはこのことをよくよく深く考えるべきではないだろうか。

俗論政府が滅び、正義の回復がなされたことによって、藩の政治はまた謝罪恭順より武備恭順へと移った。そこで藩では晋作らの進言を容れて兵制の改革に着手し、まずは干城隊を中心に諸隊の編成を整理せしめた。そこで当然その総帥として衆望が帰したのは晋作であった。

しかし晋作は心密かに思った。昔、范蠡《はんれい》は、勾践《こうせん》（越王）は艱難は共にすべき人であるが富貴を共にすることのできる人ではない、と言ったという。全て人というものは艱難を共にすることはできても、富貴を共にすることは難しい。范蠡は功なり名遂げてのち、飄然として身を五湖に浮かべ、斉《せい》の国に去っていった。その高風はまことに羨むべきである。今国是はすでに回復し、攻守の策もほぼ定まった。幕府が再征の兵を起こすのも、差し迫ったことではあるまい。この小康のときを利用して海外に遊び、世界各国の形勢を視察することは、最も時にかなったことではなかろうか。諸隊の統率については、聞多や八十郎・狂介（小輔）たちに任せておけばよい。

ある日、晋作はこのことを伊藤に話した。最初伊藤は、今長州は正義の回復が成ったとはいえ、いつまた俗論が勢力を盛り返すか分からないことを理由に反対したが、最後には賛成してくれた。晋作は言った。

「范蠡は越《えつ》を去って豚を飼い、金持ちになったという。しかし俺は到底金持ちにはなれない。そこでひとつ西洋にでも行こうという了見だ。お主、ひとつ案内役になって、一緒に行ってくれぬか」

「それはよいが、これが漏れてはならぬ。兵隊などに漏れたら大変だ。これは井上と前原（佐世八十郎）だけに密かに諮ることにしよう」

これを聞いた井上・前原の両人は、心配して三千両の旅費を工面してくれた。

三十四

高杉と伊藤の二人は海外に渡航するつもりで長崎に向かった。長崎に着くや二人は、グラバーに渡航のことを頼み込んだ。グラバーの家にラウダという人がいて、一緒に英語の勉強などをしていたが、ラウダは他の外国人仲間と相談して、あるとき二人に勧めた。

「今は洋行するときではない。いっそのこと長州が独立して馬関を開港してはどうか。今度イギリスからパークスという公使が来る。これは偉い男で、外国の信用も厚いから、彼と相談して外港を開いてみてはどうか」

晋作は常々馬関を開港すべきであると考えていたので、これは面白いと思った。二人は断然洋行をやめて、これが計画をなすことにした。外国人たちと共にパークスに送る書面を認め、これをグラバーに託し、二人で馬関に帰った。

馬関に帰るや二人は井上聞多と楊井謙蔵の二人に相談した。井上と楊井は外艦応接係という役職を賜り、馬関に駐在していたのである。井上が言った。

「それは面白い。政府の連中さえその気になってくれれば、まんざら無謀なこととも言えないかも知れない」

井上と楊井は早速このことを政府員に諮ってみた。政府員といっても、波多野金吾や山田宇右衛門といった井上と同腹の者ばかりである。「公使の方とうまく妥協できれば、開港してもよい」という内意で、公使に面会させる都合上、高杉と伊藤をも外艦応接係として、四人で馬関にパークスを待ち受けさせた。

しかしよくよく考えてみると、単独で馬関を開港するなどということは、無謀で矛盾極まりないことである。今まで長州は攘夷の急先鋒であったではないか。幕府が開港しようとしたときにも、非難囂々《ごうごう》であった。第一、朝廷が許しを与えようはずがない。しかし世界の状勢はそれを許さなかったのである。

馬関開港のことは、しかし、ようやく外間に漏れ、その噂が広がり出した。当時、長州藩の武士たち、殊に諸隊の者たちは攘夷論が未だ盛んで、そのために高杉や井上らに対する悪感情も、未だ融和していないときである。そこにこのような風説が伝わったため、彼らはまたしても激昂し、攻撃の声が燃え上がった。

元来、馬関という所は海峡北岸一帯の市街地を総称していたが、その大部分は長府領であって、宗藩の領地となっているのは西の端の一部にすぎず、その中間には清末領もあったのである。軍事的に繁忙なときにあって、その管轄権が錯綜混乱し、百事に不便を感じることが少なくなかった。そのため宗藩にあっては、清末、長府の二支藩に換地を与え、馬関を一手に統轄しようとしていた。しかし二支藩にあっては、馬関は大きな財政源であったため、これを宗藩に譲ることを欲しなかった。

高杉らの開港説が伝わるや、二藩の士人らは、替地論が起こったのは高杉・伊藤・井上の三人が開港を主張していることに起因しているからだとして、激怒するに至った。殊に長府報国隊の隊士らは三人を暗殺しようと謀った。このことが伝わるや晋作は俊輔に告げて言った。

「彼らのような頑なで料簡の狭い連中の中にあって、われわれの志を断行しようとすることは、甚だ困難なことである。しばらく危難を避けて他国に潜伏し、時を見ることにしよう」

そこで伊藤は対馬に行き、そこから朝鮮に渡るつもりであったが、逃げる機会を失って、伊勢屋という船問屋に潜伏した。

晋作はおうのと紅屋木助と共に、船頭のような格好に姿を変えて国を出た。木助は奇兵隊で晋作の執事のような仕事をしている人物であった。晋作らは下関から船に乗ったが、その船で晋作はおうのに、命を狙われているからしばらく他国に身を隠すつもりであると説明した。おうのは馬関から逃げるのだと聞いて、不安がなかったわけではないが、「旦那はん」と一緒にいられるのが嬉しくてならなかった。

三人は大坂に着いた。あるとき晋作はドテラを着込んだなり、一人で市中を歩いていた。そのうち心斎橋筋に一軒の古本屋があったので、ふと立ち寄った。本屋の主人は晋作を胡乱《うろん》な目で見ていた。船頭ふぜいが本屋に入ること自体珍しいことだったからである。本を手に取って見ていた晋作は、しばらくすると言った。

「『徒然草《つれづれぐさ》』は無かろうか」

「はい、奥にございますが、一体あなた様はどうしてそのような本を探しておられるので?」

晋作は「しまった」と思った。ついつい自分の姿《なり》のことを忘れて、安易に書店に入っていたのである。

「いや、なに、近所の御師匠様から、えらく面白い本だという話を聞いているから、大坂に来たついでに買って帰ろうかと思って」

晋作はいい加減なことを言ってごまかした。

「船頭さんにしては面白い心懸けでおますな。まあ、お上がんなさい。実は家《うち》に面白いお方が泊まっておられる。先達てからこちらに出張っておられるのだが、何でも一風変わったことがお好きだから、お前さんのような人を引き合わせたら、さぞ喜ばれるだろうから、ちょっと待ってて下され」

亭主は色々と歓待してどうしても帰そうとしない。その人の名前など晋作が色々と聞いてみると、以前昌平黌《しょうへいこう》で塾頭か何かをしていた知り合いの人らしい。これは大変だと思ったが、晋作は顔にも出さずに言った。

「そんな偉い方にこんな姿《なり》では、恐れ多くてとてもお目にかかることはできません」

晋作は逃げ口上をもうけて辞退したが、亭主はなかなか承知しない。

「いやいや、そんなことを気に止められるようなお方じゃありまへんさかい」

亭主はどうしても帰そうとしない。

「私も羽織の一枚くらいは持っておりますから、そういうお方にお目にかかるのなら、ちょっと船に帰って、すぐに着替えてきますから」

書店の亭主は時間をかせいで、幕府の役人に通報しようとしていたのである。晋作もそのことをいち早く察知して、書店を出ると韋駄天走りに船に帰り、おうのらと共に四国に渡った。

道後に着くと七日程滞在していたが、天下の情勢がさっぱりつかめない。そこで晋作は讃岐榎井《えない》村の日柳燕石《くさなぎえんせき》を尋ねた。ここには有名な金刀比羅宮《ことひらぐう》があって、南海随一の繁華街である。交通の便は船車ともに南北に八達《はったつ》していて、宮参りの客が東西の情報をもたらしてくる。ここにいれば動かずして天下の大勢を知ることができる。

「御尊名は師松陰先生より、とくと伺っておりました」

話してみると、聞きしに勝る人物で、学問詩文などは晋作も及ばぬほどである。二人は一見旧知の仲となった。

実は日柳燕石という人は博徒の親分で、子分が三、四百人もいる。十三歳にして三井雪航という人に詩文を学び、早くから勤王の志篤く、勤王侠客といわれていた。友人知人の多くは賭博をやめるよう勧告したが、このような場合、燕石は口癖のように答えたという。

「なに、詩人が博打《ばくち》を打つと言えば悪かろうが、博打打ちが詩を作ると思えば差し支えないではないか」

このとき燕石四十九歳、晋作は二十七歳であった。燕石は晋作らをしきりに引き止め、「君のためならこの一身を抛って潜伏させせよう」とまで言ってくれた。晋作もこれを聞いて感激し、自身の詩を披瀝した。

日柳柳東、余の狂を愛し、余をして閑居することを得せしむ。終日黙座して旧交を回顧す。

同盟中節義に死す者十に八、九に居る。余生を偸む、実に慨歎に堪えざるなり。聊か小詩を賦して英魂を弔う。

真箇関西志士の魁
英風我が邦を鼓舞し来たる
霊魂識るべし遺憾多きを
猛気猶余す十八回
回先師詩に曰く、猛を振う猶余す十八回

回先師とは松陰のことである。松陰は国のために生涯で二十一回の猛気を奮おうと考えていた。しかし三回の勇猛心を奮ったところで江戸の牢獄へ送られ、あと十八回を残すこととなった。その師松陰が弟子たちに示したものは何だったのだろうか。おそらく、それは彼自身が命をかけて闘ったその志と行動ではなかっただろうか。晋作もまた師の心をわが心として、わが命を抛って闘ってきたのではなかっただろうか。その志を聞いた燕石も大いに感激し、凱歌四首を作ってその雄図を称賛したという。

晋作らは燕石から世話をしてもらって、象頭山《ぞうずさん》麓の松里庵《しょうりあん》下にある寓宅に住んでいた。しかし晋作のことであるから、料亭などへ出かけては芸者を呼んで、どんちゃん騒ぎをする。案の定、一カ月もすると晋作の寓居は捕吏の襲うところとなった。

あるとき、晋作は近くの髪結床に行った。そこで見覚えのある職人が髪を結うてくれたが、あたふたとその場から表へ出た。しかしそのときやっと思い出した。見覚えのあるのも道理、その職人は萩で顔見知りであった。機を見るに早い晋作は身の素性が露顕したのだと悟り、急いで借家に取って返した。すると、表口で晋作の帰りを待っていた燕石の女房が言った。

「旦那、大変でございます。あなたさまの素性がわかり、ただ今、役人が人別調べに来まして、手前の主人も役所へ引っ立てられました。急ぎ御覚悟なされませ」

晋作が家の中に入ってみると、木助もおうのも身の廻りの取り片づけで一生懸命の最中であった。わずかな荷物であったが、晋作が特注で作らせた三味線を分解して背負い、晋作は風呂敷包みを軽々と持って、あり合わせの財布から小粒銀を出して座敷にまき散らし、一同素早く頬冠《ほおかぶ》りをし、尻端折《しりはしょ》り、下駄をつっかけて往還へ出た。小粒銀は琴平参りの者が狼狽して逃げ出したふうに装うたのであった。

晋作は燕石の妻女に言った。

「お世話になり申した。御主人にはまたお会いしたときお礼申し上げる。精々御身お厭いなされませ」

往還に出ると燕石の妻女が子分の一人を道案内につけてくれた。ちょうどそこへ折よく四国遍路の一団がドヤドヤと来かかった。これ幸いと、一同その群れに入り交じって歩いたが、おうのは足弱で手間取るので言った。

「おうの、跣足《はだし》になれ」

皆も跣足になって、晋作がおうのの手をぐんぐん引っ張って走った。

燕石はかねて、このことあるを予想して子分に下知し、象頭山を越え、財田上の村から伊予川の江に迂回し、翌朝、船を傭って長州まで逃げ帰らしめたのであった。

一方、井上聞多は旅費五十両を懐にして馬関から脱走し、豊後の国別府に渡った。おそらくは九州の形勢を視察し、四国を経て漸次京坂地方に赴き、幕府の事情を探索しようとしたものであろう。別府に着くや聞多は半纏《はんてん》に腹掛・股引をはいて土方風に装い、春山花太郎という偽名を使って、若松屋という旅館に泊まり込んだ。しかし若松屋の主人彦七は、聞多が仕事もなく何日も旅店に坐食しているのに頗る疑いを抱いた。

「この客人は土方風の格好はしているが、言葉からして土方ではあるまい。馬関の者ということからしても、きっと長州諸隊の隊長で、戦争で受けた傷の湯治ではないか」

さすがは苦労人、当たらずとも遠からずであった。しかしそのうちに傷の評判が高くなったため、ある日、密かに聞多に忠告した。

「お客さん、あなたは土方ではなく、本当は長州藩のお侍さんではないですか。何か訳あってここに身を隠して湯治しておられるのではないですか。しかし体一面の刃傷、噂も広まっておりますので、万一のことがあってはなりません。同じ身を隠すのなら、破落戸《ごろつき》仲間に入ったほうが安全です。

まさかのときには親分の顔で助かることもありましょう」

聞多は彦七に言われるまま、灘亀《なだかめ》という博徒と親分子分の杯を交わし、破落戸の仲間入りをした。

しかし博徒の常として、ひまさえあれば博打《ばくち》の勝負を争う。文武の道は習っていても、この道はずぶの素人、丁と張れば半と出、半と張れば丁と出る。懐の五十両は瞬く間にとられて、すってんてんとなってしまった。これを知った親分の灘亀は聞多を憐れんで、毎日当たり天保銭一枚（百銭）を支給して、小遣い銭となさしめた。

ある日、聞多が入浴していると、一人の侍が妻と娘を連れて入ってきた。その侍は聞多の体に数カ所の刃傷があるのを見て問うた。

「御身の体の無数の傷は、どこで受けた傷でござるか」

聞多は一瞬ギクッとしたが、何食わぬ顔で答えた。

「これでござるか。こりゃあ仕事のときにひどく怪我をしたものでござんす」

「いや、それは怪我の傷ではなく、刃傷でござろう」

図星をさされて、聞多は一瞬返事に窮した。

「……」

しかしこの場合、真実を告げる場合ではないので、あくまで偽り答えた。

「そう詰められちゃあ仕方ござんせん。口外するも恥ずかしながら、三十四カ所の刀傷、これも誰ゆえお富ゆえというやつでして」

「では姦通でもして斬られなすったか」

「早い話がそういう奴で、友達の嬶《かかあ》と深くなり、お釈迦様でも気はつくまいと、思ったところを押さえられ、斬るの殺すのの大喧嘩、とうとう負けてこんな有様になったというわけでござんす」

「ところでお前さん、生まれはどこでござるか」

「下関で土方稼業を働く下劣《げち》な野郎でござんす」

「なに、下関と。ではこの間、下関では攘夷戦がござったが、知っておいでか」

「もちろんよく知っております。あっしゃあ土方をやっておりますから、台場を築いたり、大砲を運搬したりしておりました。また戦争中は軍夫として働かされ、弾薬糧食などの輸送もやったことがござんす」

「それならば、戦況の詳細をよく知っておられよう。よかったらその話を聴かしてはくれまいか」

そこで聞多は虚実相交えて、面白おかしく話してやった。その侍は非常に喜び、旅館に来て話を続けてくれるよう頼んだ。聞多はこれを快諾し、戦争談を続けた。侍は聞多の快活な為人《ひととなり》が気に入って言った。

「某は明日の朝から鉄輪《かんなわ》に転浴するつもりでござる。もし支障がなければ、某と一緒に来てはもらえまいか」

聞多は特にやるべきこともなかったので、喜んでこれを承諾し、翌朝またその旅館に行った。するとその従者が天秤棒と荷物を持ち出して、それを聞多に担わせようとした。聞多は大いに驚いたが、土方稼業と言った手前これを拒むこともできず、その荷物を肩に担ぎ、三里ばかりの山路を鉄輪までついて行った。しかしその重量は十四、五貫もあり、そのため肩が腫れ上がり、頗る苦痛を感じた。三、四日して暇を請うたが、その礼金はたったの三歩であった。

別府に帰った聞多は依然博徒の家に寄食していたが、ある日、馬関より急使が来て、伊藤からの書翰をもたらした。それによると、「桂小五郎も但馬《たじま》から帰っている。長府の暗殺団も長府藩が厳重に言い聞かせて取り締まっているから安心して帰られよ。高杉も迎えにやるからお互い頭を集めて軍備の相談をしよう」とのことであった。

三十五

西郷は幕府に愛想を尽かした。幕府を見限った。これよりは天下動乱の世となり、ついには幕府が衰亡してゆくことを予見し、密かに喜びさえもした。かつては幕府を助けて長州を叩き潰そうとしていた西郷がである。西郷は将軍やそれを取り巻く幕吏たちが時勢に疎く、慢心に侵されていることを見てとった。俗論党を倒し、藩論を統一した長州は、そうやすやすとは幕府の命令には従わないであろう。そうなれば必ず幕府は長州へ再征伐の兵を向けるであろうことを西郷は予見した。

案の定、元治二（慶応元）年四月十八日、幕府の閣僚は所司代に命令を下し、五月十六日をもって将軍自ら長州征伐に進発することを奏上せしめた。その文は次の如くである。

毛利大膳父子はじめ御征伐の儀、先だって塚原但馬守・御手洗《みたらい》幹一郎をもって仰せ遣わされ候御趣意相背き候わば、急速御進発遊ばさるべき旨先般仰せ出され候ところ、いまだその模様は相分からず候えども、容易ならざる企てこれある趣に相聞こえ、更に悔悟の体もこれなく、且つ御所より仰せ出され候趣もこれあり、かたがたもって御征伐遊ばさる旨仰せ出され候。これにより五月十六日御進発遊ばさる旨仰せ出され候あいだ、その意を得伝奏衆《でんそうしゅう》へ相達せられ、一橋殿・松平肥後守並にその他の面々、林肥後守・奈良奉行へも達せらるべく候。以上。

四月十八日

幕府の閣僚たちは一戦をも交えることなく長州に謝罪せしめたのを見て、長州与《くみ》し易しと自惚れてしまった。幕府の俗吏たちは尾張大納言徳川慶勝の長州に対する処分に、甚だ不満をもった。殿中で刃先《きっさき》三寸抜いただけでも、切腹に家名断絶は当然である。まして や皇居に向けて大砲を放つような逆賊である。これでは到底、長州を懲らしめるには足らない。しかも長州が降参した今こそ、幕府の威信を回復せしめる絶好の機会である。にもかかわらず慶勝は西郷吉之助の差し金通りに動いただけで、幕府の意向は何ら実行されておらない。長州処分は新たにやり直すべきである。幕府の閣僚たちはそう考えた。

しかし一旦兵を収め解兵しておいて、さらに再征伐するとなると、それなりの名義がなければ諸藩も納得しないし、朝廷の許可も得られない。幕府は種々に口実を考えた。その結果、安芸・龍野・大洲・宇和島の四藩に毛利父子を縛ってくるように命じ、もし長州がこれに応じないときには、幕府の命令に従わぬからこれを討つより仕方がないという名義をもって再討伐の理由とし、勅許を得ようとしたのである。しかし四藩の方ではその任に当たることを欲せず、密かに相諮って幕府に答えた。「毛利父子の召致の如きは、われわれ小藩の力をもってよくなし得るところではない。むしろ将軍の大坂への到着を待って大計を定めるには若かず」と。要するに、もっともらしい理由をもうけて、その責任を逃れたのである。

そこで幕府ではこれを尾張前大納言慶勝に命じたのであるが、慶勝もこれを婉曲に断ってきた。次には慶勝の実弟である徳川玄同に、長州再征の先手総督たるべく命を下した。そこで幕府は前に掲げた「容易ならざる企てこれあり」という命を所司代に下したのである。

しかし驚いたのは朝廷である。「御所より仰せ出され候趣もこれあり、かたがたもって御征伐遊ばさる旨仰せ出され候」と書かれていて、あたかも朝廷からの命令を受けて長州の再征伐に出かけるように、この奏上文には書かれている。しかし朝廷ではまだ長州処分の評議さえもしていなければ、朝命を下してもいないのである。毛利父子はすでに罪に伏したからこそ謹慎して、三家老の首を差し出したのではないのか。「容易ならざる企て」とは何を指すのか。「御進発」とあるが、朝廷では将軍に上洛せよとの命は伝えたが、未だ長州征伐に進発せよとの御沙汰は主上より承ってはいない。朝廷に相談もせず、将軍が専横を恣《ほしいまま》にするようでは、長州よりもまずは将軍の罪を糺さねばならないとの怒りの声が高まった。そこで朝廷ではついに君前会議が開かれることとなった。

主上は小御書翠簾三重の奥まで出御《しゅつぎょ》され、小御所下段には二条関白・徳大寺内大臣・近衛右大臣、正親町三条実愛大納言、中川宮・常陸宮・議奏・伝奏たちが列座し、幕府側からは一橋慶喜・松平肥後守容保・松平定敬が召された。

まずは二条関白が如上の不審を問い質された。これに対して幕府側は恐る恐る答えた。

「ただ今かれこれと幕府の議論を難問ありなされまするると、たちまち上洛も何も断然ヤメということに相成りましょう。そうなれば天下は救うべからざる形勢と相成りますれば、何とぞ何とぞ、御憐愍をもって、ただ今はどのように江戸の役人どもが失礼なる書面を差し上げましょうとも、御頓着なく、老中どもが大坂に着いた上で召し寄せられるか、大樹の上洛を待って万事親しくお尋ねになって、寛仁大度の天慈を示されるべきかと存じ上げます。何分何分、江戸にあっては疑いを深め、何か事が起こって、上洛も上坂もヤメにしたいというのが大小官吏の見込みであります。それゆえ、その術に陥らないように致したく、目出度く大樹公さえ上坂上洛ということになりますれば、公武合体、皇国の基本も相立つべきかと存ぜられます」

幕府側はさらに続けた。

「また、長州征伐と称せず、上洛ということになりますと、江戸にあっては御供を致しましょうという臣下もおりません。供の者がなくては上坂も上洛もできません。よんどころなく『長州長州』と陣触れに相成りますれば、群臣たちはわれもわれもと御供を願い出るようになりましょう。実のところ、山城・摂津・播磨のうちに在陣し、万事は謀臣どもが処置することと相成りましょうが、臣下の気に入るようにしなければ行われず、よるなくこのたびのような公命となった次第であります」

かくて「進発」という言葉は一時的に許すこととし、大樹（将軍）上洛の上是非を明らかにすべしという朝廷の寛大な御沙汰が下りた。そこで朝廷では大樹公が上洛参内したときに、「防長処置は、滞京して評議を遂げ、公平無私の処置振りを言上すべく、また征伐は国家の大事なれば、軽挙すべからず」との宸翰を下すことにした。

五月十八日、朝廷では一橋・会津・桑名を召し寄せられ、その旨を伝えた。ところがこれに会津が反対の意を唱えた。

「今般将軍が上坂することとなりましたのは、専ら長州征伐のためであります。然るに『滞京』云々とか、『軽挙すべからず』などと仰せられては、あたかもそれを停止せられているのと変わりありません。これではこのたびの幕府の決議に対して、大きな食い違いが生じてしまいます。それでは幕府の官吏らがいかなる粗暴のことを言い出すか分かったものではありません」

「しかもそれだけではなく、今度将軍が御進発なされたのは、以前よりわれわれがしばしばお勧め申し上げてきたからであります。それを上洛された際に、そのようなことを申し上げては、一橋や会津・桑名は将軍を誑かして誘い出したこととなり、こちらとしては甚だ迷惑に存じます。

ですので将軍が御所へ参内されるときには、何事もないようにすませていただきとう願います。ただ大樹公が大坂へ下られた後は、われわれ一橋殿や会津・桑名も大坂に赴いて、長州征伐については公武合体・諸侯同意にあらざれば行われ難いとの勅意を説いて、必ず軽挙なさらないよう周旋致しましょう」

これを見ても分かるように、長州征伐を最も強く押し進めていったのは、幕府の官僚と一橋・会津・桑名の親藩であり、尾張・安芸・薩摩、また幕府の親藩である因州・備州さえ反対を主張し、征伐の名分なしという意見であった。

一橋・会津・桑名の主張に対し、朝廷では二条関白が答えた。

「一橋・会津・桑名の迷惑も気の毒ではあるが、このたびのことは天下の大事に関わることであって、すでに宸翰を下されることに朝廷では決定していることである。それを一橋・会津・桑名が迷惑するからといって、軽々しく変更できるようなものではない」

この日はこれで終わったものの、会津はなお不服を唱え、十九、二十日の二日間、二条関白にしきりに請願して、ついに宸翰を勅語に、滞京を滞坂（すなわち大坂に留まって）に変更してもらうことにした。

これはどういうことかというと、宸翰とすると後に文書としての証拠が残ることになり、また変更もきかない。会津や幕府ではこのようなものがあったのでは甚だ不都合である。また滞京を滞坂に改めたのは、将軍が京都にあって議論に関わっては意見は四分五裂となって、到底幕府の思惑通りに事を運ぶことはできなくなってしまう。幕府の思惑とはもちろん長州征伐の断行である。そこで滞京を滞坂に変更してもらったものであろう。

当時幕府にあっては、一戦を交えることなくして長州に頭を下げさせたことに気を良くして、甚だ鼻息が荒くなっており、長州征伐は卵を潰すが如くに考えていたという。しかも幕府では長州征伐だけではなく、もっと大掛かりで、計画だけは壮大なことを企てていたのである。このことについて越前の松平春嶽は『逸事史補』に次のように述べているという。

「幕府では長州征伐は卵を潰すが如く、速やかに勝利を得るであろうと思っている。しかも今回、長州征伐に異を唱えた薩摩や土佐をはじめ、尾張・越前・肥前・筑前・因州・備州といった藩は、口には勤王を唱えていても、幕府が倒れるのを待って幕府を乗っ取らんとする悪藩である。ゆえに長州征伐の余勢をもって、これらの悪藩をも征伐するつもりである。この越前も幕府の呪いから逃れられるものではない。何とも幕府の愚昧なることは、自ら亡びる墓穴を掘っているようなものである」

かくて五月二十二日、ついに大樹の上洛参内となった。しかし会津の請願が功を奏したものか、主上よりの宸翰もなく、難しいことを仰せ出されることもなく参内はすんだ。その後、二条関白は会津などを召し寄せられ、「以前より申していたように、将軍が大坂に下られれば、一橋・会津・桑名も代わる代わる大坂に赴きあって、長州の処置については慎重に対処し、必ず軽挙なされぬように説得願いたい」と仰せられた。ところが会津の答えはこうであった。

「周旋は致しますが、今日のような激しい状況となりましては、それも行き届くかどうか保証の限りではありません」

意外な返事を受けた関白は言った。

「これは異なことを申さるる。そもそも御身たちから、公武合体のため尽力しているところでありますから、何とぞ朝廷からは一切御沙汰なく、一橋・会津・桑名の周旋にお任せあれと言われたではないか」

そこで一橋・会津などは渋々大坂へ下ったが、城中の評議は轟々然としてまとまらなかった。特に幕府の旗本たちは幕威の衰勢を歎き、長州まで攻め込んで毛利父子を血祭りにし、仮借すべきでないと主張する。これを見ても幕府旗下の臣たちが、会津・桑名よりもさらに鼻息が荒かったことが分かるであろう。

六月二十三日、幕府は長州徳山藩主の毛利淡路守と岩国藩主吉川監物を大坂に召し寄せるべく芸州の浅野茂長に命じた。これは以前、毛利大膳父子を縛ってくるよう安芸・龍野・大洲・宇和島の四藩に命じたが、体よく断られたために、それに代わる処置に出たものであった。これもまた、命令に従わなければこれを名義として長州を征伐するための勅許を得ようとしたものであった。

これに対して長州では、あくまで哀訴歎願の態度をもって婉曲に拒絶した。なぜなら長州ではこのときにはすでに武備恭順に藩論を統一し、正義を貫き、死を決して防戦せんとしていたからである。

しかし幕府では執拗に毛利淡路守と吉川監物の大坂召致を命じてきた。すなわち、八月十八日、幕府では二人の大坂への召致を命じ、もしも二人が病気のときには、長府藩の毛利左京亮と清末藩の毛利讃岐守及び宗藩の老臣が大坂に来るよう芸州を通して命じてきた。

もちろん長州ではこれも歎願書をもって婉曲に拒絶した。しかしこうなってはお互いに根比べとなった。幕府では朝廷の勅許を得ようとして、長州に曲名《きよくめい》を負わせようとする。長州は長州で朝廷や諸藩の同情を集めようとして、幕府に非を重ねしめようとした。

三十六

こうした中、将軍家茂《いえもち》は長州再征の勅許を得るため、九月十六日、再び大坂から京都に入った。ところがこの同じ十六日、突然外国公使らを乗せた艦隊が兵庫港に乗り入れ、幕府の閣老に面会を求めた。九月二十三日、老中阿部豊後守は兵庫に赴き来意をただすと、公使らは条約の勅許と兵庫の開港とを即時に許可するように迫った。

これはどういうことかといえば、そもそも安政五年の江戸条約によれば一八五九年七月（安政六年六月）に神奈川・長崎・箱館の三港を開港し、一八六〇年一月（安政六年十二月）新潟を開港し、一八六二年一月（文久元年十二月）には江戸を、一八六三年一月（文久二年十一月）には大坂と兵庫を、それぞれ開港するよう締結がなされた。

ところが京都は攘夷説の中心であり、京都に近い大坂・兵庫を開港することは朝廷が許可するはずがない。かくて幕府は外国側と朝廷との板挟みの状態に陥った。そこで閣老安藤対馬守は新潟・江戸・兵庫・大坂を開港することを延期すべく欧洲に使節を派遣し、また自身も英国公使オールコックらと談判し、ついに五カ年間の延期を承諾せしめ、一八六八年一月（慶応三年十二月）をもって開港することにした。

このように安藤と英国側で相談の上、合意がなされていたにもかかわらず、英仏米蘭の四カ国の公使らは慶応元年九月十六日をもって兵庫に入り、このように面会を求めてきたものであった。

そもそも彼らの言い分によると、幕府はしばしば条約に違背するゆえに信用できないのである。条約各国は上記四港の開港延期を取り消し、最初に締結した条約通りに開港せんことを要求する。ところがこれに対して江戸にある幕府の閣僚は確たる回答ができないゆえ、われわれはこの兵庫に来て将軍及び側近たちに向かってかく要求しているのである。そしてもしも、将軍及び側近の者たちもこの要求を受け入れることができないというのであれば、幕府にはその決定権がないものと見なし、われわれは直接京都に赴いて朝廷にこの要求をなすつもりである、というのである。

そもそもこの当時、政治の実権は幕府にあったのか、それとも朝廷にあったのであろうか。おそらくは曖昧であったに違いない。幕府の側から言わせれば、政治は一切挙げて将軍家に御一任するという誓約がある以上、天下の政治は全て江戸の幕府で決裁するのは当然である。ところが朝廷では将軍に一任すると言いながら重大な問題が起こると、天下の諸侯を集めてその意見を聞くべきであるとし、ひいては政令が朝廷から出るということにもなる。これでは到底、御一任とは言えないではないかと。

これに対して朝廷では、一任は一任に相違ないのであって、重大な案件については多くの場合、京都にいる一橋慶喜と相談して決定を下している。しかし天下の重大事については諸侯の意見を聞き、朝廷と幕府が一致協力して処置すべきものである。例えば開港問題の如き、あるいは征長問題の如きがそれであって、幕府の独断で決定されては迷惑である。

結局、幕府と朝廷の意見の相違はどこに起因していたのであろうか。おそらく、幕府にあっては幕威回復にのみ汲々としていたのに対し、朝廷では国家のために計ろうとしていたのである。ここに幕府と朝廷の意見が対立した根本的な原因があったのではなかろうか。

一説によると、外国公使らがこのような示威運動に出たのは、幕府を苦境に立たせて、密かに長州を応援するためであったともいう。しかしこれには確固たる証拠があるわけではない。ただ結果的にそうなったことは確かである。幕府はその中心に向かって一大痛棒を加えられ、長州はこれによって十分に幕府を迎え討つ準備を整えることができた。ただ、外国側が日本の開港を強く望んでいたことも確かである。

九月二十三日、外国公使らの要求に対して、老中阿部豊後守は京都における事情を縷々《るる》説明し、その延期を請うた。しかし彼らは頑として聞き入れない。ついに三日後の二十六日をもって、決定の日とするのやむなきに至った。

二十四日、豊後守が将軍に謁を請うてこのことを告げると、将軍は大いに驚いた。と同時に将軍は公使らに延期を請うたが、受け入れない。公使らは兵庫開港の目的を達しなければ、決して退去しないとの決意を示した。ここに将軍家茂は大いに驚き、京都にいた一橋慶喜・松平容保に急遽大坂に来るよう急使を送った。

ところがこの二人が大坂に到着する前に、英国公使らの要求を許容せねばならない事態となった。

というのは、公使らは兵庫開港のことにつき、即時に承諾せられないのであれば、京都に乗り込んで直接朝廷に談判するつもりであるとし、もしまた朝廷においても承諾が得られないのであれば、砲煙弾雨の中に事を決せんのみである、と。

豊後守は数日間の猶予を請うたが一切聞き入れない。寸刻を過ぎても平和が破られるような状況であった。かといって即答できるようなことでもないので、一日限りの猶予を承諾せしめ、大坂に帰って評議に及んだ。しかし到底、朝廷の裁許を仰ぐ時間はない。もし朝廷の裁許を得ようとすれば、一日や二日で朝廷の許可が得られようはずがなく、勢い干戈《かんか》を交えるしかなくなってしまう。そうなると幾万の生霊に禍害を及ぼすこととなってしまう。豊後守は自分一人が腹を切るつもりで、やむなく決答を与えるために松平周防守を兵庫に遣わし、外国公使らに承諾の旨を申し入れた。

しかしこの日、大坂に入った一橋慶喜は、このことを聞くや大いに驚いて言った。

「いかに切迫した申し立てであるからといって、朝廷の裁許も経ずして承諾を与えたとあっては、戊午《ぼご》（安政五年の日米通商条約）の先例もあることである。朝廷と幕府はたちまち文久以前の状況に後戻りしてしまうこととなろう。それに列藩も決して承服しないであろう。よってただ今からすぐに諸有司を城中に召集して再評議すべきである」

再評議の結果、外国公使らを説得して決答の日限を延ばし、その間に勅裁を得よう。ついては松平周防守を急いで召し帰そう、ということになった。

ところが阿部豊後守らが独断で開港を承諾したという情報は、会津の肥後守容保を通じて早くも朝廷に伝わった。朝廷側の驚きと怒りは非常なもので、阿部豊後守とこれに同意協力した松前伊豆守に改易・切腹を申し渡した。

しかしこのことが大坂城中に伝わるや、百雷が一時に落ちたかの如き観を呈し、その驚愕と狼狽とは非常なものであった。本来、幕府の役人に対して朝廷が罷免懲罰するなどということはありうべからざることであって、いかに幕威が衰えたとはいえ破天荒のことであった。そこで幕府にあっては断然将軍職を辞してこれを一橋慶喜に譲り、江戸へ帰ることにした。

幕府としては朝廷からこれほどまでに幕府の分内に干渉されては、所詮将軍職は有名無実であるから、この際思い切って将軍職を辞したほうがよいと考えたのである。将軍家茂は辞職の理由として、「幼弱不才」にして職掌を全うすることができず、そのために「胸痛強く鬱閉」したためとしているが、朝廷に対する憤懣の情が然らしめたのである。

しかし将軍が辞職して江戸へ帰るということを聞いて驚き慌てたのは一橋慶喜である。「これでは取り返しのつかない大事に至ってしまう」と考えた彼は、急遽将軍を追いかけた。十月四日未明の頃、慶喜は伏見に入った家茂にやっと追いついた。慶喜は早速将軍に謁を請うた。すると若年寄が出迎えて彼の佩刀《はいとう》を執ろうとした。これは将軍に対する礼儀であったから、慶喜は「そのような戯れをして、どうするつもりか」と言ってこれを制止し、将軍に謁見した。しかし見たところ少しも病気とは思われない。

「拝見しましたところ御病気とは見受けられませんが、いかなる病気であらせられますか」

「どこにも病はないが、年寄りどもがそう申せと言うたのじゃ」

将軍は正直に答えた。

「畏まりました」

慶喜はそう答えると、そこを出て、老中たちに詰問した。

「なにゆえ、かかる処置に出たのか」

「何分われわれは微力で、兵庫開港の勅許を得ることができず、かといって外人の要求も甚だ急のことで、将軍職をあなた様にお譲りするよう勧め奉りました」

「では某ならば事をしおおせると思うたか」

「あながちそのように思い定めたわけではありませんが、あなた様ならば、何とか取り計らって下さるのではないかと思ったのです」

こうなると慶喜もどうにかして結末をつけなければならないと考え、身命を賭して今一度朝廷に歎願しようと決心し（将軍には上洛して二条城に留まられるよう申し上げ）、直ちに京都へとって返した。

一方、朝廷にあっては、将軍家茂が勝手に職を辞して江戸に帰ろうとしたことに驚き、その行為を「朝廷を軽んずるものであり、臣下のとるべき作法にあらず」として、頗る心証を害した。

そのようなとき慶喜が京都に帰って、主上及び国事掛らの出席を求め、条約勅許及び兵庫開港のやむを得ざる理由を述べ、あるいは国家の利害を説き、あるいは嚇《おど》しつつ賺《すか》しつつして論弁を尽くした。

しかし、このことだけは関白以下、頑として肯《がえ》んじようとしない。果てはそのまま退去されようとする気配となった。このとき慶喜は色をなして言った。

「某不肖ながら、多少の人数の者がおります。このような国家の大事を余処に見て、退散せられるようなことがあっては、このままには済ましませぬぞ」

その気魄に押されたのか、関白らもやむを得ず席に戻った。このとき扈従していた小笠原壱岐守も慶喜を助けて言った。

「尊公らがあくまで固執せられるのであれば、今に皆ちゃんちゃん坊主となられましょうぞ」

小笠原壱岐守は幕府の威力を以て、廷臣たちを退穏謹慎せしめるぞと脅したのである。慶喜はその失言を制しつつ言った。

「これほどまでに申し上げても御許容なされないのであれば、某は責任をとって屠腹致しましょう。某の一命はもとより惜しむには足りませぬが、某がもし命を捨てるようなことがあらば、家臣どもは各方《おのおのがた》に対して、どのようなことを仕出かすかも知れませんぞ。その御覚悟がおありであれば、御存分になされるがよい」

こう言い捨てるや、今度は慶喜が座を立った。

さすがに恐ろしくなったのであろうか、「しばらく」と言って関白らが退座するや、何か評議を始めた。やがて伝奏・議奏の両人が出座して、条約勅許の御沙汰書が渡された。しかし兵庫の開港についてだけは、どうあっても許されないとのことであった。慶喜は考えた末に「御沙汰書に、『条約の義、御許容あらせられ候間、至当の処置致すべき事』とあるを幸い、兵庫開港御差止めの廉《かど》は、しばらく曖昧にしておき、外人がもし御沙汰書の文書を詰れば、『条約が勅許され、至当の処置致すべしとある上は、兵庫の開港は勿論である。開港を承諾しなければ、至当の処置とは言えない。しかし一方に兵庫の開港御差止めとあるのは、未だ期限が来ていないからである』と弁解し、ひとまずこの局を結ぶこと」にした。

三十七

将軍家茂が征長の勅許を得べく、大坂から上洛した九月十六日、外国艦隊が兵庫港に闖入した顚末は以上の如くであった。

しかし幕府では、こうした中にあっても征長のことは征長のことでその勅許を得べく請願を繰り返し、九月二十日、廟議が開かれることとなった。一橋慶喜や松平容保は、毛利が異心を抱き外人から武器を購入したことをあげて、討伐の必要を主張する。薩摩では親戚である近衛内大臣忠房に頼って、長州征伐はその名分に欠けることを主張して反対せしめる。正親町《おおぎまち》三条実愛《さねなる》もしきりに征長の非を論じる。段々紛々として紛糾し、この日の評議は徹夜となった。しかし中川宮や二条関白が幕府側の意見に賛成したことから、長州征伐の勅許を下されることに内定した。そこで翌二十一日、将軍は勅許を得るために参内した。

ところがこのことを聞いた薩摩の大久保一蔵は、この内定を覆すため、二条関白らの所へ押しかけ、猛烈にその非を鳴らした。

「朝廷では長州に対して寛容な処置をするように言ったのにもかかわらず、幕府では中正穏当な処置をなそうとしていた尾張の老公を疑い、その処置をとりやめて新たに毛利父子を出府せしめ、五卿を江戸へ拘致するという暴命に変え、ついには長州へ進発することとなりました。

しかもその理由は最初の理由とは異なり、人を海外に派遣し、兵器を購入し、密貿易をなすという三つの新たな罪状で、第一次長州征伐の結末をつけるというものではありませんでした。これではまったく幕府の私闘と言わざるを得ません。一旦長州は罪に伏したとはいえ、素直に首を差し出すとは思えません。

もしも朝廷が征長の勅許をお与えになる場合、天下の諸侯たちがこれに反対し、出兵を拒んだならば、朝廷はこれに対していかなる処置をなされるおつもりであられまするか。多くの大名たちを共に朝敵として討伐なされるおつもりでしょうか。そもそも今日天下内外の混乱は、幕府がその措置を誤りたるより生じたものではありませんか。だからこそ長州に対しても、寛大の処置をとろうとしたのではありませんか」

このように大久保は理を尽くして説いたので、幕府寄りの二条もさすがに口を閉ざしてしまった。

そしておもむろに言った。

「しかし昨日も一橋・会津・桑名の同意をもって、勅許の御内定となったところである。もしも勅許を与えないとなれば、たちまち混乱を生じることは目に見えておる。いかがすればよいものか」

　こういうと関白は深く頭を抱え込んでしまった。

　しかしこのときすでに将軍は参内し、施薬院で二条関白の参内を待っていた。一橋慶喜・松平容保、それに桑名藩の松平定敬《さだあき》らは、関白が遅々として参内されないのを怪しみ、使いの者を伺わせると、まさに大久保が関白に進言の最中であった。

　このことを聞くや慶喜は激怒して言った。

「国政の重任にありながら、匹夫の議論に動かされて、参内の時刻に遅れ、しかも軽々しく朝廷の決議を変更しようとするとは奇怪至極である。こうなっては将軍を始め、一同職を辞するのみだ」

　しばらくして、ようやく関白が参内し、山階宮《やましなのみや》（中川宮の弟）・賀陽宮・近衛内大臣と共に慶喜・会津の容保・桑名の定敬に対面した。山階宮や近衛内大臣は内定を覆そうとしたが、慶喜らは頑として決議を変えず、叡慮もその意を御許容あったため、ついに薩摩の諫争は行われることはなかった。幕府では何かあると辞職するという。朝廷では今辞職されると兵庫に闖入《ちんにゅう》してきた外艦の処置がつかなくなり、その恐怖もあって、ついに征長の勅許を下すこととなったのである。幕府は朝廷より無理やり勅許を奪い取ったのである。

三十八

　すでに述べた如く、薩摩はすでに幕府を見限っていた。しかも幕府の閣僚たちは、長州征伐の余勢をもって、幕府に異を唱える薩摩・土佐・越前などの悪藩をも征伐せんとの意図を持っていることも、西郷らには分かっていた。したがって薩摩では長州や他の雄藩との連合が必要であることも感じていた。しかし薩摩人は咽から手が出るほどであっても、自ら身を屈して他の歓心を買うが如きことは容易にこれを肯《がえ》んじなかった。

また長州は長州で、いかに切迫した状況であるとはいえ、会奸薩賊と言ってきた怨敵であり、薩摩には堺町門の変や蛤門の変などでひどい目に遭わされている。

ところが、ここにこの敵同士の国を連合させようという者が現われた。それが土佐藩の郷士である坂本龍馬と中岡慎太郎であった。彼らは幕府を倒すには長州と薩摩が力を合わせることが必要であると考えていた。折も折、最近になって薩摩が長州と手を結びたがっていることを察知した。そこで彼らは大いにその斡旋に乗り出そうとしたのである。彼らは常々薩長両藩を握手せしめることを語り合っていた。そのためには西郷と桂を会見せしめることだという意見で一致していた。というのも、薩摩といっても一藩を代表して内外に働いていたのは西郷と大久保である。また長州では多士済々であるとはいえ、大局を洞察した経綸の持主は桂であり、多くは桂の指導に従っていたからである。

慶応元年五月二十三日、坂本は鹿児島から太宰府に着いた。太宰府にあった三条実美ら五卿を通して、長州に働きかけようとしたのであった。ところがたまたま長州からは小田村素太郎・児玉若狭・時田少輔らが五卿の見舞いに太宰府に来ていた。坂本はこれを絶好の機会として彼らの旅館を訪ね、詳しく薩摩の事情を語り、大いに薩長連合の必須なる所以を説いた。

小田村らは帰藩するやこのことを告げ、薩摩の西郷吉之助らが長州のために尽力するところあらんとする旨を報じた。そこで長州では桂を始め井上聞多・高杉晋作ら四、五人が小田村らの話を聴取し、種々協議をした。高杉は西郷ら薩摩藩の反覆常なきをもって異を唱えた。桂は薩摩を怪しみながらも、連合の必要を痛感し、このことを藩政府に報知してその意見を聞くことにした。

藩政府では、現今薩摩は種々の取沙汰がある上、いかにわが藩が四境から来り迫られている状況であるからといって、こちらが萎縮し今まで敵視してきた薩摩に身を屈して、その尽力を請うことなどできないとの意見であった。そこでこの話は一旦それなりになってしまった。

しかし坂本はこれであきらめることなく、是非とも薩長連合の実現を見るべく、同藩の安芸守衛と共に、桂と会見するつもりで下関へとやって来た。しかしこのときには桂はすでに山口に帰っていたため、藩主の許可を得て坂本と会見すべく下関へと赴いた。下関では坂本の他に土方楠左衛門という三条実美の側近と会った。二人の話によると、来る五月十日前後、西郷が蒸気船で上京の途中、下関に来るという。ついては西郷と会見して欲しいというのである。

桂と坂本は西郷が下関に来るのを首を長くして待っていた。しかし数日しても西郷は来ない。二十一日になって中岡が漁船に乗ってやって来た。坂本が喜び迎えて言った。

「西郷はどうした。一緒に来たか」

中岡は大息して言った。

「自分は土方と別れてから鹿児島に行き、西郷に説いてようやく納得させ、十五日に鹿児島を出て、十八日佐賀の関まで来た。しかし西郷はこれから先は馬関に来ることを承知しない。そして言うには、『幕府が二度目の長州征伐をするということは、無謀も甚だしい。これは無名の出兵である。前の長州征伐のときには薩摩も出兵し申したが、今度は出兵するには当たらない。それにつけても、関白を始め朝廷の人々がしっかりしていてもらわなければ困る。ついては桂との会見も大事ではあるが、このことがより大事であるから、あらかじめ朝廷の議論を固めておかねばならぬ。一刻もじっとしてはおられぬ。早々京都へ上らねばいけぬ』と」

中岡は是非ちょっとでもよいから桂に会ってくれるように勧めたが、西郷は「今度はやむを得ない。いずれまた会う機会もあろう」と、そのまま上京した。

坂本も大いに失望した。坂本は中岡と二人でこのことを桂に告げると、桂はむっとして怒って言った。

「それ見給え、僕は最初からこんなことであろうと思っていたが、果たして薩摩のために一杯食わされた。もうよろしい。僕はこれから帰る」

坂本らは「まあまあ」と桂を止め、百方陳謝して言った。

「君の顔の立つようにするから、この後のことはわれわれ二人に任せてもらいたい」

「それならこの後、薩摩のほうからわが藩に使者を寄越して、和解のことを申し込まれたい。そうしないときには、わが諸隊は必ず反対するで御座ろう」

その後、坂本と中岡は再び長州に来て、桂に薩長和解のことを促した。この頃、長州では大村益次郎の建言に従い、兵勢を一変するため、新式の小銃一万余挺を買い求めようとしていた。しかし長州では謝罪謹慎中であったから、それができない。そこで桂は坂本らに説いて言った。

「現在、長州は四方皆敵である。しかして薩摩は前日に異なり、天下のために働こうとしているという。もしも君らの言っていることが本当ならば、薩摩の名義を貸してもらいたい。今われわれが困っているのは武器の購入である。薩摩の名義を借りて、汽船と鉄砲を一万挺ばかり買い入れてもらいたい」

「それはよい思いつき、一石二鳥じゃ。長州では汽船と鉄砲が手に入り、しかもそれで薩摩と長州が旧怨を洗い流すことができる」

坂本らはこのことを快諾し、ついに井上聞多と伊藤俊輔を長崎に派遣して、汽船一隻と小銃七千挺を買い入れることとなった。坂本と中岡は直ちに西郷に名義のことを相談するため、京都に上った。

すでに述べたように、この頃、将軍家茂は征長の勅許を得べく上洛し、外国の軍艦が兵庫港に闖入したどさくさに紛れ、朝廷に強談して守備よく勅許を下してもらい、九月二十二日、大坂へと帰った。一方、西郷は外艦闖入の非常に備え、かつ征長反対の藩の主張の後援となすため、藩兵若干を率いて京都にあった。

坂本らは上京するや西郷に会い、名義借用のことをもって薩長和解のことを説いた。薩摩藩では頗るこの案に傾いた。しかも薩摩では上京後の糧食が欠乏しつつあったが、このことを公表することを恐れ、坂本を通して長州に依頼した。

坂本は直ちに京を出て、小田村素太郎と共に山口に行き、西郷ら薩摩の意向を長州の政府員に語った。山口の藩政府では再征勅許など京・大坂での情勢を聞き、かつは驚き、かつは恐れ、早速にもこれを了承し、馬関倉庫の在米で不足であれば吉田村倉庫の備蓄米をもって補足するよう桂に命じた。もっともこのことは坂本からの突然の話であるから、疑おうと思えばいくらでも疑える。禁門の変では因州に煮え湯を呑まされた経験もある。しかし藩政府も坂本が薩長の融和に尽力していることもすでに知っており、また藩主同士が親和の書状を交換したりもしているので、糧食の応援もさらに疑うことはなかった。

坂本は薩摩の兵粮米の請求を長州が快諾し、薩長同盟の可能性があることを認識して喜んだ。そこで坂本は急いで帰京するや、このことを薩摩藩邸に報告し、さらに同盟結成を実現せんものと種々考慮をしていたが、十二月になって鹿児島から黒田了介が上京してきた。坂本は黒田とも相談したが、同盟実現のためには、桂と西郷の会見が必須であるとの意見で一致した。このとき黒田は、「おいどんが長州まで乗り込んで、桂を引っ張って京都まで連れて上ろう」と言って、坂本の同伴を求めた。坂本は喜び、黒田と共にまた長州へやって来た。このとき桂は山口にあったが、即日馬関へ来て黒田と会見すると、上京を勧められた。

桂はこれには容易に承知しなかった。もとより薩長同盟に反対なのではない。しかしこちらからわざわざ上京し、頭を下げて頼むというのは忍び難い屈辱を感じたのである。しかも奇兵隊の連中は未だ薩摩を敵視している連中ばかりである。かといって現在の長州の難局を乗り切るためには、薩摩との連合がほとんど唯一の方法である。

坂本を始め高杉も井上も、この機会を逃さず、是非とも上京するよう勧めた。殊に井上は小松帯刀に連れられて鹿児島に行き、歓待優遇され、薩摩の真情に触れていたので、これを強く勧めた。

「この際、諸隊の隊長たちも、一度薩摩の実情に触れさせておくことが、前途において必要である。ついては諸隊から四、五人連れて行ってはどうか。僕が山県に会って頼んでみよう」

これには桂も同意し、どうにかこうにか京都へ行く気になった。

慶応元年十二月二十七日、桂の他、諸隊からは三好軍太郎・石川小五郎・品川弥二郎ら三人を同伴し、三田尻から出帆した。これは藩内にも極秘の会合であるから、途中播州で船を更え、大坂湾に至って、天保山外に繋泊していた薩摩の蒸気船「春日丸」に乗り移り、京都二本松の薩摩藩邸を目指した。天王山のもとを過ぎたときには、桂はさすがに禁門の変の往時を想起して涙が流れた。

天道未だ知らず是か非か
陰雲四塞して日光微《かすか》なり
我君《わがきみ》の邸閣《ていかく》看れども見難し
春雨涙の如く破衣に満つ

明けて慶応二年一月八日、一行は京都の薩摩藩邸に到着した。桂は国産の鍔《つば》大小を西郷と桂右衛門に贈った。小五郎らは到着するや下へも置かれず、山海の珍味を集めて優待厚遇、この上もないほどであった。しかし会奸薩賊のしこりが未だ消えたわけではない。双方の気持ちは容易に解けなかった。小五郎は以前から薩摩に抱いていた気持ちを西郷に語った。西郷はこれを黙って聞いていたが、「ごもっとも、ごもっとも」と言って詫びた。

しかし肝心の連合の話は何日経っても出てこない。薩摩では長州のほうからまず口を切るように望み、長州ではまた同様のことを西郷らに期待した。こうして毎日御馳走を食べての睨み合いとなった。しかし、これが十日も続くとさすがの小五郎も痺《しび》れを切らし、連合の話が出ないようなら帰ることに意を決し、これを西郷に伝えた。

「ああ左様か。それは名残惜しい。では今夜にでも別杯致そう」

西郷の返事を聞いて小五郎らの期待は外れた。大の男が八人も来て、何の得るところもなく空しく帰ることとなった。一同は部屋に戻って愁嘆していた。

ところが、そこへ仲介役の坂本がヒョッコリと顔を出した。長州が金を出し、薩摩の名義で買った汽船「ユニオン号」について、土佐人が勝手に乗るので長州三田尻の海軍局が苦情を言い出し、大変やかましい問題が起きていた。坂本はこの問題の解決のため長州に残っていたのである。坂本が聞いた。

「連合はまとまったかの」

「いや、まだ何も話が出ない」

坂本は怡《よろこ》ばず、憤然として言った。

「わしらが両藩の間に立って擲身《てきしん》尽力しているのは決して両藩のためではない。天下の形勢を察し、寤寐《ごび》も安んぜざるものがあるからである。ところが貴公らは遠路はるばる会合し、十日もいながら空しく帰るという。どうして自藩の体面といったちっぽけな感情を投げ捨てて、胆心を吐露し、天下のため、将来のため、協議しようとしないのか」

小五郎は憮然として答えた。

「もとより君の言う通りである。しかし今日のことは一朝一夕のゆえになったものではない。そもそもわが長州は、天下の危機を傍観することができずして、藩公は国の存亡を顧みず、意を決して天下のために尽力しようとされたのである。

ところが薩摩は公然として天子に謁し、公然幕府と会し、公然諸侯と交わり、公然天下に呼唱し得る立場にある。

これに対してわが長州は天下を皆敵として存亡の危機にある。もしこちらから口を開けば、哀れみを請い、頭を下げて、援助を請うことになる。天下国家のためといえばそれまでのことであるが、わが長州は焦土となって滅び去ったとしても、正義のために殉ずる覚悟である。滅亡を前にして、名を千歳に汚さぬようにすることが、われわれの務めである。薩摩が皇国のために尽くすというのであれば、長州が滅び去ったとしても、天下のために幸いである。われより口を開くことができないのは名を千歳に惜しむがゆえである」

坂本はここにおいて初めて桂の心意を理解し、もはや桂を責めようとはしなかった。

「分かった。長州は長州の立場もあろう。おれから西郷に言うてやろう」

ここにおいて西郷は桂の出立を引き止め、薩摩側から口火を切り、連合の具体案を話し合った。その結果、六カ条をもって将来を約した。その内容は次の通りである。

一、戦いと相成り候時は、直様《すぐさま》二千余の兵を急速差し登し、只今在京の兵と合し、浪華へも千程は差し置き、京坂両処を相固め候事。

一、戦い自然も我が勝利と相成り候気鋒これ有り候とき、その節朝廷へ申し上げ、訖度《きっと》尽力の次第これ有り候との事。

幕府との戦いにおいて長州が勝ちそうなときには、薩摩は朝廷に対して周旋尽力するようにということである。

一、万一戦い負け色にこれ有り候とも、一年や半年に、決して潰滅致し候と申す事はこれ無き事につき、その間には必ず尽力の次第、訖度これ有り候との事。

幕府との戦いで、たとえ長州が負けたとしても、一年や半年で潰滅するというようなことはないから、その間に薩摩は長州のために尽力し、力を貸すようにということである。

一、これなりにて、幕兵東帰せしときは、訖度朝廷へ申し上げ、直様冤罪は、朝廷より御免に相成り候都合に、訖度尽力との事。

開戦することなく、このまま幕府軍が江戸へ帰ったときには、長州の冤罪が晴れるように薩摩は朝廷に働きかけるようにということである。

一、兵士をも上国の上、橋・会・桑等もただ今の如き次第にて、勿体なくも、朝廷を擁し奉り、正義を抗《こば》み、周旋尽力の道を相遮り候ときは、終に決戦に及び候外これ無くとの事。

兵威を示してもなお、一橋・会津・桑名らがその姿勢を改めることがなければ、ついには決戦に及ぶしかないということである。

一、冤罪も御免の上は、双方誠心をもって相合し、皇国の御為に、砕心尽力仕候事は申すに及ばず、いずれの道にしても、今日より双方皇国の御ため、皇威相暉《かがや》き、御回復に立ち至り候を目途に、誠心を尽くし、訖度尽力仕るべくとの事。

今日よりは神州の正義のために、薩長共に同心戮力《りくりょく》せんということである。

そもそもこの薩摩を代表する西郷吉之助という人はどのような人間だったのであろうか。島津三郎久光は幕政改革のため東上しようとしていた。そのとき西郷は久光より下関まで先発を命ぜられたが、京阪の事情を聞き、独断で大坂に上り浪人と交わった。西郷がその罪を赦されて沖ノ永良部島から帰るや、すぐに京都に呼び出された。その後間もなくして長州が暴発して禁門の事変を起こしてしまった。初めは長州と会津の私闘と見ていた西郷も、長州追討の勅命が出るに及んで、自ら兵を率いて長州勢を討ち破った。

長州側から見れば、やむにやまれぬ事情から歎願に及んだものであったろうが、皇居に向かって大砲を放つなどとは西郷にとってはもってのほかの暴挙であり、禁門に迫らんとする者は何者といえども打ち砕くつもりであったのである。このとき西郷はあくまで大義名分によって行動したのである。

また第一次長州征伐に当たっては、謀をめぐらして「長人を以て長人を処置せしめ」ようとした。すなわち長州の本藩と支藩とを離間せしめることによって、長州を攻め落そうとしたのである。しかしそれは長州が「暴威をもって朝廷を取り崩」そうとしたことを憎んだのであり、皇居における戦争は未曾有の出来事であり、「悪《にく》むべきの甚だしきもの」であったからである。ここでも西郷は大義名分を重んじたのであった。

また、後年、王政復古がなって廟堂に立つに及んでは、宮中の改革を断行し、宮中の仕官に初めて武士を任用することにした。それは西郷が天子をして堯舜《ぎょうしゅん》たらしめんことを理想とし、これにその教育を託したのであった。

その後、朝鮮出兵の問題から大久保一蔵や岩倉具視らと仲違いし、鹿児島に退穏していたときも、常に天下の行く末を案じて子弟の教育に意を用い、自らもまた聖人の道を楽しんだ。実に西郷という人物は、人間としての徳と才智を兼ね備えた傑物であった。西郷と長州はもともとはその理想を同じくしていたのである。

三十九

幕府では幕威回復のため、どうあっても長州を攻め潰すつもりでいる。しかし長州では幕府に対してあくまで歎願を押し通そうとする。これは長州が大義名分を重んじたからである。しかしいずれ喧嘩は避けられないものと見て、準備万端を整えようとしている。

すでに述べたように、幕府では何とか言いがかりをつけて長州征伐を実行すべく、まずは藩主毛利大膳敬親を呼び寄せようとしたが、芸州・龍野・大洲・宇和島の四藩に体よく断られた。次には徳山藩主の毛利淡路守と岩国藩主の吉川監物を大坂に呼び寄せようとした。しかし二人とも病気といって断られた。そこで次には長府藩の毛利左京亮と清末藩の毛利讃岐守及び宗藩の家老二人を大坂に呼び寄せようとした。しかし長州ではこれも病気といって断った。

ただ長州の方針が武備恭順であるため、幕府の命令をまったく無視するわけにもいかず、敬親は老臣二人を使者として送ることとした。しかし、その人選に困った。というのも薩摩の西郷から、「召喚されて大坂に行ったならば、理屈があったとしても言い尽くすことができず、言わなければそれを理由に罪を着せる。いずれにしても出かけていくのは長州の不利益」という忠告書を受け取っていたからである。また戦争となれば、その血祭として真っ先に殺されるのは使者であり、仮に殺されるようなことがなかったとしても、牢に押し込められるようなことは必至である。苦慮したあげく白羽の矢を立てたのは井原主計であった。井原は堺町門の変の後、「奉勅始末」という歎願書を命がけで朝廷に渡そうとした人であり、四カ国連合艦隊との海戦の後、償金問題で長州が頭を痛めていたときにも正使として折衝に当たった人である。

藩公の使いが井原の領地熊毛の三輪に来て主命を伝えた。側近の者は蒼くなって、「病気といって御辞退なされませ」と諫止した。しかし井原は「まさか！」と言って、肚の中では泣く泣く引き受け、藩公のいる山口へと出かけた。今は長州藩の存亡の危機にある。井原だけが損な役回りが回ってくるわけではないが、敬親も気の毒に思ったか、家格を寄組から家老格に昇進せしめ、関兼清作の大刀《たち》と長船祐定作の脇差を与えた。

次には副使である。しかしこれもまた引き受けようとする者がいない。このたびの使命の重大さといい、しかも命がけであることからすれば、当然といえば当然であった。ところが一人だけ、「不肖ながら私がこの役目を引き受けましょう」と言って、自ら奮ってその任に当たらんことを請う者があった。山県半蔵である。

このことを聞いた家老の宍戸備前は藩公敬親に、半蔵をわが養子となし家督を継がしめるよう進言した。家老を大坂に派遣することとなったとき、備前は考えた。

「本来ならば自分がその任に当たるべきなのかも知れない。ところがたまたま半蔵がその任に当たろうとしているという。私も君国の危難に殉ずるのはもとより辞せざるところである。しかし私のような訥弁《とつべん》では、行ったとしても外交的な樽俎《そんそ》折衝の場で、功績を上げることは難しいであろう。それよりは才能の士を選んでこれに任せるに越したことはない。もとより私はわが家門を惜しむわけではない。そのため家門を犠牲に供したとしても、それもまたよいことだ」

そこで備前はこのことを敬親に進言したのである。このことを聞いた敬親はその言葉に誠意が溢れ出ているのを見てこれを許し、半蔵を宍戸備前の養子として名を備後助とし、これを副使とした。

慶応元年十月二十二日、使節一行は広島に着いた。安芸藩では長州の使節に護衛の兵をつけて大坂まで行くこととし、その出発を二十六日の予定とした。ところが二十五日になって井原主計は、「山口に帰って藩主父子の意見を承る必要がある」と称して、急に安芸藩に通知し、副使宍戸備後助にはよく相談することもなくして、その夜帰国してしまった。使節に随行していた人たちはその独断を怒った。

「一旦命を奉じて国境を越えておきながら、何の相談もなく国に帰るなどとは、言語道断のことだ。一歩間違えば長州の恥辱にも関わることである」

正使井原主計が急遽帰藩した理由は、今となっては明確ではないが、しかし幕府への使節派遣は長州の不利益であるという見解に起因し、兵庫港への外国軍艦闖入事件や、朝廷と将軍との仲違いで京大坂辺りは揺れ動いていたため、惑うところがあったのであろう。井原は一旦帰国して藩主の意を質し、その上で進退を決しようとしたものの如くであった。

ただ長州の藩政府では井原に厳然たる措置をもって臨むこととし、副使の宍戸備後助をもって正使とし、木梨彦右衛門をもって中老格に昇格せしめ、これを新たに副使とすることとした。

この間、幕府の決議は一変し、長州の使節を大坂に呼び寄せることを止めて、幕府の問罪使を広島に向かわせることとした。問罪使は大目付永井主水正、目付戸川鉡三郎・松野孫八郎の三人で、十一月十六日、広島に到着した。

四十

十一月二十日、幕府問罪使による訊問が国泰寺において始まった。まず安芸藩寺尾生十郎の誘引により、永井主水正・戸川鉡三郎・松野孫八郎の三人が上の間に敷き刀で列座した。次に、次の間左側に御徒目付《おかちめつけ》栗田耕一・石坂武兵衛、小人目付瀧田正作・桜井謹作らが列座、右側には安芸藩の家老野村帯刀、用人遠藤佐兵衛が列座した。

長州の家老宍戸備後助は上下《かみしも》を着用して次の間に入るや、ここに着座した。そこへ野村帯刀より、「こちらへお進みなされ候へ」との挨拶により、上の間の敷居ぎわの所に着座しお辞儀した。すると永井主水正よりさらに「こちらへ」との声があり、そこで脇差を置いて席を立って膝を突いたところ、またも「こちらへ」との声がかかり、その間三尺ほどの所で着座しお辞儀をした。

永井が言った。

「先日以来、御病気のところ、今日は強いて御出席いただき、御苦労に存ずる」

備後助もそれ相応の挨拶をもって答えた。それが午後の二時で、それより訊問は五時間にわたって続いた。

これを要約すれば次のようになろう。

第一問　当春、長州藩内での争闘の際、大膳父子が謹慎中でありながら、鎮静のためと申し出張されたとのことであるが、その事情を詳しく伺いたい。

答　その件につきましては、大膳父子の寺院蟄居中、役方の者へ政治一切を委任しておきましたところ、役方の者が私怨により残忍酷薄の取り計らいを致し、士民一同憤懣に堪えかねて争闘に及びました。しかし万一、意外のことども出来《しゅったい》致すやもはかり難く、役方の者のみに委任しておっては、謹慎の趣旨も徹底せず、やむを得ず公儀へお届けの上、自ら巡回指揮して鎮撫仕った次第でござる。

第二問　では争闘すでに鎮静したからには、以前の如く萩で謹慎すべきところ、今もって山口にあって処々巡行致しておるは、いかなる訳であろうか。

答　もとより鎮静した上は萩にあって謹慎すべきはずではありますが、士民一同御公儀より寛大の処置あるべきものとのみ渇望致しておりましたところ、あにはからんや長州再討の風聞が伝わり、士民いずれも驚嘆のあまり、必死覚悟の様子に見え、万一不心得の者あってはいかなる事態が出来せずとも限りません。これでは公儀に対し謹慎の誠意も貫徹せず、やむを得ず指揮するに便利なる山口にあって、藩公自ら鎮撫に当たった次第にござります。それに山口は城というよりはただの茅屋程度の仮住まいでありまして、われら苦慮の次第、御賢察を願います。

第三問　去年の冬破却せしめた山口城を春以来修理を加え、武器を間配《まくば》り致しておるとのことであるが、これはいかなる訳であるか。

答　すでに述べましたように、山口は土壁の住居でありまして、城構えの普請に取り掛かったものではありません。それはわが領国が三方海に面し、諸外国の襲来もはかり難く、片時も差し置き難いゆえに、辺鄙の地である萩から、指揮に便利なる山口に役廻りの者と罷り出ておった次第であります。それは御公儀より絵図面を添えて届け出るようにとのお達しがありましたので、委細はその書面の通りであります。また住居破却の際、戸川鉾三郎様に御見分していただいた通り、ただ今に至るまでこれに相違なく、何か異心を抱いているというわけではありません。朝廷及び御公儀への御奉行のためにのみ住居造営仕りました誠意は、領内の農町民の者までよく承知しておるところでございます。

ただ、よほど内心に不平を抱いておったものか、今春領内動乱の際、政府の指図を待つことなくして修復に取り掛かった模様です。そこで藩政府ではこれを早速にもやめさせ、そのままに差し置かせた次第でありまして、修理を加え、大小砲を配置したなどということは、もちろん虚説であります。況んや普請半ばにして、そこに住んでいるということはありません。

これは嘘である。藩内の争闘を口実に、敬親は山口にあって指揮に当たっていたのである。

第四問　大膳父子謹慎中、家来の者が馬関来泊中のイギリス人と懇親接待致したとのことであるが、これは事実であるか。

答　それについては馬関攘夷戦の後、止戦の応接に及びました。その際、通航を差し許し、薪水食料欠乏の際はこれを渡す約束をしたまでで、これもすでにお届けした通りであり、それ以外懇親接待したことはございませぬ。

これも嘘である。すでに長州藩あげて英国人を招き接待している。

第五問　しかしこの春、所持しておった蒸気船をアメリカ人に売り渡し、その際、家来の村田蔵六（大村益次郎）の華押のある証書を渡し、世子長門もそのときアメリカ人と直接応対したというではないか。

答　今言われたことは拙者初めて聞きました。その船はもともと古釜で遠洋に乗り出すことができないため、領内の三田尻に碇泊させておりましたが、今年の春の争闘の際、何者かによって盗まれたもので、その後もその行方を捜索しておったものでございます。今のお話では、村田蔵六の華押のある証書を渡し、長門も直接アメリカ人に応接したとのことですが、驚きました。おそらくは脱走した者か浮浪の者が応対した際、長門の名をかたり、蔵六の華押を偽作したものではないでしょうか。何とも悪むべき所行と存じます。世子長門は去年以来謹慎中であり、決して夷人に相対するようなことはありません。

備後助は正使に任命される前、すでに問罪使が詰問すべき条項を臆測列挙して、兼重譲蔵や小田村素太郎らと共にその答えを考え、一冊子を作っていた。それでこそ、このような答えができたのであろうが、それにしてもこのような嘘八百をよくもすらすらと答えることができたものである。おそらくは戦いはすでに始まっていたのであり、この言論戦において、いかに長州の名義を天下に知らしめてゆくかに備後助は苦慮したのではあるまいか。

第六問　大小砲を外国人より買い入れたとのことであるが、これはいかなる理由からであろうか。
答　どこからそのような風説が起こったものかは存じませせぬが、謹慎中そのようなこと決して致しておりません。

第七問　筑前の太宰府にある三条実美ら五公卿のもとに贈物を遣わし、五卿からも森寺大和守を答礼のため長州へ差し遣わしたとのこと、これは事実であるか。
答　主人父子謹慎中につき、使者・贈物を差し遣わし、また答礼に預かり候などのことは一切ございません。
ついでながら申しますれば、一昨年《おととし》文久三年八月十八日の堺町御門の事変や、姉小路少将暗殺事件の後、元公卿の方々が攘夷実行のため西国へ御下向なされました。そのときわが藩公は詳しい事情は知りませんでしたが、家来の者を遣わして、京都にお帰りなさるようお勧めしようとしました。しかし行き違いとなり、しばらく長州国内に御滞在されることとなりました。わが藩では早速御公儀へ届け出て、お指図を待っておりましたが、何たる御沙汰もありませんでした。その後、去年の冬になって、筑前の国へお引き渡しの御沙汰があって、お引き渡しした次第であります。まったくわが藩の私意によって取り計らったかのような疑惑を招いておりますが、委細の事情は今述べた通りにございます。

第八問　問い糺したき儀あるにより、毛利淡路守・吉川監物を大坂へ召し出そうとしたところ、病気と申し立て、やむなく毛利左京亮・毛利讃岐守及び家老の者に罷り出るよう通達せしところ、これまた病気と称して延引候こと甚だ不都合である。

答　毛利淡路守・吉川監物の召喚につきましては、急速に大坂へ登るべきであることは勿論であります。しかし藩内の事情もあり、かつは両人とも病気のため、しばし御猶予を願い出た次第であります。また毛利左京亮・毛利讃岐守も病気にて、事情は同じでございます。

これで幕府の糾問《きゅうもん》と、それに対する備後助の答弁は一通り終わった。しかしその日、永井と宍戸の間にはなお数条の問答があった。「藩内の事情」というのも、そこで自ずと明らかになろう。

大監察永井主水正が言った。

「形の上をもってみれば、疑惑のことどももあるが、朝廷・幕府に対する御奉公を徹底したき心情より事起こり候との申し立て、双方の本当の心情が通じかねたことより疑惑を生じたものと見ゆる」

備後助が言った。

「されば、先般、水戸の武田耕雲斎らの筑波山事件においても、幕府におかれては寛大の処置があるなどと言いながら、七百余人の者たちを斬り殺されました」

「いや水戸の場合とは異なり、今回の召喚にあっては旅館や賄方の準備も整えて、丁重に取り扱うことになっていたのである」

「淡路守や監物らはいささかも恐れておる心情はございませんが、わが領内の士民はよほど主人のことを気遣っております。なかなか主人どもの大坂行きを承知致しません。それが証拠に、寛大の御処置があると言いながら、長州再討伐の風聞があるのみならず、各攻口攻口には軍勢を差し向けておられる御様子。また江戸にあるわが藩邸の役人どもを拘束なされ、一年余りも生死のほどさえ分からぬ状況で、国許《くにもと》にある親兄弟や朋友たちまで、悲嘆にくれておるところでございます」

これには永井も答えに窮したものか、多くは答えず、話題を切り替えた。

「なるほど、そのことはわが藩にも噂が伝わっておる。ところで、これはもともと新選組の者であるが、今わが藩に召し抱えておる者。この者どもをその方の国許へ派遣したきゆえ、よろしく取り計られたく存ずる」

こう言うと永井は人名を書いた紙片を取り出して宍戸に渡した。

給人《きゅうにん》　近藤内蔵助
近習　武田観柳斎
中小姓　伊藤甲子太郎
徒士《かち》　尾形俊太郎

宍戸はその書き付けを見ると、おもむろに言った。

「これは今日私がお答え申したことに、お疑いを抱いておられるゆえに、これらの御家来たちを派遣なされようとしておられ候や」

「いや、さにあらず。そのほうの国許の疑惑を解きたいがためである。この者たちをそのほうの国許に派遣して、御公儀の事情をもとくと説明させ、お国の事情をも詳しく話してもらえば、お互いの疑惑も解けるのではなかろうか」

「それならば、是非ともお断わり申し上げたく存じまする」

「なぜじゃ。他藩の者が来ては厄介であろうか」

「まったくもって、そのようなわけではなく、三、四人はおろか何人であろうと厄介などとは存じません。ただこれらの御家来をお遣わしになっては、国許ではかえって疑いを増すことと相成りましょう」

「どうしてそのようなことになるのか」

「それは当然でございます。すでに攻口攻口には幕府の軍勢を差し向けておられるとの風聞もあります。藩公御父子の身上にもしものことがあれば、黙って座視している者は一人もおりません。防長の士民はことごとく必死の覚悟でおります。この備後助ももとより長州の者ではありますが、確たる証拠がなければ、なかなか口先だけでは言うことを聞きません。ましてや御家来の説得など聞き入れようはずがございません。疑惑を増すばかりでございます」

「しかしこれは拙者一人の一存ではなく、御公儀にお伺いした上での取り計らいであるから、それでは拙者も甚だ困り入る」

「しかしながらよくよく御推察下されたいのですが、一朝一夕でなったものではない疑惑を、一朝一夕の口舌によって説得できるものであれば、孔子の如き聖人も困窮することはなかったはずです。ましてや攻口には軍勢を差し向けておられる御様子、これでは言行が一致しておりません。国許の事情も顧みず口舌にて説得できるものと安易にお考えであればこそ、淡路守や監物が大坂召喚の延期を願い出ても、虚言をもって幕命に応じないものと思われたのではないでしょうか。今国許の事情を腹蔵なく申し上げました。主人父子の苦心を御推察下されたく存じまする」

「そういうことであれば差し控えておくが、疑惑を解くためにかえって疑惑を増すということに相違ないいな」

「相違ございません」

「御公儀にあっては、長州から疑われるようなこともないではないが、しかしそのような思し召しによるものではない」

こう言うと永井は戸川鉾三郎の方を顧みて言った。

「このたびの軍勢出張は、わずか四、五藩のことであろうか」

永井は向き直ってまた続けた。

「条理の明らかな者を是非とも攻め潰そうというわけではなく、攻口への出張の件については、朝廷より、時宜により取り計らうようにとの御沙汰があったゆえに、その筋合いを立てようとしたまでのことであり、格別懸念に及ぶべきことでもない」

「今のお話で私は承知致しましたが、わが防長の士民は何分《なにぶん》田舎の頑固者のことゆえ、疑惑を解きかねております。よろしくお取り計らい下さいますようお願い致します」

幕府では本当に疑惑を解くために、新選組の者を派遣しようとしたのであろうか。池田屋の変においても蛤門の変においても、長州は新選組にひどい目に遭わされている。おそらくそれはただの口実であったに違いない。国許ではかえって疑惑を増すと宍戸が答えたのも当然であった。

第一次の訊問はこうして終わった。第二次の訊問は十一月晦日、国泰寺において、副使の木梨彦右衛門と諸隊の代表である石川小五郎・井原小七郎・入江嘉伝次（野村靖之助の変名）を召し寄せて行われた。しかしその問答は第一次の内容とほぼ同じであるので、これは省略することにする。

こうして幕府の監察による訊問は終わった。十二月十一日、安芸藩の寺尾は旅館に来て、宍戸・木梨の二人に永井の命令を伝え、一旦帰国し他日命令があれば再び来るべき旨を伝えた。

この訊問において、問い糺すべき側がかえって詰問せられ、詰問される側がかえってその非を問い糺すという如きことがなきにしもあらずであった。これは大監察永井主水正が問題の本質をよく理解していたから、力をもって長州を責めなかったことにもよるのであろう。また、宍戸・木梨らがよく名分を正すことができたからでもあろう。

ともかくこの訊問において、長州はその冤罪なる所以を申し述べる機会をもつことができた。一方、幕府にあっては、長州征伐の口実を作るためとはいえ、すでに将軍は長州征伐の名の下に進発しているのであって、その後に長州に訊問し処分案を検討するなどとは、順序顚倒と言わざるを得ない。

四十一

幕府からは一旦帰国するようにとの命令であったが、宍戸らは幕府の長州処分案が決定を見ざる間は帰国しない決意をなし、その旨を記した願書を寺尾に託した。これは防長の士民全てが処分案を注視しているからであり、また宍戸・木梨ら出先にある者がどこまでも名義のために斃れてこそ防長二国の正気も数倍し、天下後世に対して少しも慙《は》じるところがないよう行動しようとしたからであった。

その後、幕府は漸次大兵を出張せしめるようになった。これを見た宍戸らは思った。先に永井ら幕府の監察の応対は温言寛大であったにもかかわらず、今彦根やその他の藩から兵隊が広島に向かっている。幕府の言語とその行動は天地雲泥の違いである。これはわれわれ長州の士気が弛《たゆ》むのを待って、突如乱入せんとの奸計ではあるまいか。もしも不虞《ふぐ》の襲撃を受けては天下に対して面目なき次第である、と。

よって広島に残っていた使節のうち、河瀬安四郎（石川小五郎）ら諸隊の代表を帰国せしめることにした。これは決戦の時が近いことを悟ったからである。

このようなとき、もと奇兵隊総管の赤根武人が長州に帰ってきた。藩政府では神経をとがらせた。というのも長州では俗論派の余炎がまったく消え去ったわけではなく、案外恭順謝罪に傾いて、国内の統一が乱れはすまいかと懸念したからであった。

赤根は前年の元治二（慶応元）年正月二日、正義派と俗論党との調和論に失敗して脱走し、筑前に向かった。筑前において筑紫衛・早川養敬らは藩命により上京を命ぜられ、たまたま西郷吉之助も上京の途中太宰府にあった。このことを聞いた赤根は、久留米の浪士淵上郁太郎と共に、京都に随行せんことを求め、西郷にも会って諮るところがあった。こうして二人は身を商人にやつし、柴屋和平（赤根武人）・松屋長兵衛（淵上郁太郎）と変名し京都に向かった。大坂に着いたとき、筑紫と早川は二人を北の新地の妓楼に誘い、京都の状況を説明し、西郷も今明日には必ず来ると約束していたから、その上で進退を決されよと言ってその夜は別れた。筑紫・早川の二人は津島屋に帰り、赤根・淵上の二人はその妓楼に泊った。翌朝、津島屋の門前が騒がしくなった。何事であろうと早川が階下に降りてのぞき見ると、赤根・淵上の二人が幕府の役人に連行されていくところであった。

その後二人は獄中より書を奉り、長州の内情を密告し、もし解放されて帰国することができれば、岩国の吉川監物らと力を合わせ、国論を恭順伏罪の状態に戻すべく努力せんことを請願した。幕府ではこれを許し、十一月、永井主水正らを広島に遣わしたとき、新選組の近藤内蔵助（勇）らに護送させ、広島に至ってこれを放還せしめた。

釈放された赤根は馬関より周防《すおう》熊毛郡阿月村に至り、密かに浦靫負の家臣秋良《あきら》敦之助・芥川十右衛門らに面会し、何事か説くところがあった。しかし赤根の言説に動かされる者がなかったためか、故郷の柱島に帰って潜伏していた。

しかしこのことは奇兵隊の者の聞くところとなり、藩ではその行方を追って百方物色せしめた。そしてついにこれを柱島に捕らえ、慶応二年正月二十五日、鰐石に斬首し、三日間その首を晒《さら》した。

赤根は外国の連合艦隊が馬関に攻め寄せ陸上戦となったとき、陣営に火を放たしめて真っ先に逃走した。また幕府が第一次の長州征伐に乗り出したとき、長州では俗論派が優勢となり、正義派はまさに滅び去ろうとしていた。このとき赤根は俗論派に甘く用いられようとして、正義派の代表である奇兵隊に調和論を持ちかけた。しかし高杉や伊藤らによって調和論が阻止されるや、すぐさま筑前へ脱走してしまった。晋作が赤根のことを「土百姓」と罵ったのは、社会的な階級の卑しさを罵ったのではない。その心根の卑しさを罵ったのである。

さて、幕府にあっては長州の処分をいかにすべきか意見が分かれた。一橋慶喜の如きは最も硬派で、十五万石を与えて二十万石を取り上げるべしと主張し、松平容保・松平定敬は半減すべしとし、板倉勝静ら閣老の意見では現封のうち十万石を削るべしとし将軍の意見もまた同じであるとした。

確かにこれらの処分案は、幕府にとってはいずれも寛大の処置であったに違いない。前にも述べた如く、殿中で刃先《きっさき》三寸を抜いても、切腹に家名断絶は当然である。これに比べれば軽いに違いない。朝廷に奏上された処分案では、封地十万石を削り、毛利大膳父子は蟄居、家督は別に人を選んで相続せしめ、三家老の家は永世断絶せしめることとした。これは幕府における硬派・軟派の意見を折中したものであった。

この幕府の処分案に対して、尹宮（中川宮）と二条関白は幕府に一任すべしとの意見であった。岩倉具視《ともみ》の意見では、これは幕府の私意を遂げんとするものであるとして反対の意を示し、正親町三条実愛・近衛内大臣・大原重徳・裏辻公愛《きんよし》らもこれに反対した。しかし大方においては幕府一任説に傾き、ついにそのまま決着した。要するに長州に対する幕府の処分案は、朝廷においても熱心な賛同を得ることはできなかったのであり、仕方なく幕府の処分案に一任したものと言うべきであろう。

ただ、これより軽い処分案にすれば幕府としての権威が疑われ、厳科に処せんとすれば長州はなかなかに手強い。幕府はいよいよ自ら苦しみ始めた。

二月二十二日、幕府は閣老小笠原壱岐守らを大坂より安芸藩に派遣し、支藩主毛利左京亮・毛利淡路守・毛利讃岐守・吉川監物及び本家家老宍戸備前・毛利筑前を召喚せしめた。

命令を受けた安芸藩では、これにどう対処すべきかを議論し考えていたところ、三日後の二十五日、壱岐守よりさらに重役への呼び出しがあった。

「二十二日、幕府の命令を長州に伝えるよう伝達していたにもかかわらず、未だ通達していないのはどういう訳であるか。このようなことでは安芸藩にとっても決して為にはならぬぞ」

壱岐守は立腹して罵った。安芸藩の重役たちは非常に不快に感じ、ひとたびは幕府と長州の取り次ぎを断わり、今回の命令を伝える使者も派遣しないこととしたが、再考の結果、ひとまず使者だけは派遣することにした。

安芸藩で幕府の命令を伝えることをなぜ躊躇していたかというと、昨年の十二月、永井主水正ら三人の監察が広島を去り、宍戸・木梨ら長州の使節はそのまま残って幕府の沙汰を待っていたにもかかわらず、幕府ではその使節には何の通達もせず、長州の末家と本家の家老を呼び出すよう伝達があり、これでは条理にかなわず、長州の使節に対して申し訳なく思ったからであり、このことを安芸藩では議論していたからである。しかも安芸藩では幕府と長州の取り次ぎをしなければならないという義理も理由もないのであって、壱岐守の立腹はおおよそ見当はずれである。安芸藩では苦心焦慮、幕府と長州のために助力していただけである。

四十二

この頃、彦根藩の内使として田部全蔵・田中三郎右衛門・日下部内記の三人は、広島と長州の境にある小瀬村に来て、岩国藩に会見を求めた。岩国では新湊をもって会見の場所に定め、吉川勇記・今田靭負・目賀田喜助らが応接することとなった。

彼らが言った。

「格別のことでもござらぬが、今度の宗藩の御処置について、内密に承ったところもあり、岩国藩とはこれまでの好みもござることゆえ、内々お耳に入れたき儀あって参った次第でござる。あるいはお聞き及びもありますまいか、実は、幕府におかれてはごく寛大の御処置を意としておられますが、種々流言などもあり、これが実行されるか、わが主人においても至極気遣っております。御処分案では十万石の減封、御父子様は蟄居、お跡目の儀は御親類のうちしかるべきお方をもって相続せしめる。また、御支藩には何らの御処分もなく、御本家の過激輩にも何たるお咎めもなく、ただ七、八人を召し出してこのたびのお達しを申し渡されるとのことでござる。

このように幕府におかれてはごく寛大の御趣意に候ところ、朝廷におかれては厳重な処分を申し立てている方もおられるとのこと。そのため幕府の閣老方は京大坂をたびたび往復なされ、ようやく幕府の御趣意通りに勅諚が下ったものでござる。

岩国様におかれては、幕府の御趣意をよくよく実現していただきたく存ずる次第でござる。万一にも御承服なきときには、一大事に立ち至り、皇国日本のためにもなりませぬ。わが主人の赤心のところをとくと御明察していただき、岩国様のお見込みを腹蔵なく聞かせていただければと存ずる次第でござる」

これに対して吉川勇記らは一旦岩国へ帰ってこれを復命し、翌日次のように答えた。

「御公儀の御処分案について、内々お聞き込みあって御主人様にお気遣いいただき、千万有り難く存じまする。このたびの防長二国に対する御処置ぶりにつきましては、あらかじめ大膳父子が謝罪致しておりますが、末家の身としては泣血の至りであります。主人始め末家一同、このたびの御処置につきましては驚愕《きょうがく》の至りであり、途方に暮れるばかりでございます。遠からず幕府よりお召し出しのことも仰せ出されましょうが、これから考えを決めたく存じますれば、よろしくお取りなしいただきたく存じまする」

これより彼らはしきりに監物公に面会せんことを求めた。

「このたびの御沙汰について、尊藩が御承服なさらないときには、皇国日本のためにも、御宗藩のためにも、どちらのためにもならず、兵隊を出張せしめる諸藩の疲弊も一通りではございません。幾重にも御賢察あって、宸襟《しんきん》を安んじ奉るようお願い致したい。そうでなくては君臣の名義もいかなるべきことかと案ぜられまする。

どうかこのことを監物様にお話しいただいて、できることならその思し召しのところを承りたく存じます。再三強情を申し上げるのも如何かと恐れ入りますが、とくとお考えいただきたく存じます」

「私どもがすぐにこの場でお断わり申し上げるのも甚だ失敬かとは存じますが、昨夜も監物及び同僚の者へ申し聞かせましたところ、一同ただただ驚愕し当惑するばかりでござりまする。われらはそのことをお伝えするよう申しつかって罷り出てきた次第でござれば、主人の考えを承りたいと申されても何ら昨夜と変わるところはございません。仮に岩国に帰って同じことを申し上げても、貴殿たちを空しく待たせるだけで、監物よりわれらがお叱りを受けるだけでございましょう。そこのところをよくよく御諒察いただいて、御復命下さるようお願い致しとうございます」

「ちょっとお伺い申すが、今度幕府よりの御処置を仰せ付けられたときには、御宗藩では如何なされるおつもりでござろうか。また監物様は宗藩のお指図に従われるおつもりでござろうか」

「監物においては大膳父子のお指図に従いなされることは珍しからざることでござるが、一昨年来の御父子の様子は、いかにも見るに忍びず、泣血の至りでございます。何卒、寛大の御処置を幾《いく》応《おう》にも歎願致しまする。大膳父子の御心情は従来と少しも変わりは致しませんが、領内は頑固の人心ゆえ、いつ議論が沸騰しないとも限りませぬ。このことは先日宗藩の家老が広島において詳しく申し上げた通りでございます」

「このたび幕府の御処置を宗藩において御承服なされぬときには、一大事に立ち至ることと相成りましょう。そのときには監物様におかれては、今までの行きがかりもあり、さらに御尽力を給わりたいものでござるが、その辺如何お考えでございましょうか」

「先にも申し上げました通り、いかなる御処分を仰せ付けられましょうとも、宗藩の大膳父子においては、甘んじて服従なされるよう伺っております。ただ、防長の士民は幕府の御処置に疑惑を抱いておりますれば、いかなることに立ち至るやも計り知れません。もちろん人心が沸騰したときには、力の限り取り押さえ申さずしては相済まぬことではございますが、時によってはそれができ難いこともございます。もっとも不条理に人心が沸騰することもないはずとも考えておりますが……」

このように岩国では宗藩とどこまでも利害を共にし、相離れる意志のないことを説いて、彦根藩の使者たちを帰還せしめた。しかし彦根藩がこのように内密に使者を派遣したのは、実は小笠原壱岐守の内意によるものであったという。このように岩国藩が確固不動の立場を示したことによって、幕府は大いにその望みを失ったという。

孟子は言った。「天下溺《おぼ》るれば、之《これ》を援《たす》くるに道を以てす。嫂《あによめ》溺るれば、之を援くるに手を以てす。子、手にて天下を援けんと欲するか」と。壱岐守は天下が溺れようとしているときに、人としての道をもって救おうとはせず、小手先の手段・方法で救うことができると思ってしまった。

四十三

二月二十七日、幕府は四支藩侯及び二人の本家家老の召喚を命じた。これに対して長州では未だ病癒えずして命令に応じ難い旨を書いて安芸藩に報じた。

長州では、「何度も歎願に出かけ、それが何度お取り上げにならなくても、こちらからは何度も何度も根気強く、鉄面皮に押し返して歎願し、幕府より捕縛されようと斬罪にされようと頓着せずに歎願に出かけ、もはや兵力を差し向けなければならないようにさせる」との宍戸備後助の方針に従って、根気強く歎願を繰り返した。

三月二日、前月二十七日の長州の演説書に対して、小笠原壱岐守より安芸藩を通して、四支藩侯及び二人の家老は疾を努めて召喚に応ずるようにとの命令が繰り返し伝えられた。六日、長州では返書を認《したた》めて、前回と同じ意を繰り返した。

しかしながらこの頃には、幕府が長州に命じようとしている処分案が藩内の士民にまで知られるようになった。人心は次第に激昂沸騰し、封地を削る命令の如きは断じて受け入れられるようなものではなく、死を決してこれを阻止すべく、有志は協力して冤罪を訴える書簡を諸藩に送り、藩公父子には上書して、幕府の命令に盲従するが如きは、主命と言えども従うことができない旨を言上した。ここでは敬親公への上書は割愛させていただき、その告冤書だけを掲げることにしたい。

告冤書

防長士民泣血再拝し、謹んで諸藩の明侯閣下に白《もう》す。わが主人は多年勅旨を奉じて、東西に奔走し、心力を竭《つ》くしてこられました。ところが奸佞邪智の者によって天明を覆われ、冤罪を被ることとなってしまいました。仰いで天に号《さけ》ぶところなく、俯して地に哭するところなく、今日の危急に立ち至ることとなってしまいました。今日に至ってはもはや弁解も救援を請うことも致しません。防長の士民は各々臣子の分を尽くし、死をもって主の恩に報い、知己を千載の後に待ち、公論を百世の後に仰ぐより他ありません。誓って天朝に対して不遜の心底は毫末もありません。天地鬼神に対して少しも羞じるところはありません。ただわが長州のことから天下分裂の勢いとなり、西欧列強の術中に陥るようなことになってはと、これのみ遺憾に存ずるところであります。

就いては、何卒、諸明侯閣下が力を戮《あわ》せ、心を同じくし、上は天朝を奉戴し、下は幕府を扶《たす》け、奸邪を除き、忠良の者を登庸し、天下をして正邪判然、名義相立ち、人心一致仕るよう御尽力いただきたいものであります。そうでなくては、数年を出でずして神州日本は外国の狡智に乗ぜらるるところと相成りましょう。死後の至願はただこの一事にあります。偏に御諒察をお願い致します。頓首謹啓。

寅三月

三月二十六日、閣老小笠原壱岐守はにわかに命令を安芸藩に伝え、大膳父子及び孫の興丸、四支藩侯及び本家家老二人を広島に呼び出し、その期日を四月十五日までとした。未だ前回の命令に対する返書が達しないうちに、さらにこの命令が達した安芸藩では当惑した。安芸の藩公は「まったく条理にかなっていない」として、「もしどうしてもこの命令を伝えなければならないのだとすれば、今後幕府と長州の仲介は辞退することとしたい」との書簡を壱岐守に送った。驚いた幕府の監察は安芸の藩公父子を説得して、四月十五日の期限は、多少これを延期しても苦しからずとの意を示し、どうにか安芸藩公の承諾を得ることができた。

長州では閣老の命令に応じることなど到底できないことである。長州ではいずれも病気の一点張りで押し通した。安芸藩では不承不承これを伝達したに過ぎなかった。閣老小笠原壱岐守は幕府の権威をもって威圧しようとしたが、思いの外長州が容易に命令に服従しないのを見て、甚だ心安からざるところがあった。

四月二日、壱岐守は長州の藩公父子と孫、四支藩公及び宍戸備前・毛利筑前の二家老を広島に召喚する命令を出し、四月二十一日をもってその期日とした。これは四月十五日の期日を延期したものである。この召喚に対しても、長州では病気と国内の人心鎮撫に時間がかかっていることを理由に、その延期を申し入れた。

ところがここに突発事件が起きてしまった。四月四日、熊毛郡岩城山に本営を置いていた第二奇兵隊の一部の者たちが兵器を奪い、その本営に迫り、発砲して暴動を起こした。書記の楢崎剛十郎・田村石見之助らが極力鎮静に努めたが、これに応ぜずしてついに楢崎を営門の前に殺した。党類百人余り、山口に行き歎願するところありと称して、そこから遠崎村に出、それより船で大島の安下庄に到り、しばらく安楽寺に落ち着くことにした。その首魁は立石孫一郎という者で、第二奇兵隊の中では最も人望を得た一人であった。

ここにおいて立石は党類に告げて言った。

「すでに本営において暴動を起こし、楢崎を殺してしまった。たとえ山口まで歎願に行ったとしても聞き届けられざるのみならず、厳科に処せられることであろう。それよりは他国で功業をなし過ちを償ったほうがよかろう」

よって立石らはそれより備中の国連島に到り、その夜倉敷の幕府代官所を襲い、火を放ってこれを焼き、翌日十日、さらに進んで浅尾領井山村宝福寺に到って屯《たむろ》した。

浅尾の領主蒔田相模守は報告を受けて使いを宝福寺に遣わし、何藩に属するか、何のために来れるかを質さしめた。立石がこれに応接して答えた。北国に赴く途中で、数日の間滞在を許されるようにと。使者は再三往復して速やかに退去するよう求めた。

十二日夜、立石らは宝福寺を出て野山村妙本寺に赴くように見せかけ、穴栗村川磧より引き返して浅尾の陣営を急襲し、これを奪って拠点とした。浅尾より応援を求められた岡山藩では千人余りの兵をもってこれに向かい、変事に備えた。岡山藩では一時いかに対処すべきか躊躇した。それは岡山藩でも幕府の長州に対する処分に反対し、同情を寄せていたからである。しかし閣老小笠原壱岐守から追討の令が下り、立石らの暴挙に同意することができないとして討伐することに決した。

そこで立石らは浅尾を去り、五隻の川舟を傭い、川辺川に沿って川を下り、亀島の附近に到った。報せを受けた幕府軍は二百人余りの兵を川堤に潜伏せしめ、舟が来るのを待って襲撃せしめた。立石らの隊兵は驚いて舟を捨てて陸に上がり応戦に努めたが、日暮れとなって戦闘は止んだ。隊兵たちは闇に乗じて再び舟に乗って逃れ去った。

首領立石孫一郎は備前より丸亀に逃れ、丸亀より室積に上陸したが、そこで斬られた。もう一人の首領株櫛部坂太郎は豊後・伊予・讃岐と流浪したが、伊予西条でついに逮捕せられ斬罪に処せられた。その他の残兵も斬に処せられた者が前後四十八人、軍律に触れた者もそれぞれ処分を言い渡された。

第二奇兵隊の脱走暴発事件は、長州の藩政府にとっては、事の大小はしばらく措いて、極めて遺憾のことであった。そのため藩政府ではその失態の払拭のため、内外にわたって憂慮し対処した。

というのも、対内的に見るならば、この脱走暴発事件が他の隊に伝染しようとしたからである。諸隊の年少客気の者たちはいずれも第二奇兵隊の行為を痛快としてこれに倣おうとした。当時長州では幕府の処置に激怒し、藩政府の態度を優柔不断とする空気が漲っていたからである。そのため奇兵隊・八幡隊・集義隊など諸隊の者たちは藩外に出て暴発しようとした。そこで藩政府では彼らのために大事を誤らんことを恐れ、大いに鎮撫に努め、厳科をもって対処した。

また対外的に見るならば、長州は幕府に対してあくまでも歎願を繰り返し、天下にその名分を明らかにしようとしていた。ところが第二奇兵隊の暴発は長州の名義を失墜せしめかねない突発事件であった。しかし長州の藩政府では、脱走兵たちに対して厳正に対処することによって、大きく名義を失墜せしめるには至らなかった。これは長州にとって不幸中の幸いであった。

四十四

閣老小笠原壱岐守は宍戸備後助らを国泰寺に召喚し、処分命令を下すべき旨を告げた。宍戸は腫物を患っていることを理由に出頭の延期を請い、四支藩主の名代が赴くこととなった。五月朔日、四支藩主の名代、長府藩金子蔀・徳山藩飯田一郎左衛門・清末藩片見小次郎・岩国藩目賀田喜助ら、各々従者を従え国泰寺に到った。

正午頃、徒士目付二人と医師一人をして宍戸備後助の旅館に向かわせ、その症状を吟味させようとした。長州の赤川又太郎らが宍戸の旅館に帰りそれを待ったが、中止となり赤川らはまた国泰寺へと赴いた。これは宍戸が出頭しないことをもって仮病と見なした壱岐守が、医師の吟味を拒まないのを見て仮病でないことを知り、これを中止したものであった。

午後三時過ぎ、壱岐守は国泰寺に姿を現わした。安芸藩の植田乙次郎が四家の名代を導いて座につかしめた。壱岐守は順次に本藩並びに支藩に対する幕府の命令を読み上げた。その処分案の要点は以下の通りである。

一、十万石の削封
二、毛利大膳父子は退穏蟄居
三、家督は興丸が相続する
四、家来益田右衛門介・福原越後・国司信濃の家名は永世断絶

以上の命令書は四家の名代に交付せられたが、彼らは質問したき旨を上申した。徒士目付から、一旦命を受けてその上でさらに上申するようにとのことであった。そこでその通りにして監察に言った。宗家の使節である宍戸備後助を差し置いて、支藩の名代に宗家の処分命令を交付するのは不当である、と。しかしその答えはついに要領を得るものではなかった。そこで四家の名代は、翌日、演説書を作って、宗藩の処分命令は宍戸備後助の病が癒えた後にこれを交付するか、あるいはこれを各支藩主に交付するように請い、安芸藩を通して再度上申した。

三日、前日提出した四家名代の演説書に対し、壱岐守は聞き届け難い旨を言い、速やかに帰国して幕府の命令をそれぞれの藩主に伝えるよう指令した。

四日、四家名代はさらに演説書を作り前意を繰り返した。同日、壱岐守は安芸藩を通してこれに答え、演説書はこれを却下し、速やかに帰って各々の主人に命令を伝えるよう言わしめた。このとき、すでに夜になっていたため、旅装が整ってから出発する旨を答えた。しかし夜の十時頃、安芸藩の寺尾生十郎が来て、必ず今夕発程せよとの閣老の命令を伝えた。四家の名代はやむを得ず旅館を出たが、さらに演説書を作って歎願を繰り返した。

八日夜、安芸藩の使者が宍戸備後助・小田村素太郎の二人に、明日国泰寺に出頭するようにとの幕府の命令を伝えた。宍戸はなお病中にあるため、その猶予を請うた。翌日、幕府は幕府のほうから旅館に役人を赴かせる旨を通達してきた。

安芸藩の先導により、幕府の徒士目付・小人目付らは兵士を率いて宍戸の旅館に至るや、四方を包囲し内外を警戒せしめた。かねてこのことあるを予期していた宍戸と小田村は、長州の藩政府より派遣されていた中村誠一・河北一と永訣の宴を張り、酒を酌み、書画などに揮毫して、幕府の役人が来るのを待っていた。その間、河北らは書類を整理し、有用のものは館外に運び去った。幕府の役人が来ても宍戸らはなお酒を酌み続けて、容易に外に出ようとはしなかった。安芸藩の役人がしばしばこれを促したため、やっと腫物のところに繃帯《ほうたい》をし、家来の肩を借りて努めて歩行困難のふりをして出て行った。

幕府の役人はその命令を伝えた。宍戸は一礼するや一言も発せず、その指示に従って駕籠に入った。役人たちは戸を閉じるや細縄をもって駕籠を縛った。後にこのことを聞いた長州の士民たちは激怒した。殊にいつも冷静沈着な吉川監物が声を荒げて激怒した。

「備後助に縄を打ったのだな」

「はい、さようでございます」

「御名代を幽囚するのは御父子様を幽囚するのと同じである。備後助に縄をかけたのは御父子様を辱め奉ると申すものである。さてさて幕府の無道もこれまでに至ったか。百方歎願を尽くしてきたが、その道ももはや絶え果ててしまった。武門の習い、城を枕に決戦するはもとより珍しからざることである。これよりはますます守備を厳にして相待つより外にはない」

九日、安芸藩寺尾生十郎は岩国に来て、先に四家の名代が広島を去るに際して提出した歎願書に対し、これを却下し、先に下した処分命令に対する歎願も一切これを受け付けないとの幕府閣老の意を伝えた。

十日、これに対して四家名代はまたも演説書を作って歎願を繰り返し、これを寺尾に託した。このように長州では歎願に次ぐ歎願を繰り返し、幕府でもこれをことごとく却下した。しかしてこの根気較べでようやくあせりを感じ始めたのは、幕府側の閣老小笠原壱岐守らであった。幕府の閣老たちの考えは、「彼をもって彼を伐《う》つという離間策」を主として、持久戦のうちには長州の国内は紛乱し、議論区々《まちまち》となり、必ずまた暴発暴動が起きるに違いないから、そこを見計らって共に討ち獲ろうとしていた。幕府の勢威をもってすれば、容易に長州を屈伏せしめることができると閣老たちは考えていたのである。しかし閣老たちはそれが誤算であったことに気づき始めた。一方、長州では正義という名分を堅持し続けた。「自ら反《かえり》みて縮《なお》からば、千万人と雖《いえど》も吾れ往かん」との気概があった。

壱岐守が五月朔日に交付した幕府の命令書に対し、長州は五月二十日までに奉命書を提出するよう四家の名代に命じてあった。

しかし岩国の吉川監物は期限を延期して二十九日とするよう請うた。壱岐守はこの請願を受け入れて、決答の日を二十九日までとし、もしその期日までに命令に従わなければ、従軍諸藩に伝達し、六月五日をもって総軍進撃すべき旨を通達した。

五月四日の夜遅く広島を出た四家の名代は高森まで引き揚げていた。そこに山口から出張してきた重役の広沢藤右衛門と林良助が来た。彼らは協議した結果、さらに家老及び四家名代の歎願書・防長士民の歎願書以上三通を、野村右仲・飯田四郎左衛門の二人に持たせて広島に遣わした。

五月二十九日、安芸藩の使者神尾尚太郎が岩国の新湊に来た。神尾は歎願の旨は幕府で採用にならなかった旨を述べ、野村と飯田の二人がもたらした歎願書三通を返還した。ただ、四家の名代はかねて協議しておいたところに従って、安芸藩に渡すべき演説書を神尾に託した。これは陳情の道が絶えたため、もはや長州は境界を守るの外なく、哀訴の旨趣を後日に残さんがため、安芸藩侯の座右に留められんことを請うたものである。

そこには「中間の奸臣の壅蔽するところとなり、これまで百方苦心仕るもかく御拒絶に相成りては、もはや哀訴の手段も尽き果」てたことが述べられ、さらに「幕府の曲顕然明著にして三尺の童子も知る所に御座候」と幕府を断罪していた。

四十五

六月七日、一橋慶喜・松平越中守定敬《さだあき》は参内し、長州へ問罪の師を発すべき旨を朝廷に奏した。これによって二条関白以下の諸卿参内して、即日、勅諚を慶喜に下した。

毛利大膳父子裁許《さいきょ》の儀、先般天聴《てんちょう》を経《へ》、その末申し達し候ところ、違背に及び候につき問罪の師差し向け候段奏聞を遂げ聞こし食《め》され候。大樹には永々滞坂、この上模様に寄り進発にも及ぶべく、大儀に思し召され候。速やかに追討の功を奏し、宸襟を安んじ奉るべく候よう討手の諸藩へも申し聞くべき旨御沙汰候こと。

かくて四境戦争の火蓋は切られた。同日の朝、幕府の軍艦一隻が上《かみ》の関《せき》の海上に現われて近傍の陸地を砲撃し、そのまま去って大島郡に向かい、安下庄・外入村・油宇村などの海浜を砲撃した。翌八日午前七時頃、二隻の汽船が十隻の和船を曳航し、大島郡の油宇村を砲撃し、載せてきた松山兵百五十人を上陸させ、それより転じて安下庄に向かい、沿岸の民家に十数発砲撃して去った。

同日申の刻（午後四時頃）、汽船「富士山丸」・「翔鶴丸」・「八雲丸」などは和船四隻を曳航し、幕府旗下の陸兵を載せ、厳島方面より久賀村の海上に来て沿岸を砲撃し、兵を上陸せしめて前島に碇泊した。十日の夕方には一隻の軍艦が十余艘の和船を曳航して、これも前島に碇泊した。これは後続の隊兵を載せてきたものである。上陸した幕府軍は民家を掠奪し、拒む家には火をかけ、家族を鏖《みなごろし》にしたという。

十一日午前十時頃、幕府軍は同時に二方面から攻撃してきた。すなわち、久賀村と安下庄の二方面の沿岸を軍艦が砲撃し、ついで久賀村には幕府の陸兵を、安下庄には松山兵を上陸せしめた。しかしこの方面の長州軍は農商兵であり、しかも衆寡敵せず、ついに屋代に退き、果ては対岸の遠崎に退き再挙を図った。

上の関方面の警報に接するや、長州政府は第二奇兵・浩武の二隊に大島郡に赴いて援けるように命じ、「丙寅丸」にも臨機応変の処置に当たらせた。高杉晋作がその指揮に任ぜられた。

実を言うと大島からの敗走は、長州にとっては特に驚くべきことでもなかった。というのは、長州では大村益次郎の献策に従って、この方面の戦いはほとんど敵のなすに任せていたからである。大村は思った。「大島を守ろうとして多くの精兵を費やすのは、大計の得たるものではない。もし敵が来襲してくるようなことがあれば、これを棄てる覚悟で精兵は本土に分屯せしめるに若《し》くはない。ただまったく防禦の備えがないのは島民の承服せざるところであるから、地方の農商兵をもって島民保護に足るだけの援兵を出すべきである」と。

大島の警報に接した晋作らは直ちに出動準備に取りかかった。しかし急なこととて乗せる兵員がいない。山田市之允を捉えて砲隊長とし、これに二、三人の砲手をつけた。しかし船を出そうとしても機関を動かす人がいない。これには訳があった。というのは、先年の攘夷戦において、英国の軍艦が発した砲弾が長州の軍艦「癸亥丸」の機関に命中した。その弾丸が破裂して、機関部に働いていた者は焼けただれて惨憺たる戦死を遂げた。その光景を目撃しているので、誰も彼もが恐怖していたのである。

ところが一人、進んで名乗り出た者があった。

「それでは私が機関掛になります」

この若者は田中顕助という土佐の郷士で、すでに脱藩して高杉の弟子となっていた。

「君で結構だ」

高杉は承諾したので田中は直ちに機関係となった。しかし田中はずぶの素人で、船のことについては何の知識もなく、ましてや機関部の操作などできようはずがない。このとき田中は「でもどうにかやったならば、船が動かぬことはあるまい」と、高をくっていたにすぎなかったのだという。名乗りを上げるほうも上げるほうだが、それに任せるほうも任せるほうで、ずいぶん無鉄砲なことである。しかし、どうやらこうやら船は動く。そのうちに機械の呼吸を呑み込んで、自由に動かせるようになった。

三田尻まで来ると、中の関問屋口《とやぐち》と言われている辺りに船を着けた。晋作は船を上がると富豪貞永文右衛門の家に入った。

「ちょいと二階を拝借します」

文右衛門は下関の白石正一郎と同様勤王家で、諸隊の志士が来ては小遣い銭を貰ってゆく。晋作も文右衛門とはいたって心安い仲だった。しかし晋作がいるはずの二階からは物音一つ聞こえない。普通とは様子が違うのを感じた文右衛門は心配して妻女に様子を見に行かせた。足を忍ばせて階段を上ると、晋作は床柱に足を上げ、仰向けになって両手で手枕をしている。何かしきりにものを考えている様子で、そのため妻女も声をかけるのをためらって引き下がってきた。晋作はものの一時間もそうしていたが、やがて降りてきて、「お世話になりました。また来ます」と言い捨てて戻っていった。おそらくはこれからの策戦を熟慮していたのであろう。それから船を急がせて、上の関へ向かった。

一方、第二奇兵隊の軍監林半七らは遠崎にあって、十二日をもって海を渡り大島に赴こうとしていた。たまたま高杉晋作が指揮する「丙寅丸」が上の関に到った報せを得た林は、小舟に乗って室積に到り会見した。晋作が言った。

「『丙寅丸』の如き小さな軍艦では、もとより幕府の堅艦《けんかん》には敵し難い。しかも小倉方面も急を告げている。しかしひとたび幕軍の度肝を抜いてやろうと思うから、その後で卿らに任せたい。願わくは少しく進軍を猶予されたい」

「では六月十四日が洞春公の御命日ゆえ、その日を待って兵を渡そうと思うから、その間に貴公の策をやっていただこう」

この「丙寅丸」という軍艦は一〇〇トンほどの船で、幕府の「富士山」艦などは一〇〇〇トンもある巨艦である。幕府の海軍力には長州の海軍力は到底及ばなかったのである。

十二日正午頃、「丙寅丸」は遠崎に着いた。夜になるまで、前島沖に碇泊している幕府の軍艦からは見えない所に船を隠した。その日、月が落ちるのを待って前島に乗り出した。島陰伝いにそっと船を進めると、幕府の軍艦は大島の久賀と前島の中間辺りに四、五隻、それに多くの和船が碇泊している。晋作は艦首に立って指揮した。

「船と船の間に突入せよ！」

「撃て！」

晋作は目を瞋《いか》らして叱咤した。

「丙寅丸」は敵艦の間を縦横無尽に馳せ入るや山田や田中らは遮二無二撃ち出した。釜の火を落として寝ていた幕府軍は胆を潰して慌てふためいた。にわかに石炭を焚き出したが、そう早く蒸気が出るものではない。何しろ目の前の壁に向かって撃つようなものであるから、砲弾はことごとく命中する。そのたびに火花が飛び散る。その明るさをたよりに「丙寅丸」からは慌てふためく幕府の兵士を小銃で撃ちまくる。

このとき一つの砲門の指揮を任されていた田中顕助が晋作を咎めるように言った。

「なぜ軍服を着ないのですか」

すると晋作はにっこりして言った。

「鼠どもの船を撃破するには、この軍扇一つで十分だ」

この元気には田中も内心舌を巻いた。七、八発も撃ったところで矢留めして引き返した。敵もようやく撃ち出したが、闇夜のこととて、味方の艦船に打撃を与えただけだった。

途中、「富士山」という幕府の大鑑が伊予方面に逃げたというので、これが戻ってきて長州軍の出口をふさいでは面倒ゆえ、これにもその灯火を目掛けて七、八発撃ち出して引き返した。幕府軍では隠れてまたもや撃ち出すと思ったものか、碇を上げてその夜のうちに逃げ去ったという。

晋作は常々、「寡《か》をもって衆《しゅう》を破るは、朝駆けに限る」と言っていた。しかしこの時代、夜襲というものは、海上では絶対にやらないものであった。寡兵で、しかも急を告げる状況にあって、勝つためにはおそらくこれしかなかったのであろう。

四十六

芸州口は本道と間道の二つに分かれており、本道の方は小瀬川口といって海岸線であり、間道の方は山間線で紆余曲折した道である。また本道の方も二つに道が分かれており、一つは中津原から苦の坂を経て小方《おがた》という所に出る道と、もう一つは和木・大竹を経て小方に出る道がある。

六月十三日夜、幕府軍の先鋒井伊・榊原の兵は大竹村に進み、井伊の一隊は苦の坂に備え、明朝を期して長州領に攻め入ろうとしていた。十三日夜半、大竹村にあった幕府軍は岩国領内の和木村を砲撃し始めた。

長州側では国境内に一歩たりとも足を踏み入れさせまいとの決意で待ち構えていたが、ここへきてやむを得ず応戦することとなった。しかしこの三年間、安芸藩は長州に同情を寄せて、事ごとに世話を焼いてくれている。戦争となれば芸州領内の田畑を踏み荒らし、場合によっては民家に兵火が及ばないとも限らない。この点を気に病んだ長州側では、安芸守へは勿論、藩の役人や領民たちに対して、礼儀を尽くした挨拶状を送り、その是非曲直を明らかにしようとした。

十四日黎明、関戸にあった長州軍は小瀬川を渡って芸州中津原を本営となし、一隊は苦の坂に向かい、一隊は小瀬川沿いに大竹に向かい、一隊は中津原から前面の鍋倉山をよじ登って大竹村の東北の山上に向かった。

この日の朝、大竹村にあった幕府軍は長州領内に侵入しようとして、和木村に逼《せま》り争って川を渡ろうとした。小瀬川の西岸と瀬田山上にあった岩国兵は、これに応じて山上から眼下の幕府軍に向けて砲銃を乱射した。このとき中津原から川沿いに大竹に向かっていた長州軍の一隊は、川を渡ろうとする幕府軍に遭遇した。長州軍は大砲をもってこれに当たった。そのため幕府軍は転じて長州軍の左側の山上、すなわち鍋倉山の西南麓に登ろうとした。長州軍はこれに先んじて山上に登り射ち下ろした。長州軍の武器は新鋭の砲銃で雨の如く射ち下ろす。これに対して幕府の井伊・榊原勢は陣羽織・立烏帽子《たてえぼし》で、押し太鼓に法螺貝を吹き、ブーブー・ドンドンとやって来る。幕府軍は一堪《ひと たま》りも支えきれず、上田山によって守ろうとしたがかなわない。先に中津原から前面の鍋倉山を登った長州軍の一隊が加わってそこを撃つ。幕府軍はいよいよ乱れて油見村の海浜に走る。また小瀬川沿いに大竹に向かった一隊も進撃して油見村賢徳寺の敵陣営を奪った。

一方、苦の坂に向かった一隊は坂の頂上を越えると敵兵に出会ったが、これを撃ち退け油見・立戸の高処に出、大竹からの敗兵を追撃した。幕府軍は退路を断たれて、千余の人家が炎上する中を海岸に走り、繋留していた和船へと逃げる。馬に乗る者は溝に転び、船に乗る者はどの船もどの船も人で一杯で、そのまま沈む。馬のない者は処々の小陰に潜んでいるところを長州兵に追い立てられ、船に乗ることのできなかった者はその数約三千が海中に逃げ込んで、浮いたり沈んだり。その様は実に憐れむべき次第であった。

この戦いで岩国兵は粗暴な行いが多く、甚だしい者は山の上から発砲するのみで、矢掛り（鉄砲玉の届く範囲内）に出ることもなく、敗兵が逃げた後に、敵の兵器を奪うのでもなく、ただ民家の諸物・衣類などをことごとく奪い取るというようなことも起きた。家財・食糧を奪われた士民たちからは泣涕《きゅうてい》の声が上がった。見るに見かねた長州軍では、彦根藩から奪い取った兵糧米千俵ばかりを、ことごとく土地の者に与えた。難民は一万余人に及び、とても行き届いたことはできなかったが、涙を流して喜んだ。

十五日、長州軍は本営を小方に移し、そのまま三日ほど休戦となった。十九日、幕府軍は、水野大炊頭は紀州軍を率い、陸軍奉行竹中丹後守はその精兵数百を率い、加うるに蛤御門の変で長州軍をひどい目に遭わせた美濃大垣藩の兵五千余が、進撃してきて大野にあった。

長州藩では兵を二手に分け、一手は四十八坂口といわれる本道と、松原口といわれる山間の道からこれを攻略することにした。

十九日明け方、松原口の長州軍は大野の手前、道の左右にある瀑布の上の山にあって、四十八坂口から来る味方を待っていた。しかし味方が来なかったため、ついに単独で開戦することに決まった。山の上から敵陣を盛んに砲撃し、諸兵吶喊《とつかん》して敵中に斬って入った。後藤深造・宮田半四郎・益田一らは一人で多くの敵兵を切り捨てた。幕兵は支えることができずして海浜に退いた。しかし左側前面の丘にあった幕兵はよく戦い、右前面の山にあった幕兵も次第に側面から長州軍の背後に回り、海浜に退いていた幕兵も、それに応じて攻撃してきた。松原口の長州軍はやむなく兵を収めて小方に帰った。

四十八坂は坂道が多く、上ったり下ったり四十八回に及ぶので、この名があるという。この四十八坂も二手に分かれ、一は本道より攻め、一は山腹から行った。本道の長州軍がまず大野を砲撃したが、幕府軍は大野村の西南にある一つの丘に大砲を備え、その左右に銃隊を配置し、雨の如く弾丸を撃ってくる。

一方、山腹を行軍している一隊は道が険しく、本道の兵に続くことができない。そのため長州軍は軍伍がやや乱れた。敵はそれを見逃さず、銃隊を放ち長州軍の砲隊に迫った。この危急を見た長州の友軍が駆けつけ、左側の山からこれを援護し、砲隊も散弾を連発してこれを拒《ふせ》いだ。このため幕兵は少しく退いた。長州軍はこの間に乗じて退き、余儀なく小方まで退却した。

この大野村での戦いでは、幕府軍は思いの外によく戦い、長州兵を敗退せしめた。その理由は、紀州兵は西洋銃陣があり、ものの役に立たない旧式の兵器で武装した井伊・榊原の軍勢とは違っていた。また幕府の兵も大垣兵も精兵であり、しかも多勢に無勢であったからである。またこれに加うるに、長州軍の中隊司令にその人を得ることができず、二、三の者が戦争中岩陰に伏し、木陰に隠れ、何と言っても出て来ないで戦いが終わるのをひたすら待っていたからである。

二十五日明け方、長州軍は幕府軍が本営としていた大野を占領するため、再び攻め入った。今回も四十八坂口と松原口の二手に分かれ、四十八坂の本道を砲隊が進み、遊撃隊が左側の山間から進んだ。幕府軍は大野村の入口の所に砲台を築き、これによってよく禦《ふせ》いだ。長州軍ではこれを抜くことができずして、一旦退却することにしたが、砲隊が遅れた。幕兵は追撃しようとこれに迫った。松原口の維新団はこれを見て、馳せ下って禦ごうとした。しかし幕兵はさらに干潮に乗じて海浜を渡り、砲隊の背後を衝こうとした。山間にあった他の一隊がこれを見て、さらに駆け下って幕兵の側面を衝いたため、その間に乗じてからくも退くことができた。

松原口も前回と同様、左右の山上から大野に迫った。しかし松原口にあった幕府軍もよく防禦したため、これも塁を抜くことができない。ついにこちらも退却して小方に帰ることにした。

幕府軍は要害の地によって一歩も退かず、激戦となった。いつもは五、六十発の弾を発するところ、この日の戦いでは百二、三十発に及び、小銃は火の如く熱くなって握ることさえできない。しかも幕府軍の兵は多く、しばしば新兵を繰り出してくる。ついに長州軍は利を得ることができずして退却となったものである。その後、幕府に拘束されていた宍戸備後助が帰国してきたため、戦いはしばらく休戦となった。

四十七

幕府側の予想では、幕府軍の勢威を見せつけたならば、長州は前回と同様、縮み上がって平身低頭して降参すると思っていた。そのとき取って押さえて幕命に服せしめ、一撃のもとに防長二州を取り潰してやろうと考えていた。ところが長州は頭を下げぬばかりか、頑強な抵抗にあった。大島口では幕府の海軍は散々に打ちすえられ、芸州大竹口でも大敗、九州口（小倉口）も石州口も退却した。

幕府軍の副総督として広島に赴任した松平伯耆守は、ここへきて事の真の重大さに気づき始めたようであった。伯耆守は阿部豊後守と同様、長州に対しては極端なる主戦論者であった。ところがこのまま戦争を続けても長州を攻め潰すことはできず、そのうちに諸藩からの異論百出、不平百出して、収まりがつかなくなることに気づき始めたのではなかろうか。そこで伯耆守は幕府の面目がそれほど害されずに済むよう、土崩瓦解とならぬうちに、和睦止戦に出ることにした。

六月二十一日夜、伯耆守は幽閉されていた宍戸備後助らを密かに自分の旅館に招き、藩公父子や長州の士民を諭して、止戦の申し込みをなさしめるよう話を持ち出した。伯耆守は宍戸らが喜んでこの話に応じるものと思っていた。備後助が答えた。

「防長二州は藩論すでに戦いに決しています。この藩論を覆すために、今さら放還されたとしても、われわれの面目が立ち申さぬ。このまま君命を潔くして死にたいと思いまする」

伯耆守もさすがにこれには恐れ入った。

「御決心のほど誠に感服致した。しかし藩公父子や防長士民からの請願書は、いずれも寛大の処置を望んだる書面である。その願意が聞き届けられれば、貴公らの使命も果たされたことになる。この上は少しでも早く帰国して、戦をやめるよう士民を説き諭したほうが長州のためではなかろうか」

「なればその証《あかし》がいただけましょうか」

「いかにも承知致した。幕府も軍を広島まで引き揚げよう。また毛利家にはどこまでも寛大の処置があるよう、拙者が身命を賭して尽力致す」

こう言うと伯耆守は一書を作って宍戸らに交付した。宍戸は一読して両判を請求し、かつ言った。

「強いて命を辞するのは不敬に渉りますゆえ、一応命を奉じまするが、帰国して後、防長士民が果たして命を奉ずるかどうかは、保証の限りではありません。今後もし歎願書を呈するようなことがあれば、よろしく御諒察をお願い致しまする」

ところが、このことを伝え聞いた紀伊中納言徳川茂承《もちつぐ》は、寝耳に水で大いに憤った。それもそのはず、止戦命令は伯耆守の独断専決によるものであり、総督たる茂承のまったく関知せざることであったからである。

茂承は有本左門を急使として大坂に遣わし、総督辞任の申し出をなさしめた。松平伯耆守のとった措置は、長州に対する政策の得失はしばらく措くとしても、総督茂承の面目を丸潰しにするような仕打ちであった。

有本左門の事情報告を聞き、茂承の総督辞任の届けを見た将軍家茂は震えるほど激怒した。このとき家茂は病褥《びょうじょく》に臥せっていたが、神経を極度に興奮せしめたため、吐血して重態に陥った。家茂は茂承に対して、松平伯耆守に副総督を命じた自身の不明を謝罪し、留任を懇願するとともに、伯耆守に対してはこれを呼び戻してその職を褫《うば》った。

それにしても伯耆守は、どうしてこのような重大事項を、独断で断行しなければならなかったのであろうか。実際の長州の状勢を知るに及んで、とても長州を力攻めにすることはできず、そのうちに収まりがつかなくなって、幕府の威信も地に落ちることを予見したからではなかったか。要するに、第一次長州征伐のとき尾張大納言慶勝や西郷吉之助が予見したことに、やっと気がついたのである。しかし幕府の閣老の多くは強烈な長州討伐論者たちであって、なかなか相談できるものではないから、土崩瓦解に至らぬうちに、罪を一身に背負って、宍戸ら囚人に止戦の申し入れをしたものではなかっただろうか。

こうして伯耆守はその職を褫われ、紀伊中納言茂承は幕府軍総督を継続することとなった。七月二十八日、幕府軍はまた進撃を開始した。その数六千、そのうち一千は宮内より山間の間道を通って亀尾川口に向かい、残りは玖波にある長州軍の本営に迫った。長州軍はこれを四十八坂に迎え撃つ。しかし一進一退して容易に勝敗は決しない。

一方、宮内口より進撃してきた幕府軍は、まず四藤山にあった神威隊を目がけ砲撃を開始した。

激戦数刻に及んだが、幕府軍は後続部隊を次々と繰り出してきたため、長州軍は苦戦に陥った。曾根荒助の率いる小隊が、左側から敵の右側を追撃したため長州軍は攻勢に転じようとしたが、幕府軍は新たに三大隊が来て、猛攻し始めた。硝煙天を覆い、砲声山岳を震わす。長州軍は寡兵をもって必死に戦ったが、敵もあえて退却する気配がない。ようやく日が暮れて夜となった。地理に不案内な幕府軍はあえて進まない。長州軍は夜に乗じて猛攻撃を試みた。幕府軍は支えることができずしてついに退却を始めた。長州軍は勢いに乗じて攻撃したため、幕兵は鉄砲・衣類を遺棄したまま走り去った。

晦日、幕府軍は再び進撃してきた。この日、山野は深い霧に覆われた。長州軍はこれに乗じて猛攻を加え、幕府軍を走らしめた。八月八日、敵は三たび進撃してきた。長州軍はこれも撃退して平良村まで進出した。

四十八

次に石州口の戦いを述べたい。長州の隣国津和野藩はかねてより勤王の志があり、しばしば長州に好意を寄せていた。しかしながら幕府から長州の討伐を命ぜられたとき、津和野藩では小藩のことゆえ兵力を数所に分かつことができないことをその名目として、兵を城下に集め、努めて長州と衝突を避けようとした。長州でもこれを諒として相戦うを欲せず、単にその道を借り、津和野城の北方の地を通過し、浜田領の益田に向かった。

この方面における長州の総督は清末藩主であったが、藩公は戦地におらず、実際の主脳は参謀大村益次郎であり、杉孫七郎・瀧弥太郎が同じく参謀としてこれを補佐した。本営を生雲に置き、一は土床口より横田に向かう陸路をとり、一は田萬より海路をとって戸田の海浜に上陸して進軍した。境を越えるに当たって、長州では幕府の奸臣によって冤罪を被った次第を述べ、やむを得ず軍勢をもって幕府の処置の次第を問うものであり、決して隣藩を侵犯する意図のないことを述べた書面を浜田藩侯に差し出した。

長州軍は横田に着いた。明日は横田川を渡るつもりであったが、この川には橋が無かった。大村益次郎は平服のままふらっと外に出ると、近所の百姓の家に行って、舟を出してくれるように頼んだ。

「舟は一つもありませんが」

「いや、少し酒手《さかて》を奮発してやるから、何とかしてくれぬか」

大村はそう言うと懐中から金子十両を出してその百姓に与えた。百姓は非常に驚いて、舟を出してくれた。そこで大村はその辺の情況を見たり聞いたり、よく探って帰った。

六月十六日早朝、陸路を進んだ長州軍は横田を出て扇原に到った。ここは津和野藩と浜田藩の境で、両藩の関所が相対して立っている。長州軍はまず使いを遣わして進軍のことを告げ、通過を請うた。津和野の関所はこれを許し、浜田藩側の関門はこれを許さない。

しかしこの関門には他に人がいるわけではなく、岸静江という人が一人で守っていただけであった。長州軍は浜田侯に怨みがあって攻め入るのではなく、斯様《かよう》斯様《かよう》の事情で道を借りるのであると弁解した。するとその関守が言った。

「武士が君命を受けて守っている以上は、お通し申すことはあいならぬ」

この岸静江という人は、長州軍がこの関門に迫ったとき、益田にある浜田藩出張所に飛脚を飛ばして援兵を請うた。しかし浜田藩では一兵たりとも送る余力がないと言って断わられたため、自分一人が討ち死にすれば名義が立つと考え、数人の家来たちをみな帰して、一人でこの関所を守っていたものであった。

佐々木男也が言った。

「拙者どもは幕府には怨みはあっても、浜田藩には寸毫の怨みも持ち申さぬ。殊に情義に厚き貴殿に刃を向くることは心痛ましきばかりである。貴殿もし討死の覚悟があれば、ひとまず益田の陣営まで帰られ、改めて戦場でお目にかかろう」

「御好意は忝《かたじけな》く存ずる。しかし役目において命を捨つるは武士の本懐。関守が関守の役目において討ち死に致すに、何の不足がござろう。いざ勝負じゃ」

こう言うや岸は槍を提げて飛び出した。南園隊の兵士が銃でこれを撃ち殺した。長州軍はこれを義として礼をもって厚く葬った。

こうして長州軍は扇原より多田を過ぎて、机崎の森にしばらく兵を留めた。行軍中、大村は兵卒に長梯を荷なわせ、時々人家の屋上に上り前面を偵察せしめた。これは市街戦においては街衢《がいく》屈曲の所であるがゆえに、往々伏兵があるからであった。

大村益次郎という人はもともと医者であり、蘭学を研究して軍務につくようになった。そのため藩士たちは、彼に対して実戦の技倆を疑う者が多かった。しかしこれら大村の用意周到を見て、人々は次第に彼に服するようになった。

ときに幕府軍は浜田を根拠地として、紀州兵は三隅まで進出し、福山兵は益田に、浜田兵は津田と遠田にあった。扇原関門が破られたことを聞いた福山兵は益田を退き、広田峠の左右の高処に陣し、浜田兵もこれに合流した。

ここにおいて長州軍は杁崎を発して攻撃を開始した。しかしそのうちに日が暮れたため、兵を収めて横田まで帰った。このとき隊士の中には、大村の勇気のないのを密かに歎く者があった。

その夜、幕府軍は山を下り、福山兵は勝達寺・医光寺に拠り、浜田兵は萬福寺に陣した。

翌十七日朝八時頃、横田にあった長州軍は精鋭隊を先鋒とする一隊が直ちに益田に入り、萬福寺に向かった。また南園隊の一小隊は七ツ尾山を登って医光寺に向かい、海路をとった長州の軍勢は、高津より迂回して秋葉山に登り、勝達寺に向かって本郷方面より攻めた。七ツ尾山にあった南園隊は山の上から撃ち下ろしたため、医光寺にあった福山兵は支えることができなくなり、まず潰えた。

萬福寺にあった浜田兵はよく守り、長州軍は精鋭隊を先鋒としてこれを一挙に落とそうとしたが陥れることができない。ときに高津より迂回して秋葉山に登った長州軍の一隊は、山から勝達寺を下射し、これを潰走せしめた。この一隊は進んで椎山に到り、砲銃をもって萬福寺を背後から下射し、正面の長州軍と相呼応して攻めた。

このとき大村は思った。今、敵は袋の鼠である。出口は前に一つあるだけである。必ず前に突き進んでくるであろう、と。よって彼は萬福寺付近の前にあった麻畑に、伏兵を置いてこれを待った。

果たせるかな、浜田兵は吶喊《とつかん》して門扉を開き、銃隊約二十人が一斉に連発し、騎士一人、槍隊三十人が烟煙の中を突き進んできた。長州軍は討ってその騎士を斃したが、地が狭くて進退が自由にならず、長州兵数人が死んだため、ついに退却した。浜田兵はこれを追って大橋に到ったが、麻畑の伏兵が起こり、益田川の川岸にある者と相応じて迎え撃ってこれを退けた。浜田兵はすきを見て峠山を越えて逃走した。しかし萬福寺には槍隊がまだ残っていてこれを死守していたが、長州軍はあえてこれに迫ろうとはしなかった。しかし夜になって闇にまぎれこれも逃走し、結局、浜田まで退却した。三隅にあった紀州兵は益田の急を聞いて駆けつけていたが、敗兵が帰っているのを見て長州兵が来たものと思い、これも長浜・熱田まで退却した。

昨日の日暮れ、参謀の大村が、敵が山の上に退いたときあえてこれを追撃せず、わが軍を引かせたのは、人命の徒費を避けるためであったことを、隊士らは初めて暁《さと》った。当初、大村が石州口の参謀として臨んだとき、兵士たちはその多くが彼を藪医者の出身と見なし、実戦に疎い者として軽視していた。ところがひとたび実戦に臨むや、その神算鬼籌《しんさんきちゅう》はことごとく的中し、いずれも驚嘆敬服しない者はなかったという。

益田が占領されるや、浜田藩は援兵を因州・雲州の二藩に請うた。また、浜田城主松平右近将監武聡《たけあきら》は、この頃病気で軍隊の指揮ができなかったため、広島の総督府に使いを出して、雄藩の藩主に諸軍指揮の任に当たってもらうよう要請した。

一方、長州軍は芸州口と相応ずるために、しばらく戦闘を休止して、七月に入った。十五日、大村は諸谷村に兵を集め、部署を定めて進撃を再び開始した。精鋭隊は臼砲三門を挽いて六本松より進み、国司部隊は火箭隊と共に田面村より山陰街道を滑ケ平に向かう。中谷部隊は井ノ頭より間道を通って平原口に進んだ。しかしていずれも幕府軍は戦意に乏しくて潰走し、大麻山の本営も潰えた。

翌十六日、長州軍は二手に分かれ、一は周布の紀州兵に向かい、一は雲雀山の敵兵に向かった。しかして前日の夜、紀州兵の総帥安藤飛騨守は大麻山が陥落したことを聞いて大いに恐れたものか、周布の陣営を抜け出して、十六日の朝には浜田城に逃げ込んでいた。長州軍が周布の専称寺と雲雀山の戦線を中断するや、紀州軍は主将をなくして戦気に乏しくなったためか、一時に潰え去った。

こうして長州軍は浜田城と対峙することとなった。この際、皆の者が口々に言った。

「浜田城を攻めることはなかなか困難である。浜田を攻めれば、雲州その他から応援が来るに違いないから、よほど覚悟しなければならない」

大村はこれを制して断言した。

「それは気遣う必要はない。決して応援に来るものではない。昔、赤穂の浪士が吉良の屋敷を襲うたが、浪士たちは皆、上杉が吉良の親戚ゆえ、沢山の援兵を出すに違いないと言って心配していたが、大石良雄がそういうものではないと皆を制したということである。たとえこの浜田が戦場となったとしても、無闇に応援が来るものではない。それは事情が許さない」

果たして大村の言ったことはその通りとなった。これより前の七月十四日、浜田藩侯の援兵及び諸軍指揮の要請に対して、広島にあった閣老松平伯耆守は因州藩主にこれを命じるべきを答えてきた。ところがすでに述べた如く、伯耆守は征長軍の解兵を幕府に建白しようとしていたときであったため、諸藩いずれも出兵に応じようとはしなかった。

浜田藩では到底自力で守ることはできないことを覚り、長州軍に止戦の申し入れをした。これに対して長州では、浜田城に入り込んでいる紀州や福山の諸藩兵を、七月二十日までに引き取らせることを条件に、これに応じることにした。

ところが長州ではその返答を待っていたが、何らの音沙汰もない。よってこれを催促したが、ただ了承したと答えるだけで要領を得ない。

すると十八日、浜田城の方面に突然砲声が轟き、火煙が大いに起こった。長州軍では浜田兵が紀州兵と戦っているものかと疑ったが、偵察せしめると、浜田兵が自ら城に火をつけて逃れ去ったものであった。

浜田藩側の者の語るところによると、十八日、浜田藩では会議を開き講和に決した。講和の使いが長浜に到る頃、城中には異議が起こり、退城と決議一転した。浜田藩では急使を馳せて講和使を止め、自ら城に火を放ち、藩侯は雲州の汽船に乗って逃走したとのことであった。

四十九

上の関で幕府軍の度肝を抜いた晋作らは、そのまま下関にとって返した。その船の上で晋作は田中に言った。

「おおよそ英雄というものは、変なときは非人乞食となって隠れ、変あるときに及んで龍の如くに振る舞わねばならない」

彼自身の生涯が正しくそれであった。そして続けて言った。

「そのために学ぶのだ。力をつけるのだ。死すべきときに死に、生くべきときに生きるのは、英雄豪傑のなすところである。両三年は、軽挙妄動せずして、もっぱら学問をするがよい。そのうちには英雄の死すべきときが来るであろう……」

晋作は下関に着くと白石正一郎の家に寄宿し、そこに作戦本部を置いた。対する幕府軍は小倉兵・肥後兵・久留米兵など二万と言われた。一方、長州軍はわずか一千、長州にとってはその存亡をかけた戦いであった。六月十五日、晋作は山県小輔らと共に作戦計画を議した。その結果、次の如き決定を見た。

小倉城を取らんとするには、直ちにその牙営を衝くことを上策とする。しかしまず田の浦・門司・大里《だいり》などの敵を駆除しなければ、かえってわが長府・馬関の地に敵が侵入してくる恐れがある。ゆえに、まず軍艦をもって門司・田の浦を砲撃し、その間に陸兵を同地に上陸せしめて、これを攻撃一掃し、然る後に機を見て大里に進攻すべきである。もし敵が彦島を襲うようなことがあれば、わが方の守兵をもってこれに当たらせ、馬関にある軍艦をもって援護せしめることとしよう。敵の海軍は、安芸との境である小瀬川にあるが、わが軍が進撃中であるから、馬関に向かうことはできないであろう。万一来たとしても、わが軍艦と砲台とで共に攻めればよい。このようにして歯を一本一本折る如く彼が力を裂き、枝葉よりついに根本に至るように目をつけて攻めるべきである。しかも、日本の商船は当分馬関海峡を通過することができないであろう。北国の船舶が三、四カ月も上国に行くことができなければ、京坂は運送の便が絶たれて糧食が欠乏を告げ、乱離立ちどころに至ることとなろう。

六月十七日、予定の如く、未明より「丙寅」・「癸亥」・「丙辰」の三艦は田の浦に、「乙丑」・「庚申」の二艦は門司に向かい、両所の砲台をまず砲撃した。「乙丑丸」はいわゆる「桜島丸」であり、このとき坂本龍馬ら海援隊がこれを操縦していたが、高杉晋作が説いてこの戦いに加わらせたものであった。この間、硝煙は海を覆い、ほとんど咫尺《しせき》も弁じることができず、ただ大砲の音が山岳に振動するのを聞くだけであった。ややあって海軍が敵の砲台を破砕したとの報告が入った。陸軍では直ちに田の浦の西と東に分かれて上陸し、弾丸雨注の中を冒し、無二無三に突撃してこれを討ち退けた。ここで兵を分かって二つとなし、十分の七は田の浦に向かい、十分の三は門司に向かった。

田の浦に向かった陸兵は、その本営に肉薄してこれを陥れ、火を放って焼いた。この日、海風猛烈にして、硝煙空を鎖し、延いては火薬庫を爆破して余勢を逞しくした。陸兵は勢いに乗じて進み、幕府軍が渡海のために用意し繋留していた和船およそ二百艘を焼いた。

一方、門司に向かった一隊は渓谷の間から門司の山の脊梁に出て、砲台の背後から不意に襲撃してこれを抜き、進んで門司の陣営を陥れてこれを焼いた。

続く長州の中軍は山内梅三郎が総督として、銃隊砲隊を率いて直ちに応援に駆けつけ、敵の再襲に備えた。しかし敵兵はすでに逃れ去って居なくなったため、しばし休息することとした。

このとき海軍よりの使者が来て、全軍馬関に凱旋せんことを議することとなった。ある者が言った。

「今、大里を襲うのは破竹の勢いに乗ずるようなものである。この好機を逃せば、後で悔いても及ばないであろう」

高杉が言った。

「今日の戦いは実に意外の大捷《たいしょう》であって、威を九国に示すに足る。しかしながら疲労した兵士をもって大里を襲い、敗を取るようなことがあれば、門司・田の浦の大捷も水の泡となり、勝敗逆転して、いかなる大難に至るか測り知ることができるものではない。おそらくは、この勝利をもって兵を引き揚げ、さらに時機を待って大里を取る長期戦に出るに越したことはなかろう」

この高杉の意見に山県らも同意し、ついに衆議一決して馬関に引き揚げることとなった。

このとき幕府の援兵として来ていた肥後兵は広寿山を本営として大里松原を守り、幕府旗下の千人隊は赤坂付近を守り、久留米兵は長浜の海浜を守っていたが、少しも出て戦おうとしなかったため、小倉藩では内心頗る不平を抱いていた。

十九日、小荷駄備総轄《こにだそなえそうかつ》の原主殿と一番手士大将島村志津摩は相議して作戦計画を立て、まず幕府軍艦「順動丸」が大里の海上に出て馬関の沿岸を砲撃し、停泊している長州の軍艦が出てくるのを待ってこれと戦い、小倉兵の先鋒三手は海岸の砲台よりこれに応戦する。その間に乗じて幕府千人隊・肥後兵及び小倉兵の一部が彦島に上陸し、小笠原近江守・小笠原幸松丸の兵はこれに継いで進撃する。原と島村は閣老小笠原壱岐守にこの策を告げた。壱岐守は未だ器械が備わらず、諸藩からの兵も未だ十分には来会していないことを理由にこれを退けた。

この間、長州では敵情を探っていたが、敵軍は門司・田の浦の要害を破られて一歩を退いたとはいえ、なお砲塁を大里に築造し、厳重にこれを守備して長州軍の来るのを待っている模様であった。

七月一日、長州軍は再び進軍すべく謀議を決した。すなわち、彦島砲台よりまず大里を砲撃し、次に陸軍の先鋒は密かに亀山下より乗船して門司に上陸し、直ちに大里に進撃すべし。中軍もこれに続いて渡海上陸すべし。海軍は馬関の海峡を扼《おさ》えてその声援をなし、もし敵艦が来襲してくるようなことがあれば、彦島・馬関の砲台と共にこれを挟み撃ちにし、もって大里を攻め落とすというものであった。

二日の夜、上荷船《あげに》二艘を結合し、巨砲三門を載せ、死士六人を募って、小瀬戸より彦島の外を回り、三日の早暁を期して、敵の「富士山」艦に近づいて、これを撃破せしめようとした。しかしこのとき暁の霧が濛々とたちこめ、敵艦の所在を知ることができなかった。ところがたまたま艦内で鉦《かね》を打つ者があった。この音をたよりに敵艦の間を潜行したが、予測通り艦船ごとに誰何《すいか》せられた。死士たちは筑前に石炭を買いに行くものであると答え、「富士山」艦に近づくや直ちに蒸気の釜を目がけて大砲を連発した。死士たちは砲撃がその功を奏したことを認めるや、あらかじめ用意しておいた他の船に乗り移って逃げ帰った。

上荷船から三発の砲声が轟くや、これを合図に彦島の砲台からも俄然砲撃を開始した。前日より発射の照準を合わせておいたため、霧の中でも目的を誤ることはなかった。この彦島の砲台は、いわゆる隠蔽砲台で、蘆葦《ろい》の中にあってその所在を知らない者が多かった。突然の砲撃によって敵は不意をつかれた。しかし幕府の軍艦も黙って砲弾を受けているだけではなかった。砲台の所在を知ることができないにもかかわらず、響に応じて大砲を発射した。数条の火線は互いに交叉往来し、あたかも雷電が激射するが如くであった。

また陸軍も二日の夜から闇に乗じて門司に上陸し、戦機の熟するのを待ちつつあったが、夜の明ける頃急に起って、右翼は本道より、左翼は桜峠に向かった。右翼はさらに分かれて、報国隊は海浜及び本道から、奇兵隊と正名団は山沿いの道を並び進んだ。敵兵は大里の前頭松林の間に拠り、河を前にして野戦砲台を三カ所に設けて堅く守っていた。報国隊は潮が退くのを待って下流を徒渉し、勇気をふりしぼって砲台に逼《せま》った。敵はこれに抗することができずして砲台を棄て、南方の山麓に退いて堅く守った。

左翼の奇兵隊も殿上山下の敵砲台を破り、同じく大里に来り会した。朝十時頃、戦いはまったくやんで全軍馬関に帰った。長州軍は三度《みたび》敵地に上陸して延命寺の堅塁を奪い、直ちに小倉を取る目的を持って、総督高杉晋作の寄宿している白石正一郎宅に軍議を定めようとしていた。しかし晋作は五日程前から、体の不調を訴えていた。そのため軍議は晋作が寝ていた病室で行われた。紅喜屋《べによし》の夫婦は見舞いにうなぎと氷砂糖を持って来た。奇兵隊からも鯉を送ってきた。この頃にははっきり肺病と自覚されるようになっていたのであろう。

そもそも高杉の病気は一年程前からその兆候が現われていたらしく、山県や伊藤らに体調のはかばかしくないことを訴えていた。しかし本人にも、周囲の者にも、それが結核による症状とは分かっていなかったようだ。ひょっとすると晋作が上海に行った頃からよく風邪をひいていたので、その頃にはすでに結核に感染していたのかも知れない。

白石正一郎宅に作戦本部が置かれてから、晋作は戦争指図書や報告書の作成、作戦会議、各藩の役人や使者たちとの応接と、激務に次ぐ激務、酒また酒の日々が続いていた。この頃晋作が作った詩がある。

　堪うべし忍ぶべし心還《また》意
　何を恨み何を憂えん人と時と
　人生の行途は纔《わず》かに百歳
　陶然廃する莫《なか》れ手中の卮《さかずき》

儼然危坐して未だ真を見ず
正論確乎誰か伸ぶるを得ん
唯是れ拡充す憂国の意
終生肯《あえ》て明神に負《そむ》かず

ただ国を思い民を思うがゆえに、自分の信じるところをなしてきた。その間、無実の罪を着せられ、世間の悪口雑言に耐えてきた。しかし何を恨み、何を憂える必要があろう。人生の行路はわずか百歳。ただ憂国の志を拡充せんことを思うのみ。終生誓って明神に背くことはない、と。それはまた師・松陰の心でもあった。晋作が終生心がけてきたことは、いかにして師の志を継ぎ、師の志を実践していくかにあったのである。

軍謀は一決した。「陸軍は兵を海辺・山腹・山上の三道に分かち、奇正変化その宜しきを得、便路を扼して直ちに小倉に逼り、海軍は延命寺の敵塁を砲撃して、陸兵の前進を容易ならしむべし」というにあった。

小倉城を陥れるためには、途中にある赤坂の敵塁を破らなければならない。しかしそこには肥後の精兵が陣取っていた。七月二十七日未明、奇兵・報国の二隊及び山内梅三郎と高田健之助の率いる二隊は大里に上陸し、進撃を開始した。奇兵の一手は海沿いに進んだ。幕府軍はこの兵を邀《むか》え撃って激戦し、もっとも防守に勉めた。銃声はたちまち起こりたちまち止み、暫時にしてまた大いに起こる状況であった。長州軍は死傷数十人に及んだけれども、ついに進んで赤坂口を占拠した。山腹を進んだ長州軍の一隊は敵に遭遇しなかったため、海浜の兵を応援すべく路を転じたが、着いたときにはすでに戦いは終わっていた。

ここにおいて予定の如く山県の率いる一隊は本街道を守備し、山道を行く兵はこれを二手に分け、交野十郎率いる一隊は最大迂回をなさしめ、山田鵬輔は奇兵隊の一小隊を率いて大鳥越より左に折れ、樹木の間をよじ登り、危嵒飛流《きがんひりゅう》を跋渉し、ついに延命寺の険と相対する所に出て射撃を開始した。

しばらくすると突如、肥後の伏兵が左右より起こった。これに合わせて敗走していた肥後兵も反転して戦い始めた。長州軍の驍将山田鵬輔は自ら剣を抜いて率先して進み、延命寺の砲塁に突入し、ほとんどこれを陥れようとしていた。ところが惜しくも弾丸に当たって斃れた。山田が死ぬと勇猛で聞こえたその小隊も統御する者がいなくなり、進むことができなくなって、ついに引き揚げることになった。このためこの小隊では多くの死者を出し、傷を被らない者はほとんど稀であった。

一方、交野が率いた一隊は大きく迂回したため、道に迷い、戦機を逃し、十分の攻撃をなすことができなかった。

この日、幕府の軍艦は終日、大里と延命寺との通路を砲撃したため、長州軍は輜重《しちょう》の運搬に困難を極めた。長州軍に多くの死傷者が出たのはこのためでもあった。

この日の激戦は焼けるが如き炎熱のもとで行われたため、兵士の疲労も激しく、黄昏に至って大里まで引き揚げることになった。その夜は軍艦を大里砲台の前に碇泊させて海上の防禦に当たり、陸上には新たな守兵を置き、篝火をたいて厳重に守備をなし、もって天明を待った。

山県は高杉・福田らと軍議をなしていた。ところがそこへ突然、敵の軍艦一隻が海岸を駛走して、馬関に近づくものがあった。「丙寅丸」がこれを砲撃し、諸砲台からも一斉に乱射した。

山県らは大里の北端にある小山の陰に移って軍議を再開した。その結果、もしここで海戦を始めることになれば、わが通船は撃ち沈められ、あるいは航路を絶たれ、敵地に深く入り込んだわが軍は糧食の欠乏をきたすようになることは必定である。そのようなことになっては、どのような事態に立ち至るか測り知ることができない。たとえ相枕して死ぬようなことになったとしても、急に延命寺の険に突貫し、死力を出して直ちに小倉を乗っ取らしめる一冒険策を行う他さらに他策なしとの決定をみた。

ところがその敵艦はそのまま通過して門司の峡間を出、わずかに馬関に向かって二、三回発砲したのみに止まったという報告を得た。後で聞いたところによると、この軍艦は「回天丸」で、長州側の砲弾が的中したもの十八発で、急流のために押し流され、自由に進退することができず、やむを得ずして馬関の峡間を脱出したものであったという。

二十八日は互いに斥候が衝突して小戦闘をなしたのみであった。長州軍は前回の軍議にしたがって、速やかに小倉城を攻撃しこれを占領しようとしていた。しかし幕府軍は長州海軍の十倍の戦闘力をもつ艦隊をもって海岸を防禦しており、いかにしてこれを突破するかが苦心の存するところであった。

二十九日、幕府軍の斥候は甚だ少なくなって、夕刻になると、小倉城の前面に繋泊していた数隻の軍艦は何らの発砲もせず、相連なって煙を上げ、悄然として姿を消した。

山県は大里にあって、敵艦が退去したからには背後より若松港を襲い、進んで小倉城を攻撃する策を決した。八月一日、山県は馬関に帰っている途中であったが、その船の中から、煙が小倉方面に起こるのを望見した。間もなく彼は、敵が自ら小倉城を焼いて逃走したとの報告を受けた。

後で聞いたところによると、七月二十九日、小倉藩は翌日をもって全軍大里に進撃せんことを決し、使いを肥後の陣営に遣わして協力を求めたが、肥後藩ではこれに応じなかった。このとき肥後藩では佐幕と勤王の二党があって、勤王派が勢力を得ていた。勤王派は長州再征に反対し、兵を撤して征長の是非を諸侯に問うべきであるとの建白を幕府に提出しようとしていた。そのため形勢を観察せしめるべく、七月二十三日使者を京坂地方に赴かせたところであった。

そのため肥後藩の長岡監物は、閣老小笠原壱岐守から彦島を攻め取るべしとの命令に対し、議論激切に渉ったけれども、藩論を押し通してこれに応じようとはしなかった。七月二十七日の長州軍の攻撃に対し、肥後藩ではその守備地を守って奮戦したけれども、すでに撤兵帰国のことが決定していた。このため肥後兵は小倉藩の要請に応じなかったのであった。

小倉藩では仕方なくこれを幕府兵に要請した。幕府では一旦これを承諾したものの、小笠原壱岐守が命令して、これを小倉まで退陣せしめた。そこで小倉藩では次に唐津藩兵に来援を求めた。これも一旦は承諾してくれたものの、幕府の兵が退陣しているのを見ると、唐津兵も小倉に退くことになった。

小倉藩では田中孫兵衛を使いとして壱岐守に謁見を求めたが、かなわなかった。そこで幕府目付平山謙二郎の所へ行くと、平山が言った。

「今や形勢はすでに大変に至った。先にしばしば使いをやって、肥後兵の退陣を止めようとしたが応じてくれない。今また使いを遣わしたゆえ陣将が来るであろう。貴藩の危うきこと今に至っては、もはやただ開城の一途あるのみでござろう」

田中はそこを去って、再び壱岐守の営所に到った。するとそこには肥後の長岡監物・溝口蔵人も来ており、さらに小倉藩番頭保高直衛・富永潤之助も来った。保高らは長岡に退陣の中止を求めたが、さらにこれを受け入れようとはしなかった。田中らは壱岐守に謁見を求めてその室内に入ったがすでに不在であり、小倉藩の士人も肥後藩士も空しく帰るしかなかった。これが七月晦日の夜半のことであった。

実を言うと、このときすでに小笠原壱岐守は「富士山」艦に乗り移り、長崎へ向けて遁走しようとしていたのであった。小倉藩では、壱岐守には逃げられ、肥後藩からは捨て去られ、諸藩からは傍観して進んで援けようとする者がなく、まったく孤立した姿となった。到底独力で防禦することはできないと判断した小倉藩では、自ら城を焼き、要地に退いて決戦のときを期したものであった。

五十

松平伯耆守が独断で止戦命令を出し、長州の宍戸備後助らを帰国せしめたことを聞いた将軍家茂は、病状が急に進行し、容易ならざる容態となった。しかして七月十九日夜、将軍はついに薨去せられた。

家茂にはまだ自分の子がなかったため、その後継を田安亀之助（後の家達《いえさと》）に指定していた。しかし亀之助はこのときはまだ三歳の幼童であった。いかに将軍の遺命であるとはいえ、かかる多事多難のときに、三歳の幼童を将軍に擁立することは、実の子ならばともかく、何人もこれを容認することはできなかったであろう。

本来ならば、年齢といい、その賢といい、一橋慶喜が最もふさわしい人物であった。しかし家茂やその大奥には、一橋慶喜の実父・水戸斉昭《なりあき》に対する悪感情と、安政年間における後嗣問題における反感とが続いていた。かといって慶喜以外、適当の人物がいるわけでもなかった。慶喜自身も他に適当なる人物がいるとも思っていなかったようである。しかし慶喜は自分が徳川宗家を相続したとしても、大奥や諸有司に対して到底折り合いがつくとも思えなかった。

慶喜は板倉伊賀守勝静《かつきよ》から宗家相続の要請を受けたが、彼はそれを断わった後、近臣原市之進に密かに語っていった。

「この際、幕府を廃して王政を復古しようと思うが、いかがなものであろう」

「いかにも遠大なる慮りではございますが、このことはゆめゆめ他人に語らせ給うべきではありません。禍は蕭牆《しょうしょう》の中に起こりて、極めたる大事となりましょう」

また将軍家茂が薨去したときにも原市之進に語って言った。

「今後の処置は極めて困難である。どのようになっていくか思い計ることはできないけれども、徳川の家を今のように持ち伝えていくことは甚だ覚束ないことである」

徳川家の命運がすでに尽きようとしていることも、驕り高ぶった閣老たちには分からなかったとしても、心ある人間にはすでに明らかであった。以上のような理由から、慶喜は宗家の相続を肯《がえ》んじることができなかったのである。

しかし板倉伊賀守らの再三の要請によって、七月二十七日、慶喜もついに宗家を継ぐことを承諾した。ただし、将軍職につくことはこれを退けた。

松平春嶽は家督を相続した慶喜に質問した。

「方今天下は四分五裂の勢いとなってしまいましたが、御承知のように、治乱は有志の者の見解の相違により起こるものでございますから、今日お家を継承されたときに当たって、まずは有志の者の心を一つにまとめなさることが第一の肝要でございます。薩摩の如き、速やかに味方にお引き入れなくては、長州の上にさらにまた一大長州を生ぜしめるようなものでございましょう」

「予もそう考える」

慶喜は深くうなずいた。

「さて長州はいかがなさるおつもりでございますか。まずは尊慮を伺いたく存じます」

「まずは一当て大討込をするつもりである。あなたはどう思われる？」

「一当て当てられることには同意です。しかし諸侯集議して同意を得た上であれば、敵は一長州に止まりましょうが、只今のところではそうはまいりますまい」

慶喜は思った。鋭意進撃して一挙に防長を撃破し、もって長州処分に決着をつけるに若《し》くはない。今にあって人心を収攬する方策はこれあるのみ。諸道における幕府軍の敗退は諸藩兵の軟弱によるものであり、幕府麾下の洋式陸海軍をもって突入すれば、一挙に功を奏することもそう困難なことでもあるまい、と。

慶喜は、万事を差し措いて、まずは長州に一大打撃を与えようとしていた。しかしてその方略は、今回は全ての旧套を改め、まずは自分においてもできる限り軽装をなし、食事も士卒と同じ兵粮とし、直ちに芸州口に向かい小瀬川の長州軍に進撃し、紀州総督は石州口より進撃し、海軍と共に合わせ撃つ。そのために横浜・長崎において軍艦を三十隻買い入れる。前将軍家茂の遺体は京都より江戸に送り返し、江戸からは歩兵頭溝口伊勢守と騎兵頭貴志大隅守を呼び寄せ、兵制を改革して全て銃隊となす。また軍事に適せざる者は前将軍の遺体に供奉して江戸に帰し、未熟なる兵はさらに訓練して戦地へ送る。慶喜旗下の兵一大隊・大砲一座、一橋家の兵二大隊・大砲二座、その外幕府の兵を合わせて二十大隊、大砲十座（八十門）、これまでのように諸藩の兵を頼みとせず、第一線は全て幕府の兵とすべしというものであった。これだけの方略で臨むというのであるから、慶喜の並々ならぬ決意のほどが推し測られた。

しかして慶喜をはじめ幕府が最も忌みはばかっていたのは薩摩藩であった。薩摩藩ではすでに書を幕府閣僚に提出して、長州への出兵を断固として拒否していた。そのため強硬に再征を主張していた会津藩との睽離《けいり》は、ますます甚だしいものとなっていた。幕府では閣僚勝安房守をしてその調停の任に当たらしめたが、うまく行かなかった。幕府では薩摩の抗命書を送り返すとともに、さらに出兵の命令書を出した。薩摩ではさらにこれにも抗命書を提出した。

薩摩藩では、長州との密約に従い、さらに朝廷にも書を奉り、再征の名義なきを述べ公儀世論に拠るべきことを主張した。

七月二十九日、朝廷において国事の評議が行われた。朝廷では、万機を挙げて幕府に委任しているのであるから、かくの如き建白は採用すべきでないとの意見が大勢を占めた。ただ、その建白書は却下せず、しばらく関白の手に留めておくことにした。これに反して議奏正親町三条実愛は主張した。

「薩摩藩公の建白を用いて、解兵の勅命を下し、国家の重事に関しては諸藩の衆議を徴《ちよう》すべきである」

また山階宮（晃親王）が言った。

「この建白は却下すべきであるが、防長の問題については、将軍の喪を公表して後、解兵の命令を下すべきである」

形勢不利と見たのか、一橋慶喜は評議が決定をみる前に、原市之進をして二条関白に説かしめた。

「中納言殿（慶喜）自ら兵を帥いるに至れば、防長処分に決着をつけることは甚だ容易となりましょう」

ここにおいてか、尹宮（中川宮）及び伝奏野々宮・飛鳥井、議奏広橋・六条らの諸卿も中納言慶喜の意見に従い、正親町三条及び山階宮の意見は容れられるところとはならなかった。

八月四日、再度評議が開かれた。慶喜は前回と同じく長州再征を強く主張した。ここにおいて叡慮は「長州解兵何国までも御不承知」との意に傾かれた。

八日、慶喜は長州再征のため下向することとなり、小御所において天顔を拝し、天盃などを賜った。その後また御学問所において御対面あって、慶喜は中段の北より半畳進み平伏、親しくお言葉を賜った。伝奏よりは御沙汰書と御剣を賜った。

五十一

慶喜は八月十二日をもっていよいよ大坂に赴き、旗旆《きはい》を進めようとしていた。ところが十日、九州の諸藩がすでに撤兵し、小笠原壱岐守もまた小倉を去ったとの知らせが大坂に達した。板倉伊賀守は慌てふためいて大坂を発し、翌日払暁京都に到って、これを慶喜に報告した。それによると、小倉城は八月二日落城、小笠原壱岐守も小倉から長崎へ遁走し、肥後藩を始め九州五藩も全て撤退、小倉藩では田川郡香春まで退き、最後の決戦を覚悟してはいるが、勝算は絶無に等しいとのことであった。

慶喜は失神せんばかりに驚いた。事態の容易ならざることを察した慶喜は、これを相談すべく、書翰をもって春嶽を招いた。春嶽は病未だ癒えずと称し、返事の手紙を送って勧告した。曰く、速やかに前将軍の喪を公表し、徳川宗家を継ぐことを公にし、幕府は将軍の薨去をもってその終焉を告げたものとなし、大政を朝廷に奉還し、諸侯会同し衆議をもって国事を大定すべし、と。また長州軍の暴進を止めるにはただ勅命の一途あるのみ。しかして朝廷と長州との間を調停せしめるには薩摩藩に若《し》くはなく、旗下の勝安房守を挙用すれば幕府に対する薩摩藩の疑惑を解くことも容易であろう、と。

慶喜はこの勧告を受け入れて将軍の喪を公表し、止戦の勅命を請うべく、二条関白と中川宮を通して内願した。陛下は殊の外宸怒《しんど》し給い、伝奏をもって関白のもとに宸翰が下った。

「朝廷の威信地に墜つ、止戦撤兵の儀今更罷りならぬ、至急進発せよ」

慶喜は春嶽の再三再四にわたる諫めも聴き入れず、解兵に傾きかけていた朝廷の議論を、強情に言い張って、大討込へと変えてしまった。しかも主上より天盃と節刀を賜り、七社七寺への祈りまでも世話していただいた。ところが一朝明けてみれば、止戦解兵の歎願である。主上の宸怒も当然であった。

十六日、慶喜は板倉伊賀守を従えて哀訴歎願に出かけた。

「……すでに九州筋は俄に解兵に及び、小笠原壱岐守もまた大坂まで引き揚げております。私儀征長の大任、堅くお断わり申し上げましたが、国家安危の境と存じ、非力を顧みずお引き受けした次第。しかしながらこの上諸藩の指揮甚だ覚束なく、諸般の形勢に鑑《かんが》み解兵致したく存じ候」

これを聞いた山階宮は慶喜のあまりにも鉄面皮な言い種《ぐさ》に烈火の如く怒り出した。

「先の御評議のとき、予は大討込に反対し、諸侯会同して評議の後にすべきであると申したはず。しかるを毛利父子の罪軽からず、たって長州討伐をと言い張ったのは中納言殿ではないか。『堅くお断わり申し上げ』たなどとは、まったくの虚言である。また、二条殿下と尹宮（中川宮）は予らの反対を制して、中納言殿のために勅裁を仰がれました。これも甚だ軽率なことであったと言わざるを得ない」

慶喜は甚だもって恐縮し、窮状を陳弁するより外なかった。

「このような有様となりましては、もはや長州を征伐する時機ではありません。さすれば速やかに故大樹の喪を公表し、再征の兵を解いて、大小名を召集し、天下公論の帰着するところによって進退すべきものと考えております。ただ先日、お暇乞いのために参内し、御剣さえ賜りたるにもかかわらず、今日において反覆の言上は甚だ慙懼《ざんく》の至りながら、皇国のため、万々やむを得ざることと存じまする」

二条関白と中川宮は、ただ一言半句の返す言葉もなかった。陛下におかれては、不得要領のままではあったが、ついに進発の中止をお許しになった。

最初陛下におかれては、長州再征を好ませ給わず、あくまで寛典に処するようにとの叡慮であらせられた。ところがここへきて、「長州解兵、何国までも御不承知」との御意に傾き給うた。これでは「綸旨《りんじ》反覆」との譏《そし》りは免れることができなかったであろう。これは中川宮と二条関白二人の君側の間断なき日夜の進言入説が陛下をここまで誘導し奉ったものであったという。後にこの二人は官位を褫奪《ちだつ》され、幽閉蟄居の勅譴を蒙った。

このように慶喜は朝廷にひたすら哀訴歎願することによって、長州大討込の中止を聞き届けてもらった。一方、長州に対しては、春嶽の進言のままに、勝安房守を挙用することにした。しかし勝は慶喜に嫌われており、勝も慶喜を好まなかった。しかし幕府閣僚の中には他に適任の者もいなかったため、春嶽の進言通り、勝を挙用したのであろう。

八月十五日、勝は大坂から京都に呼び出された。十六日の払暁、慶喜は御所より退くと、すぐさま勝を召し出して、長州への使者となるよう命じた。勝は思った。

「このような大任、とても自分のような者がなすことのできるようなことではない」

勝は固辞甚だ努めた。慶喜が言った。

「これは私が言っているのではない。実は勅命によるのである。辞退しないでくれ」

勅命とあっては勝もこれを辞退するわけにはいかなかった。勝は心中深く決意するところがあった。

「前将軍（家茂）が薨去なされたとき、殉死していたかも知れないことを思えば、何も恐れるに足りない。ただ才なくして使命を全うすることができるかどうか」

勝は慶喜からは、大言壮語ばかりして実際には何もできない人間と思われていた。しかし勝は思った。日頃は自分の意見は一切信用せず、挙用することもできないにもかかわらず、このような危急困難のときに際して、われを死地に赴かしめんとするは何事か。万一この使命を全うすることができたとしても、誰からもその功労を喜ばれることはなく、失敗したときには敵からも味方からも怨まれることとなろう。場合によっては命を落とすことになるかも知れない。辞退するに若《し》くはない。しかし勅命とあっては固辞することもできない。勝はそう考え、死生を度外に置いて命を奉じたものであろう。

本来、勝は一橋慶喜やその臣下たちをどのように見ていたか。勝の日記を見れば、その一端を伺うことができる。

嗚呼《ああ》唐津狎邪《こうじゃ》の小人《しょうじん》（小笠原壱岐守長行《ながみち》）、塚原、木下、小野、肥田、平山、その臣尾崎輩を信用して、終《つい》に邦内の一大事を来たし、小倉を追われ、長崎へ遁《のが》れ、また再上京して、何らの言をいうや。此人の御所置（処置）にて、大私不公平の御政見るに足るべし。恐らくいまだ至正に出べからず。（中略）加之《しかのみならず》、橋公の御附、原、梅沢の輩、私念盛なり。賢を妬《と》し、能を憎みて敢て此際直言する者なし。微臣懇々切々として上言数章に及べども、反て是が為に嫌忌せられ、路傍に擲《なげう》たる。其後御所置あらかじめ知らるべきなり。

おそらく、慶喜を見る勝海舟の目に間違いはなかったたというのではない。奸臣小人に惑わされてしまったのである。慶喜が賢明でなかったということができなかった。それは魯《ろ》の哀公《あいこう》が孔子を挙用することができず、虞公《ぐこう》が百里奚《ひゃくりけい》を見抜くことができなかったようなものである。間もなくして魯の哀公は国を出て他国へ逃れ、虞も亡ぼされた。江戸幕府は奸邪の小人に狎《な》れ親しんで、正義の士を見抜くことも、挙用することもできなくなっていた。これが幕府が滅び去っていった原因であった。世界を平和にしていくためには、力ある正義の士を育てるしかない。

勝は単身広島に向かった。勝は今までの行きがかりといった瑣事は論ぜず、兄弟墻《かき》に鬩《せめ》いで外夷の侮りを受け、印度の覆轍《ふくてつ》に陥ることのないようにとの大意をもって説得した。会見の結果、幕府に対する長州の疑惑は、もとより一朝一夕のことではなかったゆえに洗い流すことはできなかったが、幕府では大坂まで兵を引き揚げるゆえ、長州でもこれ以上の進軍はしないとの要請だけは受け入れてもらうことができた。

勝は帰京してこのことを報告した。慶喜は甚だ不機嫌であった。頼むときには拝むようにして頼んでおきながら、御苦労であったとも言わない。慶喜にすれば、無条件での止戦を約束して、幕府の威信を傷つけたとのお咎めのようであった。

「慶喜公は幕府の威信を先にし、天下の治乱を後にする。徳川の寿命も長くはあるまい」

後でそのことを聞いた勝は、こう言うと慨然として京を去って行った。

五十二

九月朔日、世子広封公は、小倉から豊前に出兵中の山県狂介（小輔）らに書を出され、その労をねぎらわれた。

先般戦争以来、指揮心力を竭《つ》くすの段、察し入り候。諸兵数度の戦闘に毎毎《まいまい》勝利を得、感悦に堪えず候。偏に忠憤発出して、賊軍当る能はざる所もこれ有るべし。然れども是れ皆初めより、その方幷《ならび》に参謀の者謀議一致してその機を失はざる故と、幾重にも安悦の至りに候。闘争の報知を聞く毎に、その方らの苦心容易ならずと、その有様を推量しては山口に安居するにも忍びず候。依りてこのたび陣中の情態・諸兵の安否など親しく見届けたきも、差し置き難き趣これ有り、止むを得ず暫《しばら》く見合せ候。孰《いず》れ他日、自ら巡見致したく思い候。その内別紙の旨をもって、海陸の諸兵・病院の人々らに申し聞かすべきものなり。

別紙の一

戦争の節、海陸共に奮戦して、彼が厳備をも顧みず進入に及び、終に敵兵を撃払いたる段、忠勇の至りと感悦に堪えず。またそのときにあたり両軍中戦死を遂げし者もあり。尤も近日にては陸兵の死亡あまた有る由聞き及べり。民の父母たる身にとりては、哀れとも悲しきとも辞には言い尽くしがたし。汝ら兼ねて死生を同じうするものなれば、嘸々《さぞさぞ》悔しう思うべし。

別紙の二

戦争中、勇進の余り不幸にして疵《きず》を蒙りたる者困苦するとよく病人に告げ、且つ医師にも弥次ぎ治療怠らず心を尽くすべきの旨申し聞かすべし。

明けて慶応三年正月二十三日、幕府は長州再征伐軍の解兵を布告し、太宰府にあった五卿の帰京を許した。

この頃、晋作は小倉口の参謀を佐世八十郎に譲り、おうのと共に桜山にある茅屋に移り住んで療養していた。桜山には晋作の提唱によって建てられた招魂社がある。攘夷戦以来、戦いで亡くなった人々を祭ったものである。この人たちを思ったのであろうか、または小倉での激戦を思ったものか、晋作は七絶を作った。

険《けん》に臨み危《き》に臨む豈《あに》衆を待たんや
単身孤馬乱丸の中
沙辺甲《かぶと》に枕す醒風《せいふう》の夕《ゆうべ》
幽夢悠々として海東に到る

この茅屋は農家を改造したもので、冬は隙間風が入って寒さが厳しい。友人たちは晋作の病状が進むことを恐れ、もっと暖かい所に転地するよう勧めてくれた。

二月に入り、新地の林算九郎方の離れ座敷を借りることになった。おうのも一緒であった。晋作はその離れを「緑筠堂《りよくいんどう》」と名づけた。筠とは竹のことである。

三月二十四日（新暦の四月二十八日）、桜も散って葉桜となり、竹の子も土から顔を出す頃、父小忠太と道、お雅と東一とが看病にやって来た。おうのは身を引かざるを得なかった。晋作のそばにいることができなくなったおうのはとても悲しんだ。

この頃には病気もだいぶ悪くなって、沢山血を吐いた。御飯もおもゆくらいしか喉を通らなくなって、すっかり弱ってしまっていた。

この緑筠堂には家人の他に、もう一人晋作の世話をしてくれる人があった。野村望東尼である。昨年の夏、長州が再び幕府ににらまれ、兵を差し向けられようとしたとき、福岡藩では俗論党が政権を掌握して勤王派の人々を粛清し、月形洗蔵・鷹取養巴《ようは》ら二十一名に切腹斬罪が申し付けられた。このとき望東尼も、晋作をかくまい浮浪の士に交わったとの罪を着せられ、筑前の姫島に流された。晋作はこれを救い出して、入江和作の家にかくまっていたのである。

ある日、晋作は和歌の上の句を書いて望東尼に渡した。

おもしろきこともなき世に　おもしろく

望東尼は少し考えると、これに続けた。

すみなすものは　心なりけり

望東尼はこのときすでに六十二歳になる尼さんで、観音経を写して晋作に与えたりもしている。彼女は案外、仏法の大意を理解していたのかも知れない。

四月に入って、三浦梧楼が見舞いに来てくれた。晋作は非常に喜んで色々な話をした。そのうちにふと傍を見ると、小さい松の盆栽があって、その上に何か白いものがいっぱい振りかけてあった。

三浦は聞いた。

「これは何ですか」

「いや、俺はもう今年の雪見はできないから、この間、硯海堂（白石良右衛門）が見舞いにくれた『越の雪』（淡い雪のような菓子）を松に振りかけて、雪見の名残をやっているところさ」

晋作はこう言うと微笑んだ。三浦はその一種超然とした温容を、いつまでも忘れることができなかった。

それから十日ほど経った慶応三年四月十三日午前二時頃、晋作はその使命を果たして天帝のもとへ帰って行った。

主要参考文献

『維新風雲回顧録』田中光顕著、大和書房、一九六八年復刊（大日本雄弁会講談社、一九二八年）
『一外交官の見た明治維新』アーネスト・サトウ著、坂田精一訳、岩波書店、一九六〇年
『伊藤公全集』小松緑編、昭和出版社、一九二八年
『井上伯伝』中原邦平著、一九〇七年
「池田屋事変始末記」寺井維史郎著、佐々木旅館、一九三一年
『池田屋事変始末記　新選組と吉田稔麿』冨成博著、新人物往来社、一九七五年
『王政復古義挙録／懐旧記事〔幕末維新史料叢書５〕』小河一敏著／山県有朋著、新人物往来社、一九六九年
『吉川経幹周旋記』第五巻、日本史籍協会編、東京大学出版会、一九二七年
『勤王奇傑　日柳燕石伝』草薙金四郎著、堀書店、一九三九年
『近世日本国民史　51〜60』徳富猪一郎著、時事通信社出版局、一九六二〜六三年
『公爵山県有朋伝』徳富蘇峰編述、原書房、一九六九年復刊（山県有朋公記念事業会、一九三三年）
『新選組再掘記』釣洋一著、新人物往来社、一九七二年
『世界の歴史22　近代ヨーロッパの情熱と苦悩』谷川稔他著、中央公論社、二〇〇九年
『世外井上公伝』第一巻、井上馨侯伝記編纂会編、内外書籍、一九三三年
『大西郷全集』大西郷全集刊行会編、平凡社、一九二六〜二七年

『高杉晋作〔甦る伝記の名著　幕末維新編2〕』冨成博著、弓立社、二〇〇五年
『高杉晋作　維新風雲録・あばれ奇兵隊』福田善之著、大和書房、一九六七年
『高杉晋作全集』堀哲三郎編、奈良本辰也監修、新人物往来社、一九七四年
『高杉晋作　戦闘者の愛と死』古川薫著、新人物往来社、一九七三年
『高杉晋作伝入筑始末』江島茂逸編、團團社書店、一八九三年
『高杉晋作と梅処尼』中原雅夫著、東行庵、一九七二年
『高杉晋作のすべて』古川薫編、新人物往来社、一九七八年
『高杉とおうの』島田昇平著、東行庵、一九五五年
『徳川慶喜公伝』第三巻、渋沢栄一著、平凡社、一九六七年
『幕末防長勤王史談』第三〜九巻、得富太郎著、幕末防長勤王史談刊行会、一九三七〜四一年
『防長回天史』末松謙澄著、一九一一〜二〇年
『日本の歴史19　開国と攘夷』小西四郎著、中央公論社、一九七四年
『山路すが子』甲斐信夫著、大正育教社、一九一五年

後書き

幕末の時代、長州では国の行く末を案じて、吉田松陰が一人起って国を変革していこうとした。不幸にして彼は若くして殺されてしまったが、彼には高杉晋作をはじめとして、彼の精神を受け継ぐ弟子たちがあった。彼らは師の心をわが心として、一人起って国を変革していこうとした。これがこの小説の主題である。すなわち、一人の人間が起ちあがれば、国を、社会を、必ず変えていくことができる、というのがこの小説の主題である。

今の時代、「自分一人が頑張ったところで、一人の人間の力なんてたかが知れている」、「個人の力なんて微々たるものだ」と多くの人々は考えているのではなかろうか。しかし、周の文王・武王は民衆を塗炭の苦しみから救った。また、ルソーの思想が流布するや、遠くアメリカでは独立運動が始まり、フランスでは革命が勃発した。バイロンは自由のために闘って死んだが、トルコの圧政からギリシャを解放し、マッツィーニはイタリアを統一に導いた。秋瑾《しゅうきん》は自らの命を燃やして民衆の心に革命の炎を燃え上がらせた。チャップリンはただ一人で独裁者と戦い続けた。これらの人々は、人類の歴史のなかで、永遠に光を放ちゆくことであろう。一人の人間の持てる力は、決して小さなものではない。

イタリアの詩人ダンテは言った、「世界はそのなかで、正義が最も有力である時に、最もよく傾向づけられてある」と。勿論、幕末の青年たちが考えた正義と、現代の人間の考える正義とは、その内容は異なろう。しかし、結局のところ、世界を平和にしていくには正義の人材を育てるしかない。そのためには、われわれは教育に希望を見出すしかないのではなかろうか。

なお、出版に際しては花乱社の別府大悟氏に大変お世話になった。この場をお借りして厚くお礼申し上げる次第である。

平成二十九年九月

著者謹誌

小佐々進介（おざさ・しんすけ）
1957年，長崎県に生まれる。
著書に『虹と旋律』，『吉田松陰の教育の方法』（いずれも海鳥社）などがある。

正義《せいぎ》よ 燃《も》えよ
高杉晋作一人起《たかすぎしんさくひとりた》つ

❖

2017年10月20日　第１刷発行

❖

著　者　小佐々進介
発行者　別府大悟
発行所　合同会社花乱社
〒810-0073 福岡市中央区舞鶴 1-6-13-405
電話 092（781）7550　FAX 092（781）7555
印　刷　モリモト印刷株式会社
製　本　有限会社カナメブックス
［定価はカバーに表示］
ISBN978-4-905327-79-0